滄海叢刊

# 向未來交卷

葉海煙 著

1988

東大圖書公司印行

向未來交卷　／葉海煙著--初版--
台北市：東大出版：三民總經銷，民77
8,323面；21公分

I 葉海煙著
855/8823


向未來交卷

作者　葉海煙
發行人　劉仲文
出版者　東大圖書股份有限公司
總經銷　三民書局股份有限公司
印刷所　東大圖書股份有限公司
地址／臺北市重慶南路一段六十一號二樓
郵撥／〇一〇七一七五─〇號
初版　中華民國七十七年十一月
編號　E 83187①
基本定價　伍元柒角捌分
行政院新聞局登記證局版臺業字第〇一九七號

# 自序

寫方塊如玩拼圖遊戲，圖在作者心底，圖在讀者眼裏，圖在不可知的未來掌握中。

這裏搜集了近百篇文字，大部分曾被當作方塊在報刊露頭。它們沒有資格藏入名山，也不須苦覓其人來傳，但身為作者的我十分珍視它們，因為字裏行間有我的腦汁汗水滲入，因為小小篇幅有我個人的理想投射照映。

不再是少年，不必再强說愁；即將邁入壯年，自應力圖振作。數年來，我常在獨學無友的孤寥心境中，獨對古人，獨對此世，獨對所有可能出現在我生命中的事物。然後，我便以參與者兼旁觀者的雙重身份，搖動起禿筆，步履上思路，於是落下脚印，落下自成一格的篇章。

種子落地，自會萌芽；此身尚在，未來可期。如今，我依然堅持知識人的立場，在此熱烈行動紛紛開展之際。我願繼續保持冷靜，從容看待週遭的一切。以個人之學養，我尚無能以現實諸問題為經緯，構作出所謂的解決方案。維根斯坦云：「事實只是屬於課題，而不是屬於解答。」在這十多萬個字的組合裏，有的只是以事實為中心的思想課題，而個人所認定的事實不只是眼前的經驗的，而是在永恒形相觀照下的整個世界，整個人間，其中有些甚至屬於心靈的奧秘。希望我所擁抱的是真真實實的世界，更希望這世界因我的擁抱而能多一分真實。同時，我相信我所奉獻的是誠誠實實的心意，諸多理念不過是精神的火引。我期待的是全幅生命的大開大闔，我最盼望的是所有人心大放自性本自清淨的光明。

其實，理想主義者不必然是悲劇角色，祇要浪漫的情懷能契入堅定篤實的胸膛，然後結合謹密的學問與慎重的行動，如此，就不會有無謂的犧牲了。當然，謹密的學問不是理論的拚湊，行動之所以慎重正因為其中有生命的理路貫穿。同理，奉獻不等於犧牲，參與不就是打拚。社會多元，人才多樣，我們正需要來自四面八方的聲音。天籟、地籟、人籟，「向未來交卷」正是某種人籟作響。我不唱泛人文的空調，我願能引動天地交響，千萬人的共鳴，以及所有清明理性的瞿然醒悟。

在此，謝謝東大圖書公司再度慷慨接納拙著，謝謝李郁華小姐的巧思及寶貴意見。淑均的多方支持與鼓勵，讓我在不斷出擊之後，獲致可觀的回報，已不需我口頭言謝。

中華民國七十七年十月二十日

**葉海煙** 於高雄文藻語專

# 目次

## □小反芻

## □天真語

# 潛望鏡

# 騙進眞理

揭發問題是解決問題的第一步。人所面臨的問題如人生諸多樣相般複雜無比，有時連專家學者也難以窺透。譬如有些政治學者很可能無法瞭解某一政治問題的究竟，祇因爲他對某些政治人物存有或正或反的意見，而這些意見是非學術性的，且是非以大氣魄大智慧予以消解不可的。至於超乎尋常經驗與知見的宗教問題，單靠觀察、統計、分析等方法，並不容易參透微妙幽深的宗敎體驗，而這些宗敎體驗又極可能是那些宗敎問題的癥結所在。因此，我們不能不辨明宗敎學者和宗敎家之間的不同，而宗敎家和敎主之間，還可能存在著超乎理性的關係。

面對深廣難測的世界，我們仍可大聲發問，我們仍可單刀直入問題的根本所在。在一個亟需大改革的時代，一些根本的問題是必需掀開的。如今，我們似乎很注意那些揭發問題的人，而對於解決問題的人卻淡然漠然。揭發問題確需相當的學識，有時更需有膽識，有一股執著的熱情。

通常是理想作媒，問題才可能在長久不見天日之後重現，因此，那些「大哉問」的批評者彷彿在火光之中，衆人則仰望在黑暗裏，一種英雄的形象便被塑造出來。

然而，在揭發問題之際，如果欠缺冷靜的頭腦及包容的心胸，而一再渲染問題的嚴重性，以過多過巧的技術無端磨損了直趨目的地的脚力，那麼問題的解決便可能拖延，甚至可能因此喪失了良機。此地，便有人幾乎以揭發問題爲業，他們成爲大衆注目的焦點，他們以在群衆面前亮相爲樂，而大衆傳播工具也因此大作紙上文章，大多數人的話題竟都是問題，口沫横飛之際，大家竟忘了起而行。當然，發現問題需要相當的心血，但解決問題更需精神體力以及一種沈默篤實的作風。

我們的社會所以有浮誇之習，不僅是因爲崇尚功利所致，許多錯誤的思想習慣，也是潛在的因素。如何看待觀念，亦卽如何看待問題，幾乎可以決定我們付諸實行的大方向。我們並不欠缺行動的力量，欠缺的是牽引行動的有效觀念。如果人人在諸多根本問題之前哀聲歎氣或情緒激昂，問題將依舊横梗於前，最後我們便可能認不清問題的眞正所在，甚至可能以錯誤的問題去求錯誤的解答。

祁克果說：「固定觀念正如脚掌上的痙攣，最後的治療方法就是踩在它上面。」我們是該停止過多的意氣之爭，意氣之爭極易使雙方的觀念固定下來，而導致衝突對立。我們可以試著從各角度來看各種問題，以減少專家獨斷的失誤及群衆盲目的危機。我們也可以試著擧行各種力能結合思想與行動的參謀作業，讓坐而言的角色和起而行的個人有所溝通，並進一步擬定解決的策略。觀念如果能不斷地以行動的活泉加以滋潤，它們對我們將有莫大的好處。

同時，我們也希望在現實世界能不斷進行科際整合。專家須明白自己知識的限度，而非專家的其他人也不可放棄發言權，對恒久的生活與生存須能共同加以尊重，共同商定方案。如此，祁克果擔心的危險：「一個人可以爲了眞理而欺騙另一個人，並把他騙進眞理。」就不至於發生了。

七十六・六・十六

# 大問問生命

在西方哲學史上，有兩位大唱「生命哲學」的哲學家：尼采和柏格森，他們似高峯突兀，在西方哲學連綿不絕的崗巒之間。就思想的格調與境界而言，少有人能與這兩位劃時代的人物齊頭並進，也因此他們出現於思想史，有如彗星燦然，倏忽而逝。尼采和柏格森皆不急於建構成型的哲學理論，反以廓清錯誤的思想習氣，並提升觀念在吾人生命中之地位爲要務。一些哲學家對他們的評價不高，但他們兩位對非哲學的領域，卻有十分重大的影響，特別是對文學的創作，尼采和柏格森豈止領一代之風騷？

在此，我們不追究生命哲學及生命哲學家的實質成就，而祇著眼於生命與哲學的關係，並設法把握此一關係，以處理其他的人生問題。哲學乃生命之產物，而哲學又以指導生命之活動爲宗旨。在生命與哲學交互影響之下，我們至少有底下幾個問題必須設法解決：

一、吾人生命是否爲理性之生命？生命之本質除理性之外，是否還有其他要素？

二、哲學既爲思想之集大成者，則在思想之中，能否放入生命原本之力量，以助成思想以履踐理想？

三、建構理論往往離生命越來越遠，然叩就生命本身，思想往往立卽失效；在這恒久的拉鋸之中，有沒有所謂的「中道」？而「中道」是否祇是個美夢？

四、在爲生命設定意義與目的之際，思想能够扮演什麼角色？以情感或意志或其他生命事實爲認識對象時，吾人理性是該進或該退？而此種認識究竟有沒有相當的準確性以提供心靈之需？

以上幾個問題在尼采與柏格森的哲學中，已以「反理性」或「超理性」的方式，得到某種程度的解決。他們憑著高度的聰明及生命的氣魄，將傳統的思想格局打破，重新再造。這種作法對如今天大批蠕動著科學細胞的現代人，依然有莫大的啓示作用。我們非不關心生命，但關心的生命可能不是眞實的活生命；我們仍想做好一個人，但往往造作出一個個虛假的人；我們追求理想的心志十分熾旺，但卻時常爲理想的陰影所惑，乃至於步履蹣跚，猶豫不前；我們擁抱著比前人多千萬倍的理論，卻不知該如何看待它們、整合它們，以供某一行動之用；有人大做和事佬，但卻無端揉合生活片斷，而往往無濟於事。

生命的意義已然在知識堆中呻吟，雖然人人吞食知識的方式和古人大體無殊，但消化之後的營養成份卻有了互異的質素。現代人可以不憑著自覺的本事過活，那些所謂生活的高手，竟可以毀去生命莊嚴的目的；而情感和意志搖身成我們信仰的對象，理性不過是符號之間的抽象的關係。如果心靈不健康之徒，依然高踞人道之寶座，則我們對所謂的價值就可大加撻伐了。

現代是不能再出現尼采了，就把柏格森的著作當作是一個時代的思想典範。我們盼望人類思想的天空繁星點點，但天體運行的律則不能被破壞。科學教我們虛心，理性教我們溫和，哲學教我們持平，則我們的生命當可以觀念爲細胞，用理論作器官，並以知識的系統爲奇經活脈。如此，生命的美好將可預期，美好的生命就不是神仙或天堂的專利了。

七十六・六・八

# 金剛手法

從前老師打學生，似乎是天經地義，今日學生打老師，已不再是新聞。當然，教育的今昔之比並沒有如此的截然二分，然數十年來教育方法及教育環境的改變不可謂不大。

如今教育方法有兩個最基本的要素：一是科學，一是民主。由於科學講實證實效，因此教育大量使用科學方法的結果，使得教育的成效日益顯著，且可以有計畫的從事人才的培育及知識的生產。樹人之大業不僅已不需百年，某種技術人才的造就甚至只需十年上下，甚至在數年之內便可使一個人昂首邁出校門，而以某一種本事自豪。這種速成有效的教育程序對讀聖賢書的古人，可說是一種不太可能實現的夢想。

至於教育的民主精神更如水銀瀉地，無孔不入。其實，民主不是一種具體可行的方法，它是一種高遠的指標。如果沒有適當的手段相配合，民主不過是空洞的口號而已。當然，我們不能專挑民主的負面作用，它其實已形成一種自由流動的氣氛，我們已然無法逃離。

科學著重規矩，民主强調開放。規矩難免予人束縛，而開放之餘，總有脫序的危機。在敎育以人爲對象的經營之下，規矩指向人性的黑暗面，而開放的精神則尊重人性的光明面。如何運用規矩以陶成人格，如何以種種生活的型範導引下一代，這是敎育的主要管道。敎育之爲敎育，不僅在於知識的製造與堆積，更在於知識的流播、轉化及創新。我們不必高談智慧，祇要老老實實的保住知識的堡壘，一起從事長期的攻防戰，向一切知識的敵人及道德的蟊賊。

破壞規矩不等於開放，開放須隨之以尊重。欠缺敬意，一切將如和稀泥而草草了事。理學家的「居敬」功夫，大有意思。「居敬」應放在所有人生的活動中，而使生命的精采歷歷展現。敎育須以敬始，更須以敬終，始終在參與、專注及深入的歷程中，敎育才可能成爲文化的大動脈。

我們看到打罵敎育的負面，因我們有了一份對人身、人格及人性的敬重。但我們似乎未曾警覺：若打罵能在濃濃敬意的包纏下轉成金剛手法，那一份菩薩心腸才不至於成爲姑息的揖客。適時的棒喝是頓悟之媒，而嚴厲的管理與訓令並不必然反民主反人性反敎育。

我們應給敎育的從業人員更多的自由，而不能動輒施予輿論壓力。且讓所有具良知血忱的傳道人，在科學民主的大旗下好好端詳千萬學子的身影，並一起來省視科學的用處，一起來栽培民主的根苗，至少，一起來看看慈藹的面孔和嚴厲的態度，該如何在黑板白字前調配出一份可口的餐點。

七十六・七・二十九

# 談因說果

物質世界的因因果果，經科學專力的挖掘，已然脈絡分明；然精神世界的因果似乎仍深埋在宗教的氛圍裏。有許多人仍不相信精神在我們生命中可能釋放出超越科學認知標準的能量，而精神究爲何物，至今尚無可與自然科學相匹敵的經驗與定義。

以物質解精神，終導致精神汩沒無蹤跡；以精神融物質，往往不見物質世界的奥妙。前者是微觀之眼，後者乃鉅觀之眼。又有大批的心物合一論者，自始便堅持心物乃一體之兩面，然其「一體」是何相狀？何樣態？卻難有一致的定論，他們似乎仍透過心物作兩面的呈顯，其描述性的筆調依然暗藏不可道，不可說的苦衷。

佛家揭櫫生命的因果律，强調吾人有無窮之生命史，有無盡的精神能。從釋迦牟尼以來，所有的修行者都拿自己的生命作實驗，而這遍布生機妙趣的世界就是他們的實驗室。他們不從事形上的玄談，縱有所爭辯，也是在爲更高層次的踐履鋪路。而他們所最拳拳服膺者，卽此一通貫無始無終，無邊無際大宇宙的因果系脈。由因到果，並非直捷之路，其間有十分複雜的途徑。而吾人身在因果聯綴的世界中，吾人卽一因果的集合。所謂「緣生緣滅」並非終極之論，吾人是有眞常不變的生命在，祇是諸業造作，百力交集，其生命終爲衆多假像所包纒，而難以通透，難以超昇。

在此，姑以佛爲例，是爲了證明因果律並非物質世界之專利，而生命的因果更值得我們重視。欲建立生命的殿堂，須求生命的基礎深廣，並求生命的歷史久遠，故有「三世」之說，將我們的時間觀念拉長；同時有無邊法力無垠法界，將我們的空間觀念擴大。如果生命沒有過去、現在與未來，則因果脈絡將去頭去尾，無法發揮引領向前的作用。若吾人偏促一隅，動輒受阻，生命格局難以開展，則因果的律則極可能落入自相矛盾的境域，甚至自毀有機的緜延與流動。

有因便有果，而因有善惡，果亦有善惡。因善果善，因惡果惡，其間須付以極大的信力與願力，卽須以全副生命投注其中，並於載浮載沉之際常保清明的自覺，以維生命的眞與常。如果對善惡的價值，無能以生命的意義加以斟定，而一味於思想言詮中反覆申論，則因果便將遭致嚴重的懷疑。

世人對「報應」的看法衆說紛紜，其故亦在此。看見所謂的壞人死了，輕鬆一句「報應」或「現世報」，並無法窺透善惡在因果網絡中無盡的流轉。看到好人遭殃，或小人得逞，誰都百思不解，而將答案或託付神明或付諸偶然，如此心態更可能導致斷因滅果，甚將生命脫卸向恆常的軌道外，或狷或狂，或固陋或放浪，不過是其生活表態罷了。

生命是因亦是果，因果不是神秘之物，也不是可能衰滅的物質元素。我們須時時處處予以肯定，並以全心觀照，而至於無事不在因果中，凡事皆因凡事皆果，我們當可因此對生命興起莫大的敬意，並養成謹愼負責之風，因一切皆與我們的造作息息相關。如此，此生此世卽是一大輪迴，又何必以天堂地獄之說來誘引衆生呢！

七十六・七・九

# 成人之道

就事實而言，我們都是人；然就理想而言，我們還不能算是一個眞正的人。肯定自己是人，此一肯定尙只有相對的意義，只能在諸多事實中去努力挖掘有效的理據。如果任意渲染現實中人的種種，那麼，人文主義勢必走向封閉的境域，而做爲一個人就不是頂光采的事了。

當然，如何界定事實的意義，並非易事。面對事實，有科學的態度以及超科學（或非科學）的態度，這兩種態度可以先後採行，也可同時兼備。而事實與理據之間究有什麼關係或距離，也不是一般思維所能完全了知的。公孫龍設定「物指」——個別事實中的共相，使我們的觀念有了客觀的保證。柏拉圖將理念放置在一個完美的世界中，令它有最最眞實的存在。他們兩個人的作法有異，但同具苦心，同樣是碰到了主客如何合一的天大難題。

佛家說苦倡空，根本否決了現象的實在性，也同時徹底除去人文主義的諸多危機。《金剛經》

的十喻：夢、幻、泡、影、水月、空華、露、電、芭蕉、陽焰，乃以其人之道還治其人之身，就現象說現象，直接點破吾人執假作眞以幻爲實的思想習氣。而空義不能是思辨的對象，空之又空，層層剝落，竟如芭蕉之無心，也印證了慧能的「本來無一物」，無一物是空的寫照，也就是事實的寫照。如此，以思想的自我解放大破執持事實的愚癡與頑冥，人生乃不斷有新氣象，人生的意義就不能只在血肉之身裏尋找了。

當然，我們也不能任意否定人生。否定比肯定需要更大的精神力氣。因此，如果滯於否定之中，一切失去了美好形象，則一個人不僅將活得痛苦，而且勢必在絕望中逐漸死去。否定自己，必須在一定的時空中有落脚點，才不至於踩空而失去生命的重心。在不斷的否定的同時，我們須繼之以高一層次的肯定。免於失落、迷惘與陷溺，祇不過站穩了脚跟，如果不繼之以衝刺、冒險與奮鬥的決心及行動，人生將仍然無什意義可言。

我們很容易滿足於人這個身份，也頗鍾情於超世的理想。禪師云：「打得念頭死，方得法身生。」如今我們大多不忍心打自己的念頭，因爲我們已習慣於向念頭乞食的生活。念頭不論正邪，都不能是我們乞食的對象。我們當自給自足，在人生諸多事實的理路間獨來獨往。某些念頭確能穿針引線，爲了編織人生大夢。如果註定無法脫離俗世，念頭仍有其一定的效能。然而，誰又能擔保俗世將來不會有本質性的更變？而人生大夢眞的永無夢醒一刻？

以不想活爲藉口，其實遂行了人生的大逃亡——這些畏罪（惡）者竟幻想能活在另一個世界裏，以其全新的生命。這幻想的實現的可能幾乎等於零，因此，對人及人世的尊重是具有接近必然的概然性，如此的信念比許多邏輯推論要來得有價值多了。如果人有偉大的可能，當在善於發揮生命氣魄。對人心及人身作種種的堅持，往往是必需的，孔孟已爲我們立下了人極的楷模。擔當起人的所有，並向非人（超人）的一切開放，在肯定與否定的思想辯證間，以果決行動迎向任何存在的對比狀態，當是唯一的成人之道。

七十六・六・二十五

# 銅臭不臭

處在今日世俗力量無孔不入的社會，欲堅持某些傳統道德，以尋回少許人生意義，竟已十分艱難。全面追求財富的結果，竟是人性的疏離及人心的陷溺。財富不必承擔我們的罪行，雖然財富的來去得失，難免製造障人心眼的迷霧。該負全責的是我們自己——一個個全心奉獻這個世界的小生命，正由於我們不斷地從靈明之境走出，向荒煙漫漫的現實人間尋尋覓覓，我們遭遇坎坷，面臨困局，似乎是情勢使然。

傳統以道德爲最大特質，而中國傳統又以倫理道德爲中流砥柱。在倫理範疇中講究道德，除了給予人心層層的保障外，同時也潛伏種種危機，其中最可怕的便是過多的人情牽扯，將大可獨立之個體引向形式化的虛浮世界。本以眞實人心爲樞紐的禮，所以下轉爲繁文縟節，本汲汲於義理實踐的剛健精神，所以變爲緊緊貼住實用實利實效的急躁作風，那如蜘蛛網般，罩住一具具遊動軀殼的人際關係未能整頓清理，該是最根本的緣由了。

在此，我們不必扯得太遠，暫時尅就財富與道德的關係而論，當多少能明白，現代人心的走向，究竟有了如何的偏差。古人倡安貧樂道，其意諒必是爲了提防人欲，不使其妨害性情之鍛鍊。原來自我之道德修養卽自我之救贖，非付以全副生命不可。財富乃中性之物，可以是行善的助力，也可以是作惡的工具。最可慮的問題是：在追求財富的過程中，必無暇返觀自照，而在物物交映之際，人的精神層面勢必被硬拉下來。無能自覺，何來德性之陶冶？喪失立體人生的價值觀，人與物又有何分別？

富而好禮，樂善好施，正面肯定了財富的價值。財富一方面是個人才情表現所致，一方面是器世間所以能恆久矗立的主因，而這兩方面其實相輔相成。以因緣流轉不息的大角度看來，善者必富，富者必善，才是人人企盼的最高福分。當然，這必須等共業已然全體昇騰於物質洪流之上，方有實現的可能。目前，我們同聲哀歎人心不古，世風日下，其實，該哀歎的是我們自己。排除了我心，人心何在？消泯了個人風格，世風又從那裏來？

現實的詭異最爲困擾人心，特別對於人心的交流及眞理的傳播，現實更以其介於明暗之間的跳脫性大加干擾。而現實最得力的幫手就是財富，財富無言，然倚財誇富者則喋喋不休，試圖用阿堵物堵住某些人心交流的管道，更甚者則妄想以多金之筆揮寫龍虎之勢，財勢並蒂，那些枯守知識園地的人就不能不沈默了。

可敬的傳統商人奉此聯語為圭臬：「經營不讓陶朱富，貨殖何妨子貢賢。」有錢不一定會沾染一身銅臭，銅臭其實是心行路徑有了歧向，導致氣質敗壞，終不聞品德之芬芳。今日商人擁有最雄厚的世俗力量，他們若能自龐大的財富之中探頭向外，發現財富其實具有超乎金錢的價值，並驚覺活生生之人豈能長埋於帳目裏，則我們這個商業社會就可比美古雅典，文明與文化並駕齊驅，那麼詩人高吟：「我們的星空很希臘」就完全應驗了。

七十六・五・二十六

# 生命的肯定

我常反覆思量奧里略的這句話：「宇宙即變化，生命即肯定。」第一句「宇宙即變化」是一般性的描述，並無驚人之意，我們老祖宗數千年前就在《易經》裏，對此有十分明白而理智的交待。而第二句「生命即肯定」可就是十分有力的結論，彷彿它已貫徹了吾人的生活意志，並在流動變化的宇宙中有了恆久的棲止。

英雄試圖獨霸一方，我們也汲汲於個人生活領域的開拓。在任何生命的綿延中，包容應永遠大於排拒，否則成長將不可能。若有人妄想以各種方式讓別人在自己的存在中失去任何的意義，那他很可能是個獨夫——精神的獨夫，其心寂寂，其情悶悶。

斯賓塞認爲吾人不可能知悉宇宙的眞相，他將宇宙眞相名爲「不可知界」，此乃一「極限概念」。這給我們這些不從事科學研究或形上玄想的人，很大的思想方便。我們祇要尊重「極限概念」，不去穿鑿它，如同《莊子》：「六合之外，聖人存而不論；六合之內，聖人論而不議。」如此，我們就可抱持通達自在的求知態度，以保護天眞的性靈，而自然孕育出智慧的花果。

生命的肯定至少有這兩方面：第一：肯定自己及別人的存在意義，所有的人文學術，都把重心放在這裏。第二：肯定生存的環境及其攸關人身人心的重要性，這由科學當先鋒，帶領著絕大部分的世俗活動。

生命的肯定不能只是思想理論的斷言，因爲生命有許多層次超乎思想言詮之上。有時，看似不思不想，其實已然進入思想的核心；看似犯了邏輯的錯誤，其實是美妙的假設無心遺漏的。我們的生命波動確有超高頻，科學尚未發明接收九天外冷冷仙樂的裝置。就眼前的科學成就而言，不僅不足以證明外太空高級生命的存在與否，其實連人類自身仍有許多超乎科學的奧妙現象，至今依然交付非知識的領域加以管轄。

生命的肯定是一全面的肯定。其實，我們時刻在做肯定，一個肯定是一個念頭一個動作。從生到死，乃一頭尾相銜的連鎖論證，生是第一個前提的前項，而死是結論的後項。生死一線，肯定生卽肯定死，其間間不容髮。縱有所謂「否定」，也仍是向前推動的力量所致。

肯定自己和肯定別人之間，不能有所猶豫，有所停頓。孔子的忠恕所以一以貫之，乃以大生命包容小生命所完成的高度肯定；可以說，廣大的愛卽此高度的肯定，這並不是量化的情感所能獲致的境界。

目前，肯定環境和肯定人類自身，有了鉅大的鴻溝。於是，生活的態度日趨偏狹，參天地化育的意願也隨之衰微。我們常把肯定擱淺在思想理論或言語的層次，而許多行動家動輒否定，且不知其否定其實在一更大的肯定之中。思想所以有封閉的危機，行動所以有紛歧的險路，皆緣於生命中少了積極的肯定、活潑的肯定。

如何提升肯定的層次，不容許已然決定的心思落入僵化的模式，乃長生不死的訣竅。念念生，念念死，隨波而不逐流，入世而不滯於物，此一永恆的戰鬥，亟需肯定的大氣魄。

七十六・五・十八

# 文化火車頭

廣義地說，人人會思想；狹義地說，眞能思想的人並不太多。活在現代社會，我們被逼得非想不可。可以說，越沒有惰性的人成就越大，懶得想是比懶得動來得更可怕。

知識幫助我們思想，經驗是我們思想的素材，而學問之道卽思想之道，生命的光輝有一大半是由思想自我磨礪出來的。如今人人高呼思想的獨立性，彷彿不思不想卽形同寄生蟲；然思想若不講究方法，不界定層次，不建立宗旨，則思想不過是千萬腦細胞的蠕動而已，思想訓練亦將降爲頭腦體操，如此，在爲數可觀的聰明人中將難得出現幾個智者，思想的大用將被大幅削弱。

吾人生命自有思想，除非生命中已無理性的機能。但如何使思想有生命，就是大問題了。底下有三點或許值得我們在思考之際參考：

一、思想要有眞誠：理性不能只是個工具，理性本身卽是目的。孟子以人性爲道德之主體，康德大唱：「人不能是手段，人只能是目的。」這都說明思想不能流爲人生的某一種活動，不能只是幫助我們達到某一種目的的技術。我們得以全副心思去思去想，在思想之際，我們是該把整個生命投入；當然，思想不必立卽地爲生命的行動服務。但在思想的歷程中，如果沒有眞誠的心意流暢其間，思想勢必受阻而有了歧向，甚至只成一個個空洞的形式。試想：一個不敢摸着良心說話（出聲地思想）的人，他所吐出的不過是一堆無什意義的音符，根本無法敎人動心，又如何能敎人動腦呢？

二、思想要有原則及方針：我們的思想所以無法高效率地運作，主要原因便在於我們的思想前後不連貫，有時甚至支離破碎，紛歧的觀念相互抵消，最後是徒然浪費了心力和腦力。要使思想一貫作業，便非建立原則及方針不可。思想的原則得視思想的脈絡而定，它不能是一成不變的，但也不可過分投機而搖擺不定。思想的方針則須以理性爲準繩，以事實作根據。在此，有一個莫大的忌諱：千萬不能經由非思想的管道來爲思想立定原則或方針。思想的自由端視思想的管道能否暢通於如經緯縱橫的原則理路，一切和思想敵對之人往往置身思想之中，並以僞裝欺人之伎倆製造思想的混亂。多元不等於混亂，尖鋒對立不一定導致你死我活，所有殺氣騰騰的人都該被趕到思想的領域外。

三、思想在獨立性之外尚須力求互相包容的共同性：共同不必一同，祇要能彼此作同情的瞭解並進而以共同的參與來消解思想的歧異，我們的思想卽可在純正的義理中長棲，並勇於與現實相搏。其實，思想的獨立性不妨礙思想者之間的交流，毫無主見及固執成見這兩個極端才是思想的大病根。眞實的思想讓我們發現眞實的自我，而所有眞實的自我是相互獨立且同時彼此融洽的。

在此，稍對我們的敎育作檢查，可以輕易地發現：本應居於中心地位的思想敎育竟已退處敎育的邊陲，這一怪現狀值得有識之士以群策群力的方式加以整治。如果思想敎育長期地被有意無意地忽略，甚或以反思想的手段加以扭曲，那麼，原本瀰漫着科學主義實效主義行爲主義的敎育界、學術界及廣大的知識圈，將極可能爲現世主義功利主義商業主義重重包圍並層層滲透，到了這個地步，身爲文化火車頭的敎育就將如老牛拖車，而我們這些乘客就可能永遠到達不了目的地了。

七十六・七・二十

# 進步的藝術

誰都希望進步，希望自己進步，希望社會進步，更希望全體人類進步。生命乃一大歷程，時或直線挺進，時或迴旋循環，時或波浪般起伏於坎坷中。因此，如何界定進步的意義並非易事。如今，有人認爲歷程（Process）並不等於進步（Progress），並以此批判現代文明，以及大多數執持現代文明不放的人。在科學昇騰不已的現代社會中，確實有人過分自信、過份樂觀，更有人誤以爲新的和舊的之間乃排取的情況，有新無舊，有舊無新，因此在激進和守舊之間肇生不少禍端。

進步應不是拘泥形跡之風，也不能是破而不立的倖進與唐突。歷史不開倒車，似乎已成鐵律；然人心走回頭路並非全無可能。歷史其實一直游移於客觀事物和主觀心境之間，而許多所謂的「客觀」，也不過是主觀的另一種造型罷了。最棘手的問題是：人類或一民族一人群的共同心境（相互的主觀性），究竟該如何加以測知？如果這問題難有答案，那麼歷史的眞諦就難以追討了。

如此看來，進步絕不等於賽跑，賽跑有一明確的起點和終點，而進步的階程及速率的決定，則受制於各文化體自身的有機性及整合性，其中因緣錯綜，變數繁多。可以說，每一個文化體爲自己的進步所設定的時間表都不相同。現存的原始部落和某些已然宣稱邁入「後現代」階段的國家，兩者的時間觀念實有天壤之別，我們又怎能以片面的進步的概念，去責求那些悠游於大自然中的族群？

消解了「進步」這概念在現代人心中不斷放肆的態勢，我們當可活得從容有度。現代人所以活得不快樂，一股企求超越別人的力量，時時蠢蠢欲動，可能是一大主因。而集體性的力量更是變本加厲，它試圖超越傳統，超越未來。如果是精神自覺的修養，一般的表現應是溫煦和暖的；但放眼天下，處處有暴風，時時有狂飆，這就值得我們一起來批判我們共有的現實了。

自信自己這一代是最好的一代，是有幾分可笑，但還不至於可悲；若妄想以這一代的力量，在短短數十年內，安置好子孫千年萬年的生活磐石，可就十分不智了。我們有可能和萬年前的祖先或萬年後的子孫，在精神心靈上遙相契合，以蘊釀我們的生機，以培植我們恆久不滅的命根。不過，當我們仍以物質的成就沾沾自喜，仍逃脫不掉功利的氛圍之際，這種自我陶醉的心態將是有害的。

華萊斯（Archer Wallace）的話頗值得我們惕厲再惕厲：「每一代都在前人留下來的事物上建造，五百年後，或許我們認爲很了不起的汽車、飛機以及成百上千種東西，也定會放在博物院裏，供我們的後代去消遣吧！」

進步很難成爲眞理，但進步大可成爲藝術。懷德海說得好：「進步的藝術是在改革中保持秩序，和在秩序中保持改革。」唯改革才能進步，而改革唯有在一定的秩序中才能成功。當然，我們須對秩序有一共同的認定。秩序介於人心與社會之間，人心的秩序和社會的秩序又有一共同的基礎：「理序」，理序乃人文精髓所在。我們若要進步，且持續地進步，便得以理爲序，以理爲心行的準則。至於理的認知與界定，又是人心共同的大難題了。

七十六・五・五

# 道苦說樂

苦樂的相對性一直困擾著人類的心靈。由苦到樂，不僅是一段突破感官障礙的追尋過程，更是一程精神冒險，於廣漠無垠的生之荒原迤邐開來。誰都無法否認苦樂的感受往往是那麼强烈，生活就在苦樂相激相盪之下，如波浪般洶湧而來。各種思想的冶煉及宗教的修持，都必須正視這種無可逃避的辯證性。

如果思想只會帶來苦痛，則萬般念頭將被人棄如敝屣；一絲絲樂趣如露珠滾動於心理的輪盤，便令人心神馳蕩，甚至自溺於命運的漩渦。耶穌流血，卽是以痛苦之姿展現天堂的風光，天堂乃純然的快樂的大本營。禪定所以不同於木石枯坐，也是因爲禪定之樂由粗而細，自淺入深，誰也忍不住如此聖潔的誘惑。

轉苦樂的相對性成無苦無樂亦苦亦樂的絕對性，確是大手腕大氣魄。大體看來，苦樂漫漫之旅有底下四種路徑：

一、避苦求樂：這是凡夫心態，苦樂如風，凡夫在風中追趕，也在風中放捨了生命之所有。誰不是凡夫？誰能以肉身成道而一舉消除苦樂之間距？有求皆苦，避苦求樂其實是心理的惡性循環，然人在樂中常忘苦，在苦裏卻兀自逞强，呑忍苦痛如有德之人。如此，苦樂便一再愚弄我們，我們便一直坐著蹺蹺板，一顆心於是忐忑不安，起落不定。

二、因苦得樂：苦中有樂，樂中有苦，這是知性的一大發現。古希臘大儒的作風，古印度雪山中形形色色的修道，都是極爲早熟的智慧的表現。智慧凌空而降，在感官的運作間淋漓而出，處處是生命的大實驗。苦是材料，樂是成品，兩者有同有異，不全同也不全異。然如此執著苦樂同異之相，仍難免陷溺之危機，如果知性和感性有了摩擦，那個以身試道的人可就無能置身事外了。

三、轉苦成樂：一個「轉」字，表現出修養的力量。因苦得樂者不汲汲於消除苦受及苦相，而轉苦成樂者則欲去苦而後快，他們正視苦，並相信去苦乃吾人固有之能力。如此，一切的道德修養卽在發揮此一能力。所以有樂，乃樂在去苦的刹那間生命有了轉機；對樂的恆久的嚮往，卽是希望的源泉。積極的人生因樂而更積極，凡樂隨緣而生，是須主動去爭取的。

四、以苦爲樂：這是肉眼可見的最清淨的境界，苦樂之間已接近完全的融合。本來，苦樂是感官之實，亦是觀念之名，名實相符，世界自然成形。以苦爲樂者，立意在精神自潔的有機性，乃以柔克剛，以無運有，一種空靈之境，便如蓮花出自污泥，冉冉自形體中幻現。苦非苦，樂非樂，非想非非想，這並不是在玩文字遊戲，而是生命無限潛能步步的體現。

如今，站在堆疊成山的貨品中間，我們不可再多所執持苦樂之相。不甘俗化，也不喜背俗獨行，我們該多少有些道德的勇氣，也不可欠缺藝術的修養；然藝術也暗藏玄機，如果在追求美的過程中，任美的純粹性無端爲樂的感覺所染，則藝術的墮落勢必引發心靈的大泛濫。我們都可能走向歧途，四種路徑可能交錯迭現，我們須有個冷靜的腦袋，在彌天蓋地的精神大染污裏，依然眼清目明。眼前，如何由染還淨，比自苦趨樂更有助於人生的種種解放。

七十六・四・二十四

# 小心否定

絕對而澈底的否定論，並無法在人類思維範疇中立足。若任否定論轉成個人生命的一種風格，那極可能是種不治之症。尼采發瘋，與其堅決否定人間諸多不完滿的思想態度，應有或多或少的牽連。我們承認尼采超人的偉大性格大可提升平庸凡人，但我們也為他付出如此鉅大代價而感到悲痛。當然，懂得運用否定的論證，以清除陳腐的思想，進而為現實事物注入新生機，就是可貴的才情了。

大死一番，總得在正面之外，翻轉出另一方面，以便照映生命的總體風貌。老子「正言若反」，算得上是駕御思維的高手。老子是在已否定的同時，埋藏了更高一層的肯定。他深得易理消息，懂得在對立的天地格局間，層層翻滾，一路升騰向無雲的碧空。尼采的精神三變，由忍辱的駱駝經戰鬥的獅子至於新生的嬰兒，如此生命的動態辨證，頗似李耳的復歸於嬰兒。

他們各自從東西文明的深處出發，各自以夐絕的智慧接引生命的幽冷清泉。老子是飽學的博大眞人，尼采則是希臘古典文獻學教授，都在輝煌的文明中孕育出某種程度的反文明哲學。不過，二者的路徑與手段則有所不同。尼采是火鳳凰，以自焚的猛烈精神驚醒大做天堂夢的西方人；而老子則以水的柔美爲其典範，用無比謙虛的修養向一切的繁華討教。兩人的結局，一個失去人的理智，一個失去身的蹤跡，同樣是一剛一柔，一戰爭一和平。這樣有趣的東西輝映，也隱然透露東西文化的性格，似乎有先天的不同基調。

不知當代是否有適合否定論蔓衍的溫床？這也許須從當代人性的變態中去尋找答案。反人性是否定論最後的殺手鐧，坐困矛盾之中，而以鬥爭決定生命的出路，這是否定論十分容易陷入的局面。不僅鐵幕內流行否定論大唱矛盾曲，在自由陣容裏也常見野火般的否定論者。

他們披上各種服飾，奔逐於通衢大道或窄街陋巷，以沾濡知識的某種口號揚起旗幟，以十分現代的姿態包藏連他自己也難以詮釋的生命密碼。於是信徒蜂起，文章大作，或是充滿虛假的狂氣，或落入放誕的魔窟，終究受害的是平凡的腦袋。否定再否定，竟然無法回返溫馨的家園；生命的軌道直直向前，卻不再有咬合無間的車輪須與不離。否定論過分拉拔出離心的力量，誰又能穩穩駐足於緩緩突起的隴畝之間？

我們得常與否定的論調發生關係，但也得付出相當的代價與之周旋。在邏輯的系統內，我們大可容許推理的程序設下防線，以擋住某些思惟路徑。思想好比戰場，堅壁清野，鞏固陣地，乃決戰之前奏。適度的否定，並對早先之肯定加以檢視，不僅可少走冤枉路，更可能避開陷阱，保住理智的貞潔。

然而，我們絕不可放縱自己，亂開心靈的閘門，任情欲雜揉不貞不潔的思想因子——往往是由否定論釋放出來的。否定是遮是破，遮得好，能望得更遠：破得妙，能立得更穩。讓否定成爲清議的助力，乃自由民主的作風；但如何保證否定論者態度溫和，氣度雍容，永不喪失包容的雅量與理性的衡準，則是比高唱自由民主更爲重要的事情。

七十五・十・三

# 和爲貴

自古以來，和諧的精神在理想世界不斷地被大學宣揚，而在現實世界中，和諧的精神也隱然成爲幕後的調停人。當一陣衝突紛爭過後，塵埃落定，人馬偃息，一切彷彿孺兒在母親輕柔撫摩下，以細細的呼吸和整個世界交融爲一體。

縱然執持事實不放，對立也不必然引起兩相受害的不幸。杜甫詩云：「隨風潛入夜，潤物細無聲。」和諧的精神就似和風細雨，滋潤吾人心田，賜予吾人無窮的希望。如何掌握時空因素，在宇宙大生命恆動的脈搏下，安命顯性，守分持己，實爲卓絕的智慧。

爲了捕捉天地間變動的因子，自古聖哲乃以道德律則爲餌，在人性的大海中鈎取人身之所需。趨吉避凶，造福除禍，關鍵在一顆靈敏的心如何能優游天地間。於林林總總，分分合合之際，如何各正性命，如何在有限的時空裏發現無窮的意趣以養心，就得有可供信持的不變的理念。《易經》隨卦：「隨時之義大矣哉！」一切的人事物皆須隨時而動，隨時而息，才能長保暢旺生機。雖生命的消息難測，但其根本原理卻不難懂。

和諧不必强同，差異不是外在的障礙。智者所以强調順德，並在勇猛剛健的精神中加入中正直道，不使流於偏邪殘暴，便是爲了不壞和諧的大好形勢，以安撫人心，安定人事。和諧和包容其實是同一種德性，不可能有無能包容的和諧，也不可能有不和諧的包容。就最廣義的道德看來，萬事萬物皆有其美善，也都處在和諧的狀態中，都可爲吾心所包容。

包容不一定非有艱苦的鍛鍊不可，但對於天性的培植與天資的養護，卻也不能疏忽。我們相信：最有道德的人應是包容力最强的人，而其本錢就在其天性天資不爲外物所傷害，同時不爲自我所陷溺。也就是說：最有道德的人最懂得隨和之道，隨時隨處隨物隨人，而永不再被孤立被動搖被迷惑。

如此看來，在和諧包容的大原則下，背叛往往是不道德的，抗拒也經常不宜。最嚴重的背叛是背叛自己，背叛自己的本心本性。本心本性是玄學家的課題，但當它轉成貌、言、視、聽、思，而落入日常生活的範疇中，我們仍可輾轉逼進，遙指生命的核心。背叛自己的後果挖自家牆角，讓自己在崎嶇世路上失去重心，而終逸出生命的軌道。背叛者的行爲可能不會立即傷害他人，但必然立即傷害自己，因爲他在和諧的性靈天地中，已然栽入矛盾，灑下大量詭譎的毒素，他再也難以獨對自我，接納自我。

抗拒有時是中性的。如果能以理智導引，在抗拒之際留下闊綽餘地，則適度的排斥身外種種，反有利於小小自我。幾乎所有的人都常有抗拒的衝動，這是生命成長的本能作用。祇要不至於盲目如那走出洞穴的人一味抗拒光明，我們可在平和安穩的基礎上，活動手脚，打出一番架勢，進而逃離人事僻冷的角落，並戳破一時輝煌的光景，以迎接眞實的世界。

天地間容不下叛徒，但對於抗拒者，卻尚留有容身之地。如何抗拒而不至於背叛，如何排斥而仍有所接納，是頗値得大家共商的大計。

七十五・十・十七

# 解緣

若說人活在種種條件之中，未始不是對人性的一種輕鄙。講人生一定得講人性，而講人性一定得有其必然的意義，否則人生的一切可能落空。尊重人性卽尊重一切活跳跳的人，是再也不能以條件來論高下，用諸多偶然來困擾生命。

除非拒絕現實，否則誰都得穿梭於人生的各種條件之間，就像一個落水的人試圖抓條繩子或抱根木頭。所有人生條件的組合，就是宿命論者的命，就有其不得不然的重要性了。在此，我們不能說人生之命定乃人生之全部，我們也不願在現實的條件上來構築人生的理想。人生理想自有其輝煌的殿堂，可以不用磚頭、水泥或鋼筋，而用我們的精神意志結合大化之力，於心靈的領空作種種的變化，施展種種的奧妙。

緣生緣滅，緣卽人賴以存在的條件。面對如此詭譎多端、變化莫測的世界，我們必須有「先破後立」的本事，千萬不能倒果為因，在生滅不定之間尋覓人生的光影。緣分緣分，有緣才有分。此緣必須先加理解，進而疏解，終予消解，人生才有可以開拓的空間及可以提升的境界，而我們每一個人，具體的生命（就是我們的分）也才能自我肯定，並進一步以價值理想來點化人生。

不必畏懼緣的偶然性，祇要我們能以理性對待它，緣如水流，其中自有可利用的性質。龍樹作「中論」，對四種緣：因緣、等無間緣、所緣緣及增上緣作十分透闢的分析，發現緣起性空之理。此空義並非幻化之空，也非指有的欠缺。如今某些儒家人物畏懼佛家說空義，以為一味說空會有害人生，會使感情生命落空而遭損害。

其實此種畏懼心理大可不必，因為眞空不離妙有，實性不離美德，而本分也不背假緣。擁抱萬有，須使萬有再轉圜的餘地，主張道德，也須讓道德在純白的心地播下種籽，强調本分，更須在變現的緣中自由出入，以確定自己在宇宙大生命中的生存據點。這種報本返始，返璞歸眞的作風，正可由廣大深奧的空義來引領。

理解了緣，才能進一步培養疏解緣的能力。生命的網絡任人編織，如何疏解可是一大巧妙。凡人皆喜因緣聚會，卻不知在聚會之際，也有一股相對離散的驅力蠢蠢欲動。縱然將感性如何淨化，它仍是感性，仍有交纏或汚染的可能。因此，運用理性，執其兩端以持中，吾人才能把握不定之緣，並細細疏解之，過濾掉可能動搖生命根本的因素。這是終吾人一生必須全力以赴的工作，絕非閒功夫。

疏解了交纏之緣，再來便是消解的大手術。消解緣，並非逃避，而是負責的行為。雖緣生必然緣滅，但主動地以生命本位的立場去清理週遭環境，如此主動迎擊，可謂替天行道，自求多福。消解緣如清掃街道，所有的緣都多少有點不淨。在我們以全副生命向這存在世界進軍之際，解緣是第一項任務。理解多以等無間緣的念念相續爲對象，疏解則多向所緣之緣的層層包裹下手，而消解則穿透增上之緣，並翻轉因緣，終開拓出無垠的天地。

如此，隨緣並非機會主義，也無功利色彩。若我們在未能理解緣之前，便急急以吾人生命定住了緣，那麼我們就將活得十分辛苦，而這便是某些儒家人物，喜歡問疾於老莊哲學的理由。

七十五・十・二十七

# 知識食客

自中庸揭櫫：「天命之謂性」以來，性命之說層出不窮，或以善惡之價值附麗其上；或用內外之關係予以翻轉；或窮理以盡性，或明心而見性，各逞鋒銳，各領風騷，人的自我反省批判，功夫乃大幅進步，提供了文明歷程中永不止息的推動力。

談心論性說命，大體有「知識」及「反知識」兩條進路。「知識」的進路是當代的走向，各種社會科學集結理論之鋒芒，試圖在傳統的神秘窠臼中，挖掘明晃晃的寶石。現代知識分子頗喜歡在知識的形式中，裝載生命的內容。這樣的努力並沒有百分之百成功的保證，因爲知識是棵成長的大樹，它有無窮的成長的可能，而人們爭食的卻是它的花果。

祁克果如此譏諷某些現代人：「哲學每爬行一步就脫一層皮，它的食客便進去居住。」我們都是知識的食客，這似乎是命定。問題出在：以自我性命爲知識之對象，有無可能獲致自我的滿足及提升？祁克果又說：「我們對待別人要主觀，對待自己則要客觀。」如何客觀地對待自己？究竟有無絕對客觀的知識能幫助我們面對自己？

「反知識」的進路或可以超越論者爲代表。西方有本體論，仍以形上的知識作基架；而東方（包括中國和印度）則出現超本體論或超超本體論。佛家以「空」對治吾人之身心性命，透過空義之消解，吾人與整個世界之存在才得以進入眞實的境界。道家以「無」呈顯天地之道，以回歸自然爲性命終極之向度。雖道家欠缺佛家多重富麗的宇宙觀，但其逸趣橫生的自然天地，實乃高度藝術精神的具現，若無自我生命參入其中，則任知識與世俗事務多方糾纏，這條超越之路就走不通了。

「性」字源自「心」和「生」，隱含精神生命之義諦。性乃生命之內容——最根本、最眞實之內容，它是潛能，生命動態之辯證以它爲主導。由性至命，是由動態走向靜態的趨勢。命是形式，是固定的支架。若一味談命而忽略了性，生命可能因此下降而逐漸喪失活力。歌德說：「上帝在生命之中而不在死亡之中，在生成變化之內而不在固定止息裏。」歌德的上帝應是崇高圓融的大生命的代名詞，是指生命之源頭與流向自始至終皆在生命的軌道中。易卦終於未濟，也頗能參透其中消息。

馬庫斯（Marcuse）說現代人是「一度空間的人」（One-Dimensional Man），應是痛切之言。若就生命之創造力而言，人是絕不可能自閉於一度空間之內的。祇是物質文明早已斲傷了文化精神，難怪史賓格勒高唱：「文明乃文化無可逃避之終極命運。」而文明已由生命之內在走向外在，由變化之有機邁向機械之必然，這種衰頹現象確有難以挽回之勢。

不過，如果仔細觀察人類社會之整體運作，我們仍大可樂觀。人類學家亞伯納・柯恩（Abner Cohen）指出人的自我本性主導了一個人和他人的交往（這是倫理），而人潛在的生存力量則控制了人和宇宙的關係（這是科學與宗教）。人再怎麼變，我們這直立動物總是有靈有肉之軀。因此，祇要我們能善於協調社會的種種功能，使人的本性不斷開發，同時使人達到更好的生存型態，歷來的性命說就可在知識和實踐之間從容前行了。

七十五・十一・九

# 生命典範

當代科學的哲學名家孔恩（Thomas Kuhn）在其名著《科學革命的結構》（*The Structure of Scientific Revolutions*）中對科學發展的內在理路，有極其精湛的剖析，他說：「在所有的科學領域中，絕大部分的發展期間，科學家除了解謎之外，並無他事可做。」

孔恩强調科學之謎必須有其解答，而解答又須有規則的限制，這種解題規則便由得自「典範」（Paradigms）的信念所支持。例如牛頓定律在十八、十九世紀的物理學中即扮演此一角色。孔恩為「典範」下如此的定義：「典範指的是公認的科學成就，在某一段期間內，它們對於科學家社群而言，是研究工作所要解決的問題與解答的範例。」

孔恩所建立的典範，應可在某一程度內應用到社會科學甚至人文學，或許在社會常態的發展過程中，也有居於主導地位的內在典範。孔恩認為典範超越一般規則或通則，準此而言，在繁雜的人文現象或社會現象中，應可逐步深入，以迄人文世界及社會結構的核心，而在此處扣緊生命脈動者，便是最最原始的生命典範。

當然有人會以爲生命本身卽是典範，或說生命並無典範，但在生命動態的辯證間，吾人理性早已提供無數可喜的消息，使廣大深厚的生命力量，得以滾滾而來。希臘的邏各斯（Logos）及中國的道，應是雛型的生命典範，祇是數千年來文明的進路，並未能完全遵循此一典範，這其中有極爲深妙的弔詭。

孔恩的大貢獻在發現科學家社群對科學研究的重要性，而典範便居於中樞地位，以肆應四方。如此看來，科學和人性息息相關。我們可以假定：世上並無反人性或無人性的科學，而科學有用，便用在人性；科學之用，亦卽人性之大用。同理，在人文知識流動於社會或社會浮沈於人文世界之際，如何使人性不致被抽象之物掏空，又如何保住所有的個人，不至於陷溺在失落生命典範的泥淖中，皆是攸關生死存亡的大問題。人性衰，社會敗，人便無存活的希望了。

魚游於江湖，乃保命之道；而人身在群體網絡中，更是活出意義的唯一途徑。科學家須不斷認同於科學家社群以汲取膏潤科學理論的汁液，而平凡的人更須不斷認同於平穩堅固的各種組織，以避免自然的死亡。我們必須效法科學家，科學家已爲生命立下種種典範，孔恩說：「科學家必需有强烈的慾望，想要了解這個世界，及擴展我們從森羅萬象中所建構出的秩序的精度與廣度。」

如此精進的作風，實乃生命之福。若任秩序的理念自生命裏逐漸褪色，而在生命之外，那包裹生命內容的美麗形式，以及强化社會結構的種種要素（絕大部分源自人性），也同時湮沒於起落不定的非理性的陰霾裏，則生命的災難必然接踵而至。

社會失序即是人心失序，拯救之道在重建社會的典範，並使社會的典範和人性時相呼應，其間不能有阻絕意義交通的障礙。我們不必刻意追求生命的眞理，但我們須著意於生命典範的再現，由裏而外，從下往上，扶持我們向莊嚴曼妙的世界。

培根說：「眞理易從錯誤中浮現，而很難從混亂中獲得。」所謂的混亂主要是指思想的混亂，思想失去了理序。人心有其南針，一個多元化的社會，絕不能無端放置無可解答的人心之謎。自由的心貴在其自由的理性及理性的自由，我們的社會科學家對此應有相當的尊重，而不必固執某些規則不放。

七十五・十一・二十一

# 開展文化格局

在西方文化居於優勢的情況下，發揚中國文化乃十分艱難的事業。百年來的諸多國恥，使許多聰明的中國人不斷自省，而發現了中國文化一些內在的缺陷，於是中國文化所孕育的種種生命精神，更不易有出頭之時。

中國文化已成爲現代中國人犯錯有過的代罪羔羊。一般人動輒以民族性爲推託之詞，彷彿中國人一切之惡皆源自中國的民族性。其實，民族性乃十分抽象的名詞，並無具體確定的內容可作爲徵驗的對象。較客觀的作法是：從傳統思想透過歷史所開展出的文化格局，來觀察中國文化可能的限度。較合理的解說是：當代中國文化的乖舛命運，乃中國文化內在理路未能全然符應時代環境所產生的出軌情事。

在檢查中國文化之前，我們須先準備兩種信念：一、文化有其自清自救的能力。中國文化之韌性，擧世無匹，雖然如今生氣較爲蕭索，連韋伯都認爲中國人的心靈生命力已漸僵化，但中國文化仍爲一有機體，仍內蘊無窮的生命力，殆可確信無疑。二、中國文化自我成全的理想依然高懸，雖其迴映現實之際，已難免空泛之譏，然就其爲一大價值系統，仍有壯大之氣勢，足以拉拔每一粒小小心志。

如此，我們便可放手拿捏自家珍寶，設法從缺點的認知，在根柢處翻轉數千年的傳統。

一、談關係而忽略了握持關係的兩端——一個個獨立的個體，因此，個人的獨立性一直在關係的糾結之中，未能適當地凸顯出來，這對生命個體的養護十分不利，而關係下轉爲人情的脈絡，更强化了中國文化世俗化的走向。

二、輕鄙知識本身的價值。中國人往往從知識的應用層面界定知識之爲力量，而對知識內在的理趣卻少有吟詠其中的品味。我們過於注意知識和智慧之間的殊異，卻忘了兩者之間潛在一道心路，值得全力以赴。

三、內聖到外王的道路一直未能客觀地開展出來，未能參入社會科學、人文科學，以固其路基。我們偏重孟子性善之說，乃出現唯心的流弊，由精神的浮誇、思想的浮誇，至於語言的浮誇、政治的浮誇。以客觀體制善治人性之惡的荀子，一直未受到重視，未始不是一項損失。

四、欠缺抽象的本事，使我們未能認淸事實眞相，判別實然和應然之不同。我們的理性動輒受阻，祇因支撐理性的主體不受尊重，無法在森羅萬象中唯我獨尊。我們對人和自然天地的關係也一直未加疏理，導致凡事淺嘗即止，也無法經由物相的豁顯，相對地建立起人的世界。

五、每當禮法（社會秩序）敗壞之後，我們的道德精神便因此陷溺，陷溺於主觀的窠臼中。我們似乎已經習慣「一治一亂」的歷史定律，而不去努力舖造千年萬年的社會大工程。我們的精神一直欠缺武裝，我們的道德一直接受倫常的保護，而尚未鍛鍊出力能貞定天地的強者的道德。

以上這五項缺失仍都是變數，仍在歷史的動態歷程中，祇要它們不落入死靜的意底牢結裏，轉化它們尚非難事。祇需我們有此絕大的信心：文化可無限地發展下去，再頑強之物也可經人文的潤澤而發光散熱，我們便將不再是世界文明的破陋戶。

七十五・十二・一

# 韋伯的啓示

韋伯認爲任何行動皆有其因爲價值而產生的合理性（Value-given rationality）和因爲目的而產生的合理性（end-given rationality），因此任何行動皆有其意義，再荒謬的舉動也有其意義，而闡明一項行動之意義的最佳途徑便是詮釋方法（interpretive Method）。眞正的詮釋不僅在說明因果之關係，更須設法掌握行動的動機，因爲人是有了動機才採取行動的。韋伯的詮釋以評估（evaluation）爲憑藉，有其客觀的檢驗程序，而非訴之於主觀的心理經驗。

韋伯同時指出：對象自身並不會提供意義，意義並非對象所具備的一種性質。意義實乃人類社會之產物，而它和價値、目的、動機及人事因果有十分密切的牽連。對因果的說明和對意義的了解，兩者並未截然對立。

因可以是果，果可以是因，因果可以是無窮的連鎖，然人的意志卻能從其中打出一條生路，而建立起人文的社會。韋伯反科學主義（scientism），他認爲在社會科學的領域中，並不存在嚴格意義的因果關係。因果可以互爲變化，乃人的價值、目的與動機於其中發揮了效力，韋伯於是提出因果多元論（Causal Pluralism）。

承認社會現象是在多元的因果架構中變化，吾人當可因此培養出有容乃大的心胸，而不至於獨斷或妄斷。多方面的評估，從任何可能的價值及意義去設想，絕不能落入決定論（determinism），更不可企圖了解事情的全貌。如此的思想途徑是由許多有限的概念舖築而成，任何未經反省的思考素材，皆須在吾人知識系統中尋得安身之處。而對於某些抽象的理念，我們則應給予最大的尊重與認定，以便進行評估的工作，並使衆人之偏見在此理想型（ideal type）的映照之下豁顯無遺。

從韋伯建立社會科學的雄才大略看來，國人有關社會及人文方面的思考或有如下隱憂：

一、我們高擡價值（如孔孟之道德），卻未使其不斷產生合理性以和不斷開展的理性相結合。我們重視目的甚於手段，卻未在追求目的的途中不斷反躬自問，終使目的外在化，而和吾人原始的動機脫了節。許多人得理不饒人，此種不饒人之理已然喪失價值與目的的合理性。

二、說明因果之際，我們多少犯了科學主義的錯誤。多元的社會必須有對此社會的多元研究。但我們仍對某些一元的主張或理論保有莫名的狂熱，連學者專家的口吻仍擺脫不掉必然、絕對等權威性及教條性。自古因果循環的有機論，正可助成我們心靈的自由，我們的科學習氣在科學精神未能對等發皇的情況下須好好加以整飭。

三、我們的評估工作總在片面或不公開的情況下進行，以至於評估未能符應共同認定的眞實，也未能提升始終貫注的意義。我們或不作評估，或未因評估而一致奮起。人羣所以欠缺蓬勃生氣，祇因其中未有意義之流轉。是該發動所有置身事外者參與價值的實現及意義的完成，而不能任其溺於若隱若現的街談巷議中。

四、知識零散是人才零落的主因之一，而整合知識首在概念的釐清，並發現概念的生成過程以便進行謹嚴的推論。國人在純粹思惟上的努力仍嫌不足，對一些重要的理念也未能有堅强的共識，例如「民主」、「自由」等意義詳富的字眼仍然紛歧如故，人人急於應用，卻未設法使此一思惟圖像（Mental Picture）耀現均勻而純然的光采，於是實際的運作便無端製造了混亂和幽黯。

如何建立學院的知識威望，進而引領社會文化從經驗層面翻轉，一路邁向理想的光明，確是一項深具歷史意義的工作。

七十五・十二・九

# 象牙塔的定義

文化的緜延與拓展，端賴世世代代薪火相傳的教育事業。中國文化垂五千年而歷久不衰，其壯大的精神生命卽由黌宮蘊育培成。《禮記》學記云：「古之教者，家有塾，黨有庠，鄉有序，國有學。」自古教育已然紮根，已顧及普遍性及階層性。

學記又云：「一年視離經辨志，三年視敬業樂羣，五年視博習親師，七年視論學取友，謂之小成；九年知類通達，强立而不反，謂之大成。」如此謹嚴的教育訓練，不只造就一個個風采優雅的文化人，更足以化民易俗，使古老中國脫離草昧期，早早進入輝煌的世紀。

就以宋代朱熹主持白鹿洞書院所設定的學規看來，傳統教育乃一堅持道德理想，以養成一個眞正的好人爲目的的教育。朱熹說：「苟知其理之當然，而責其身以必然，則夫規矩禁防之具，豈待他人設之，而後有所持循哉？」

所謂「當然」、「必然」都指的是道德的意義，由知到行，由思想到實踐，總納入人格薰陶的過程，這是一種主動的學習，一種自覺自發的自我鍛鍊。在此，文化有了固著的據點，縱然其輻射之作用並不一定完全顯豁於當代。

再以國內今日高等學府在現代社會中的地位看來，象牙塔內幾全是知識的供輸，而所供輸的知識幾全是西方型態的知識。我們的敎育制度及內容，學自西方，這是時代及事實上的需要使然，但我們的敎育若欠缺中國本位的自我肯定；在敎育的最高指導方針上，若沒有固有文化的精神多方照明，則這一股巨大的文明機動力，是否能發揮其向上向前的牽引作用，就不無問題了。

高等學府絕非一種點綴或一種炫耀。近來有些人爭取國立大學設立於自己的鄉土，似乎眩於「國立」、「大學」等字眼，而對於一社區與一高等學府之靭帶關係並未多加注意。若一高等學府空降而來，孤立於一羣終日爲衣食奔波的生民之中，則它能否成爲具體的典範，爲精神生活立下標竿，並因此提升週遭的人的生命意義，可將是一難解之謎；而若一社區並未對高等學府作相符相應的種種準備工作，則那一堆知識及擁有那些知識的人，就可能得不到應有的尊重了。

我們在高等學府與社會文化之間，似乎是以一種經濟學的眼光去看待。我們的敎育投資與回收，似乎過於急切，也過於淺顯。敎育是百年大業，我們並未對「百年」兩字加以深思。知識可在數年有成，這是小成；但人格的培塑，就非經長時間的堅持與努力不可。看看近四十年來所製造的知識分子中，「知類通達，强立而不反」者有多少？知識零散又欠缺道德勇氣，未能獨立又時與傳統扞格，倒是經常可見的現象。

在供輸知識的同時，須再加精神意志的陶冶；在昂然矗立於塵土之際，須有清淨的氣息與高尚的風標。一座座象牙塔裏可以有最精緻、最貴族的文明花果，但在進進出出的學子身上，却不能沒有最純樸、最平民的文化血脈。

我們的教育在進步的軌道上不能不時時回顧，若汲取知識之泉而導致地層下陷，後果將不堪設想。

至於如何轉化學府與社會環境的關係，使由彼此利用的關係提升到精神上相互照應的境界，就非教育當局展現大氣魄不可了。

七十五・十二・十六

# 生活的英雄

通常我們都是把尊嚴高高掛在人格之上。人格自有高低之判，其標準可以在一定的道德體系中加以斟定；然發揮人格內蘊之强大道德力量的機會却不可多得，於日常生活之間，我們似乎很少遇見嚴重的自由抉擇的場合。於是，在市井之間，罕聞强烈的道德氣息，倒是在誄辭或行狀的字裏行間，一陣陣已然稀釋的風格品味，往往傾瀉而出。

摸摸良心，不是難事；但將良心掏出，放在理智的平檯上加以檢視，則非大勇者莫辦。人格是礎石，個人的尊嚴乃高聳的柱石，這是原則性的說辭；若論及實際人生，人格則如地平線，常隱而不現，而個人尊嚴就似遠處平林，隨風輕颺，並無孤高奇突的風貌。當然，我們不必高擧尊嚴，也能活得自在。一副直立的骨骼自有其直立的本事，那附著在骨頭上的皮肉祇要服服貼貼便可。

不過，在今日穿巷走弄的生活迷宮中，我們不能沒有本色，否則，經過時空的多方移轉，我們很可能會和自己愈形疏遠，終至全然陌生。要有本色，不必是英雄。就個人一生奮鬥的範圍而論，人人皆是英雄——保有自家本色的英雄。在道德的堡壘中，並不允許過度的英雄主義。眞正的英雄往往反英雄主義，正如眞正有道德的人最厭惡道德的口號。我們都可能是生活的英雄，在種種生活場合中，堅持本色，亦卽高高豎立人格的尊嚴。

且先刮去傳統的印記，那些泛道德主義的層層淡彩，並不可能對我們的人生有多少的助益。那些緊黏住善惡是非的價值判斷，乃剛出土的礦石，須予磨礪雕琢，才可能在精神的能場中大放異采。讓我們突破共同意識圍築而成的短垣，勇敢地深入文化的腹地，去尋找當初生命落種之地。不必在文明的表象中多所翻飛，是該努力挖寶，向神靈問明我們所以降世爲人的來意。

而神靈在人人心中。只要活得有尊嚴，我們便是誰也無法貶降的神。頗能與神交通的黎巴嫩詩哲紀伯倫說：「讓我們同歌同舞也同樂，但是，讓我們也保持自我，像那共奏的音符一般，卽使造成美妙的音樂，它們却保持著各自的音符。」

保持自我絕非驕慢自傲，而是時時省視自我，不讓自我與物同化。生活的土壤或肥沃或貧瘠，並無能決定我們的失敗與成功。尊嚴不在自我之外，尊嚴必定反一切的褻瀆、侮辱與罪惡。我們因自卑而奮起，我們更因自尊而壯大，但我們永遠不自認爲是神，縱然我們創造的人文已有百般的靈異。

就把柔撫吾心的思維條理當成生活的養分，而讓清明理性永保個人尊嚴於不墜。叔本華在廓清生命表象之際曾慨言道：「如果心靈使人類成爲創造的主人，如果知識使人類成爲創造的主人，那麼就不可能有無害的錯誤，更不會有值得尊重的錯誤。」最最嚴重的生命的錯誤就是反心靈、反知識、反創造，它的結局是生命尊嚴的墜落以及生命氣魄的萎縮。

我們不必汲汲於衆中遙見個人的影像，我們應捧著一顆心走向荒野，向天地打聽生命的消息，並和自己好好商量，以便對不再有任何投影的獨一個體，作最佳的詮釋。

七十五・十二・二十三

# 文化體質

語詞的鑄造，必有其觀念性的背景。或有其實際的指謂，或有其豐富的意含，語詞方有誕生繁衍的可能。語詞之新舊交替，不僅象徵知識的發展歷程，更明示文明的精神內涵在種種價值指標下有所消長、有所代謝。

最近臺灣的大衆文化在有識之士省思之下，已受到相當的關切，從生態保育到消費者的覺醒，從民間藝人藝品的挖掘到書香社會的漸成氣候，顯示文化活動在普遍性知識的導引下方興未艾，而同時隨伴的現象便是文字語言也有了新的訊息。

流行的口號不斷更新，新觀念在新語詞的推介之下活生生地跳躍在熱鬧的街頭，連作家們也以鎔鑄新詞爲能事，拋頭露面的學者專家竟也受到感染，「文化體質」一詞便是一新生的寵兒。衆口交責，幾乎一致認定臺灣的文化體質有待加强。我們不知道使用「文化體質」一詞的人，是否曾對此一新名詞做過明晰而深刻的詮釋？「文化」如何能和「體質」作有意義的結合？而文化究竟有沒有體質可資鑑定？這些問題雖非語言哲學所能干預，但名詞的合理性亟須建立，否則一個指謂不明、意含混淆的名詞，將對思想的交流造成妨礙。

文化確有內容可談，更有其精神意義可追尋。但如果祇從一般人的物質消費及精神消費兩種活動來觀察，便草率地宣布一個地區的文化水準，並斷言其未來命運，則是審慎的學者所不屑的。一葉知秋，其實和臆斷相差無幾。文化現象雖難有數據可爲徵信，但文化內在的生命卻可經由通識之士，以共同的敏銳的觸覺加以把捉，這是十分艱鉅的工作；而若欠缺浸淫傳統的涵養，只憑現代的思潮企圖衝破每一文化特有的精神防線，結果將可能徒勞無功。

如今，我們看到了不少年輕的中國現代知識分子迷惑於一時的文化現象，或因物而喜或爲己而悲，在世界文化衍生的假象中睜眼不見中國文化的獨特優越性。也有人執著某一種文化產物，就以爲入了文化的殿堂，卻不願去面對寶貴的經典，深思文化深藏內斂的形上意理。

我們當然承認西方科技文明對中國古老傳統已然昭著的影響，但我們仍然堅定地相信中國人的社會，必能從傳統中蛻變而出，開創屬於自己的世代。因此，我們認爲所有對中國文化的診斷須廣泛而深入，絕不能停留在某一名詞所渲染的心理狀態中；而在引介西方學者的理論之際，也須同時看清其可能的限度，很可能它在西方社會有多方的指涉，但在東方卻祇剩下不著邊際的概括，其意含乃大幅縮減。

在人文學術的多重轉嫁之間，我們自己的文化自有決定性的地位，不須以科學意義的「體質」來減損對自己堅韌的文化生命的信心。如果我們的人文學者不再爲他人作嫁衣裳，那麼所有的漢家郎縱然不娶，也自有其獨身的尊榮。

七十六・一・一

# 語文之愛

說理人人會說，然能否說得有理，說得理淸言白，就非人人可辨。古人說理，常將理放置在一些終極性的語辭中，所謂「理一言殊」，似乎已經假定世上之理祇有一個，雖然我們發現理的路子有無數；而語言在面對那已逼進神秘界的理境，每露疲態，不再有平日活躍於現實場合的堅持，彷彿馬拉松選手最後的衝刺，放盡了力氣；言語在冥想佔優勢的情況下，也有自我克制的警覺，頂多採取隔岸對峙的策略，或含藏內斂明哲保身，如此，言語一直和人生形影相隨，大概是由於象徵意義始終以超然之姿睥睨人世吧！

語言的生命就在語言的象徵意義中孕育。在初民神話裏，語言首度披掛上陣，即由諸多比喻帶頭，向茫然大塊作最親切也最嚴厲的質疑。天地日月星辰及種種自然產物，皆可能轉化爲原始人心智的元素，那些素樸可愛的音聲文字雖不比如今科學語言條秩井然，但其中不僅有極其富麗的意涵，也有推理演繹的成份，還有隱而不顯的聯想的法則。其喻意之生動及把握人性本質的能力，更有超出現代語言之處。

尼采研究希臘戴奧尼索斯（酒神）的神話，有了十分重大的發現：兩千多年前的希臘人經由戴奧尼索斯狂熱的詩歌，回復了生命本眞，象徵地傳達出人性最深的欲望。在神話的精神催化作用下，語言和各種生命活動之距離可謂微乎其微，而生命律動和語言節奏相符相應，幾無錯落。

我們不可能回到神話時代，人類學家佛萊則（James Frazer）認爲神話並非人類思想的孤立領域，而巫術乃科學的私生姊妹。語言是隨著文明在進化，由隱而顯，由簡趨繁。神話如一道流動的冰河，如今已蜿蜒落入思想的大海。在逃離神話的荒謬之後，如何在語言文字的邏輯之上重建象徵意義，以使語言文字除了有血有肉之外，更有神韻，更有風采，確是每一個會說會寫的人須在說寫之前深思的課題。

在傳播媒介大量使用語言文字的今天，我們已把語文逼進危險境地，語文的暴力乃隨處可見。有人說話爲文如頑童擲石，任憑拋物線在虛空中飛越，却擾不動心靈的輕漾；有人一味地和瑣碎事物相攪拌，讓語理文理停滯於經驗層次，而終以邏輯爲窠臼，能入不能出，能進不能退。語文受罪，人心當然也不好受。

我們不信人文的荒原會在本世紀末無端升起；但是，語文是靈魂的縱橫線路，是肉體的護城之河。如果語文慘遭玥難，意義的溝通有了絕緣的阻障，情感的交流有了種種虛假錯亂，則文化的危機就不是空穴來風了。我們活在語文之中，我們更要讓語文活在我們之中。語文的生命完全來自我們靈肉身心共生的底基，讓每一個符號皆有活潑的象徵意義，如一道道光指引我們，這責任是操筆爲業者推卸不得的；而以諸多意理疏導吾人思想之際，語文的運用更是輕率不得。佛家所謂「身、口、意」三業，無不在法相之中，語文乃最精妙之法相，如果它眞實無妄的話。

當我們不再輕信言外之意，不再爲弦外之音所惑時，我們的語文就有了脫身解困的機會。祇要我們珍愛我們的語言文字，我們就永不會走火入魔，或中風疾走了。

七十六・一・八

# 統治自己

認識自己，一直是哲人殫精竭慮以求的目標。而認識自己的目的何在？一言以蔽之：認識自己乃是爲了統治自己。統治自己是極富道德意義的行動，不只關係一般性之倫理，甚至有了近乎宗教的情操。這不僅和一個個好腦袋的運作有關，要能統治自己，更需一副好心腸和好身手。

到底該由誰來統治每一個自我？這問題看似簡單，其實不易解決。活在民主社會的我們有了確鑿的答案：當然由自己統治自己，自己管理自己。更大的問題來了：我們究竟有沒有統治自己、管理自己的能力？這是所有人文學術的核心問題，並不是政治家和管理專家所能獨攬的課題。再讓我們進一步假定：如果所有人都有統治自己、管理自己的能力或潛力，那麼一個更大的問題又出現了：在所有能統治自己、管理自己的人之間，需不需要一個調解人或仲裁者？

大哲萊布尼茲認定宇宙由無數單子構成，每一單子皆無窗戶，自滿自足，彼此沈浸在「預定和諧」之中。此一形上假設，對人類社會仍多少有所啓迪。我們每一個人如同一個個單子，我們之間不必多所牽扯。我們各行其是，各有生活之道，但却不因此衝突，因爲我們之間的關係是根本和諧的。

萊氏似乎受到《易經》和《老子》的暗示，他的形上學頗有中國味。然而，萊氏並不是一個無政府主義者。他承認在無數單子中有一「中心單子」，中心單子是純粹精神的單子。那拱手垂衣而天下治的聖王，用他的精神力量（他的道）集合並安頓了所有百姓，不就是中心單子嗎？

萊布尼玆和老子給予每一個個體最大的信任，他們相信：當每一個個體發揮其最大的潛能時，每一個個體都善能統治自己、管理自己，那無爲的聖王並非調人或仲裁者，他不過是此一自治精神的最高的象徵。對每一個自治的個體而言，聖王不僅不成其爲聖，甚至不成其爲王，至此，自由和平有了無懈可擊的結合。

離開形上論點，回到現實人間，事情就不是那麼順當了。首先，如何培養統治自己、管理自己的能力，簡直是千秋大業。我們常想像一個美好的社會，人人各安其位，各守其業，各盡其才；但我們却每每忽略了一個前提：我們的位從何而來？我們的業從何而起？我們的才又該往那個方向揮灑？這些問題如果令其懸置，我們這個社會便將欠缺安穩的基礎。

柏拉圖認爲在企圖統治別人之前，每一個人必須先學習統治自己。這是一番善意的諍言，更是對赤裸裸的權力的嚴正控訴。學習統治自己即是一個人建立獨立人格的全盤過程。一個人人格尙未成形，他那統治別人的企圖便是貪欲，也是妄念。最危險最黑暗的政治卽是統治者的人格尙不足以駕馭他自己的政治。文化哲學家卡西勒說：「政治學是一門統一並組織人類行爲的技藝。」

如此看來，政治學並非終極性的學問，它不尋終極性的答案；同理，一個政治人物絕不能把手上的權力終極化，絕不能幻想自己是一「中心單子」。沒有一個人能夠脫落肉身而活，因此，每一個政治人物在運用自己的形上學時，須特別謹愼小心。

七十六・一・十八

# 百年社會工程

國內近年來的思想交流有漸趨熱絡的現象，在結合理論與實際的強烈企圖下，社會科學似乎已成爲國內學術市場的主要操作者；而爲了加强知識的合理性及合宜性，一種順應事實需要的心態也已在許多知識分子中間流佈開來。在此可喜的文化力量呼之欲出的關鍵時刻，我們是該以大氣魄、大格局、大手筆，不斷脫卸陳舊的意識型態，來迎接一個足以翻新我們的身心結構的大時代。

我們的社會科學家不斷地對社會現象進行針砭，確有了一股推動社會更生的力量，但在向外批判的同時，是否有對內的自省，自省所運用的方法的合宜性及自身理論的種種限度？而衆多社會科學家之間曾否以共同語言來交談？曾否進行必要的有意義的結合？此外，在外來的學術大舉壓境之際，曾否眞誠地去考量傳統的本土的學術？對於我們切身的生活環境，社會科學家是否有了重大的疏忽？這些問題甚至已超出社會科學的範疇。

社會哲學大師卡爾・巴柏（Karl R. Popper）曾對社會科學提出忠告：「社會科學唯一能走的途徑，是要忘掉一切有關語文上的爭辯，用所有科學根本上都同樣的理論方法作爲臂助，踏實地來解決我們這個時代的實際問題。」巴柏自稱所謂的理論方法是「試誤法」，不斷嘗試錯誤，不斷把假設的方法付諸實際，並不斷地加以驗證。

若以巴柏此一論點回視國內的情況，我們可以很輕易地發現：國內的社會科學界似乎仍有語文上的爭辯，仍有在某一理論繞圈子的習氣，而對於個人所秉持的研究方法似乎有了太大的信心，並因此減損了嘗試錯誤的勇氣。深度不足的大衆傳播更助長了某些學者的虛假與浮漫，在龐大而多變的統計數字背後，似乎隱藏着曖昧不明的個人意志；在一派清朗的理性氛圍中，尙可多少嗅出與理論敵對的自私，雖然非理性主義仍不敢大張旗幟。

最嚴重的危機是一些學者甘願成爲「整體意識型態」的代言人，甚至引以爲榮。傳統士人的使命感更强化了現代知識分子膨脹其專業領域的野心，而使他們一面以嚴格的學術自豪，却一面和現實妥協，有時含糊其辭，有時逃避問題，有時擺出一種「讓事實說話」的姿態，並聲明自己毫無成見，其實成見根深蒂固。

知識的成立在其本身的合理性，而其切合事實需要的合宜性卽由此合理性自然衍生而來。我們的專家在全面功利走向的社會中，拿知識討生活的心理有時未免太急切。如今，我們不必有

「聖之淸者」，但我們十分欠缺具體小成的「聖之任者」。我們的學者若能以知識之創造發明及散佈傳播爲己任，則我們衆多引頸企盼的實行者，便不必再於黑暗中作錯誤的嘗試了。

巴柏的呼籲似乎針對我們：「我們需要成立一種社會工程學，並由細部的社會工程（Piecemeal social engineering）來驗證其各項成果。」也許我們應該成立一個超然的學術機構，統籌社會科學的現狀及未來發展，避免學術由少數個人或集體潛意識所控制。

我們的社會科學家都是社會工程師，但若他們各畫自己的藍圖，各砌自己的磚頭，那麼我們這個社會怕要像一些建築物修修補補而支撐不到百年了。

七十六・一・二十五

# 描述與論述

寫論文並非學者專家的專利，寫詩、寫散文、寫小說的作家也可偶一爲之，然如何駕馭一支筆，在詞藻與理路之間作最恰當的取捨，就非用心琢磨不可了。

近來國內頗有一些文藝作家暫時離開原本的崗位，或投身社會工作，或揮筆向種種社會現象，嘗試進行批判，甚或以幾分浪漫的情懷躍入某一政治浪潮。作家是個人，且是生命力極强之人；生活多面，生命多重，因此，一個作家兼具其他角色，不僅正常，有時甚是值得佩服的表現。

在許多問題不再是禁忌的開放社會中，公開的談論或辯論乃家常便飯。本以描述見長的作家，以其靈活善感的筆觸，進軍某一本屬專家的課題，似乎是難以抑制的衝動，特別是一些人文學術的範疇，作家更感興趣，甚至有責無旁貸的使命感。於是某些作家便辦起雜誌來，或開闢專欄討論廣泛的人文課題，自個兒經營起獨行俠的筆政，吸引不少仰慕作家之名的讀者以欣賞佳文的心情共商對策。此種文壇新風尚是否能產生超乎文藝之上的效益，尙需較長的時間加以證實，但其可能產生的負面現象卻多少可推測出來：

一、描述以富想像力的情思爲運筆之主力，故常在個別之事實間馳騁個人才情，而忽略了事實內在及背後的共通之理。若出以小說之形式，作家大可留給讀者思考的空間，但若以論述性文字的形態展現，且不斷地强調個人某一自認獨到且深刻的見解，用極富質感的詞彙（有些是自鑄之新辭）不斷刺激起讀者相似的感覺，以求最快速度的共鳴。如此，便可能失去論述的立場，或流於獨斷，或失之偏狹，這和學者之論文之常保中和寬緩相比，氣勢就遜色多多，因爲理氣需以深廣之理路爲基礎，而深廣理路是難與跳動不定的文字相配的。

二、論述需有週密之思維，需有長時間的資料蒐集與查證，而這往往是作家之所短。論述之題目有一定之範圍，一個專業學者應善能明白其論述題目之限度；另外，於篇幅之裁定，章節之配置比例及論點之先後輕重，學者也自有其決斷能力，這又是帶有浪漫氣質的作家不容易辦到的。

以敎育爲題，一個敎育學者一定先尊重統計數字，再整合主要的敎育課題，並不斷省視他背後指揮運作諸多概念的敎育哲學，如此才可能批下有力有價值的見解。而一個作家若欠缺分析事實的耐心與細心，對敎育理論又無專精之素養，便極可能大筆揮灑出他個人形塑的全面敎育觀，來個頗具衝力的或成或敗的二分論斷，突出某些現象，顯豁某些人事，卻不知安頓其間應有的級距層次，如此「論」文在一時之間或許可以博得喝采，大快人心，但長久看來，其影響力卻有先天的不足之處。

至於作家專擅的文字功夫，並不一定有助於思維之邏輯。若一個作家不知收斂其筆鋒，不知避免使用情緒性的語詞，不知在順當的推衍中間適時回轉，以免落入個人主觀的窠臼，則其論述成功的機率將微乎其微。語不驚人死不休的習氣在論文中也應減到最少的程度。看來，作家這一項副業可能幹得很辛苦且吃力不討好。

七十六・二・九

# 錯誤不錯

一般看來，傳統中國人看重行為的過失甚於思想的錯誤。雖有道家的無與佛法的空用以對治吾人心病，但我們停留在思維歷程中的時間總是不長，而卻花較多的精神在意念之於言行動作的牽繫與呼應，不需有明細的行為科學，自古一大套脈絡清晰的禮法已足够安頓人心。

我們一直不鼓勵走偏鋒的知識探索，而為大多數安分之人準備了一個溫暖的生活情境，其中來往的多是劍及履及的行動家，一切的規矩禁防之具莫不崇尚中道，以實踐為鵠的，以具現生命意義為宗旨，甚至力求不思無為，以成就最高明、最莊嚴的道德。

行為的過失輕則造成生活的不便，重則導致生命的危機。然而，在行為的範圍尚未有明確的釐定之前，我們是不可過分信靠行為的結果與效驗，而應深入心靈的腹地，向思想直接叩問，以澈底廓清知行之間的疑雲晦霧。說一切的行為過失皆來自於思想的錯誤，未免過於簡略；但若不知整合千差萬殊的表象，並設法在抽象的理境之上重新安立心意發動的契機，則人生積極的精神就要大打折扣了。

當然，針砭思想謬誤的學養仍有人特別講究，荀子便是一個傑出的例子，他強調知識本身的重要性，大力破除足以妨礙正確求知的心理因素，揭櫫「虛壹而靜」，並超越前人，試圖磨礪邏輯成利器，以保證一定範圍內的理路發展不至於有歧向。

由於時代背景的限制，荀子的知識論仍爲立卽性的行爲及現實性的社會體制服務，然其突出思想訓練的重要性，似乎已有批判的理性主義（Critical rationalism）的況味，而和巴柏致力於排除人類思想內在深藏的謬誤，有同樣令人敬佩的膽識。

爲了扭轉人文下墜的走向，是必須從根本做起，而這根本不在已然成型甚至定型的行動系統中。如何穿越現代種種的活動場合，清晰地指認眞理的所在，篤定地邁向永不迷惑的悟境，以處置任何與人相關的課題，是非勇敢地面對錯誤不可。在此，我們便可假設一切的錯誤並非思想的錯誤，反思去知的作法其實仍在思想力量足可搖控的範疇內。

除了荀子的榜樣之外，西方有更多的勇者值得我們師法。劍橋大學動物病理學教授貝弗里奇（Beveridge）在《科學之路》一書中所蒐集的箴言大可警醒我們：

利斯特（Joseph Lister）：「我所能想像的人的最高尚行為，除了傳播真理外，就是公開放棄錯誤。」

懷德海：「畏懼錯誤就是毀滅進步。」

歌德：「人們若要有所追求，就不能不犯錯誤。」

科學已建立了無數追求眞理的成功的範例，在錯誤環伺之下。貝弗里奇說的沒錯：「在科學的發展上，對嚴重謬誤論證的揭露，其價値不亞於創造性的發現。」巴柏更直接肯定：一切科學的進步乃在於不斷有系統地排除錯誤。也許，我們也可如此附會：老子「爲道日損」即是一種虛心、包容、毫無成見的科學精神，所謂「損」者，卽排除錯誤也。

以後，當我們發現某人「心術不正，動機不良」時，是該卽時回念一轉：這或許是思想長期錯誤醞釀的習氣所致。如此，我們便可將心比心，共同來破除錯誤以消解一切的罪孽。

七十六・二・十七

# 民主的教養

民主該當是一種教養，而自由則須紮根於思想之中。關心政治，可算是一種很人文化的行為；如果一個側身政治殿堂的人物恍似豺狼當道或形同貓狗奔逃，則將可能造成莫大的人文災難。

任何一種文化型態的社會都可能出現民主政治。祇要有相當數量的人民具有民主的教養，政治民主自然水到渠成，這是理論性的樂觀想法。一直有人認定東方民族的性格並不有利於民主，這種說辭到底高估了所謂的「民族性格」；其實，民族性格並非定數，它不僅欠缺統計學上的根據，其中更沒有可資研磨的成素。我們最好將注意力集中在文化思想以及公衆所認同的各種有意義的事物上，一切政治社會的現象便是這些思想意義的反映及投射，在吾人知識構作成的看板上，民主和自由便不再是曖昧的神話。

民主如何能是一種教養？教養是屬於人格的心志的呈顯，它不一定非發乎動作不可。衆神默默，吾心默默，如魚之游乎江湖，不必有濡沫之聲，而生命自然發皇壯大。一個眞正民主的社會也當是安靜的、清涼的，不能是吵鬧的，熱烘烘的。民主和每一生命體的尊嚴及立場息息相關，但不必高擧天賦人權的大旗，倒是應該把亟須滋養的民主聖嬰放在社會人羣中，放在每一個人溫熱的胸膛前。如教主在曠野中的吶喊，可能會嚇壞這個脆弱的孩子。

韋伯看清楚街頭民主的眞相，他說：「當一個人在公衆集會上談民主，大可不必隱瞞自己的立場，甚至可以說，站好清楚可識的立場，是他無可逃避的責任。在這類集合上，人們所用的語言並非科學分析的工具，而是種政治訴求，爲的是爭取他人的支持。它們不是犂頭，鋤鬆靜觀思想的泥土，而是對付敵人的利劍，是武器。」

如此在政治氛圍中劃分敵我，應是一種假設的方便，而絕不能是終極的目的。一個有民主教養的政治人物不能老是握持利劍，倒是應該提起犂頭，走向寧靜的田園。民主總是以城市爲策源地，但民主的精神却須廣大的生命領域，以便每一個人自由思索其人生的意趣，而不至於擁擠於街頭，彼此因對方身上的異味而相互厭惡。

眞誠地思想，以探索自家文化的底蘊，才可能開出根植鄉土的民主奇葩。我們是仍不知珍惜個人思想的能力，而常以反思想（至少是不知自省的方式）去接納別人的東西。毫無自省的習氣，民主的教養將隨言語翻飛。

如今，到處有長了翅膀的民主的天使，他們可愛極了（相對於所謂的魔鬼），但離地不出一丈的人們，却祇能追尋他們蹁躚的影子，一些人竟因此忘了自家的寶藏。民主的特徵之一是人人能自由的思想，這等自由並非外加之物，而是天性自然之果。

若人人能以條理井然的思想靜觀自己，忠誠地看待自己，則將無人背叛民主殘害自由。我們是該從根本做起，從教育做起，用民主的方式教育我們的下一代，讓他們對自己有適度的信心，對自己身處的人文社會有更堅定的共識，如此，民主將是吾人心靈之氣息，自由不過是思想運作的代名詞罷了。

七十六・二・二十四

# 根同花果異

如果從國族或地域等時空範疇來審視文學，便往往出現大傳統與小傳統之分分合合，分合之際乃難免有扞格之勢，或以大傳統消納小傳統，或以小傳統牴觸大傳統，而文學大河於是在主流和支流的相激相盪之下，洶湧澎湃，滾滾東去。

時空範疇頗能導致文學素材的更迭，而其中最大的變數卽在語言文字之中。語文有其生命，甚至有其世代互殊的生命型態。某些古文之精采所以不能爲現代人所賞識，往往是由於悠久世代在整體文化及個別心靈之間所投下的映象橫加阻隔所致。屈原行吟澤畔，當代新詩作家則於咖啡屋裏尋找點點星光，生活情境之不同必然變現各擁風騷的語文情境。人造語文，人之思想情感又爲語文所薰習、所培塑，其間的微妙關係，縱然是大文豪也難以參透。

在臺灣，我們看到一股試圖植根於鄉土的文人力量，他們土生土長，關心家園，而所關心的範圍往往超出文學的領域。當然，文學的領域可以無限擴大，所有人的造作施爲皆可納入文人筆墨揮舞的弧度內。不過，當文學的神魂一接觸到硬生生的現實之際，作家便不能不轉移其熾熱的感情，控制其自由的想像，並多所運用理性，採納知識，尊重人性。

如果作家在某一文學口號的引領下，爲一些抽象的意理所誘，爲某一現實樣態（如某些人受苦的境況）所迷，而誇張地將浪漫的情懷無端地和零碎散亂的事實揉合。如此一來，看似擁抱現實，其實可能已扭曲現實；看似切合時代需要，其實可能已背離人心的主軸。如此詭異的現象，如蛇行草叢，非睜大心靈之眼無能察覺。

文學創作者應比一般人更有能力運用語文，以躍身進入廣大的人文生態中，以結合個別心靈和文化命脈，以孕育純眞、大善與優美於每一生活角落，而終於擺脫語文的限制，並創造嶄新的語文脈絡。此間，正有人高唱「臺語文學」，欲以閩南音取代北平音，欲大量使用吻合方言的漢字，只爲了生動逼眞地表現以臺灣話爲母語者的生活內容。在尙未目睹「臺語文學」的傑出作品之前，我們不得不問：「臺語文學」使用臺語的基本理由有無語言學之根據？以文字全面遷就語言的作風如何能成功？若文學有其超乎羣族語言之內涵，則執著方言以反抗傳統漢字的行徑是否能夠維持文學的風格？如果閩南語和漢字並無脫卸的可能，則臺語文學又如何能克服言語和文字相互整合的難題？另外，年輕一代在中國文化本位的敎育下，已嫻習國語甚於任何中國境內的方言，他們之中到底會有多少人能眞切地瞭解「臺語文學」的作品？

方言情結若演成方言夢魘，以至於傷害中國文學高明深邃的精神，並一味在某一生活情境中攀爬，則可能釀造的禍患將是文學小傳統的自我陷溺，甚至於自我滅裂，排拒大傳統的野心終將全面失敗。

我們承認小傳統有成長爲大傳統的潛能，但須有一個基本的前提：小傳統一定要對大傳統有足夠的尊重，在汲取大傳統的滋養之後。我們期待臺灣一地的文學成爲中國文學水域中水量最充沛的一支，我們將永遠堅持臺灣爲中國文學滋榮繁茂之地，縱然花果多類，但根柢永相連。

七十六・三・十

# 破網而出

形式和內容，應只是一時思維之方便所設定的。就存在或生命本身，形式和內容乃渾然一體，割裂不得。

思維之嚴謹性由科學加以護持，科學具備最大的本事，對於存在事物的內容有着犀利無比的剖析能力。但若你唐突地問科學家：「整個存在有沒有一個輝麗的形式？」我想科學家一定啞口無言，因爲形式的問題往往不是科學命題所能觸及的。

在我們不甚科學的思想意識裏，如何安置形式却是一大難題。我們往往在並未熟諳事實之前，便急於標立一個光采奪目的思想的形式（觀念的外衣），然後自我安慰：事實之內容對我這已然發光的生命已不具任何的重要性。如此，思想的嚴謹性於是全然崩潰，我們於是都爲意底牢結牢牢的結所纏，我們的生命就得在諸多表象中過活了。

美國實用主義宗師皮爾士（C. S. Peirce）企圖串連思想、事實、信念與行動之間的關係，他倡言「思想是一行動」，以行動與實踐爲思想之結局。但在皮爾士服膺科學與邏輯的習氣下，科學和實踐依然兵分兩路，在面對事實之際，他說：「科學與實踐採取完全不同的態度，來面對事實。」他認爲科學把事實看成只是永久眞理的傳遞工具，而實踐則以事實爲敵爲障礙，且欲其變得更好，並要求某些事物繼續前進。

就拿皮爾士的這一帖藥方來診治國內政治社會的諸多症狀，可以很輕易地發現：許多熱中實踐之徒並未能眞誠地看待事實，甚至祇把事實當作其思想的一種裝點，而把事實的內容拋向身後。不管實踐的路子偏左或偏右，保守或激進，如果把持不住科學的素養，也無耐性深入理論，而竟企圖及早建立某一信仰，以供實踐之需，則以事實爲敵的心態將無端演成以人爲敵，如此悲劇就難免了。

「活的事實」可能是一無什意義的名詞，其實，眞正活着的是人。人可以是思想的對象，也可以是感情的對象，或陌生或熟稔，或愛或憎，皆如稚兒玩弄調色盤，那個以一大事實現身於我面前的人仍將潔白如昔，純粹依舊。人和人之間的對立並不必然引起不可收拾的局面，但若一味在自我意識的窠臼中營造自給自食的思想素材，將任何一種事實皆加以價值化，染上色彩，並突顯某一造型，如此一來，對立終將擴大成敵對，每一個人所謂的事實將如蝦兵蟹將，就在人性的淺灘中拚起命來。最後，整個存在界依然酣睡如故，而一大羣人竟在清醒之後痛澈心髓。

最好的辦法是我們不要以人爲對象。人的個體性並非被準備爲分離甚至疏離的路或橋，而人的整體性也不必刻意加以渲染，因爲它究竟祇是一種極端抽象的形式。就讓我們如此常識化地假定：事實以其內容邀我，我們是須以科學家的精神去面對它，待人處事就在謙冲退讓的情懷下默默進行，則事實自然成熟，生命自然日趨美善。

此外，思想亦不斷以其形式誘我，我們絕不能迎以曖昧的情愫，或逕自以思想的形式架構出自家的心靈殿堂。某些人的被神化，其實是更多的人自甘物化。如何穿透思想形式的大網，以看清這世界以及這世界上的人，這不僅需要思想的能力，更需要突破種種思想形式的膽識。

七十六・三・二十

# 中國人

我們的祖先都是野蠻人，這應不算是一種恥辱。萬年前，文明緩緩自野蠻的血脈升起一座座燦爛的樓堂，以擋風雨之侵襲，以阻絕人性荒漠之亘連。如今，有些樓堂已圮，有些仍屹立不搖。回顧我中華文化發展的軌跡，曾有櫛比鱗次之輝煌，但無情之外來摧殘以及自我內部之腐敗，已讓中華文化星霜滿面，風韻多變，雖尚有傲骨堅挺如昔。

不知能否對「中國人」下最精準的定義？已有許多人試圖以「中國人」爲題，從事學術性或通俗性的研究。或以歷史事實爲例證，描述中國人醜陋的一面；或從言行活動釐定中國人之性格；或以一種思想角度探入中國文化的意理結構。這些研究成績有某一程度的可信性，但對這地球上最龐大的種族而言，任何推斷與分析都可能失敗，因爲中國人有多角度的存在境遇，生活內容繁複無比，理想世界莫測高深，如杜・盧基蒙（Denis de Rougemont）所說：「人是召喚的回應，也是行動，而既不是事實，又不是物體；對於諸事實與諸物體的詳盡分析，永遠不能給與他一個無可置辯的證明。」中國人一直在行動之中，其行動或緩或慢，或曲或直，有時甚至難以判定行動方向。除非保持思想的動態與言語的推衍趨勢，否則要想抓住中國人的億萬顆心，眞比登天還難。

就中國人目前所保有的品性看來，文化的精神已然馴服桀驁的本能；雖然古禮流失不少，但絕大部分的中國人仍有良好的敎養。身陷大陸者受唯物思想之祟，有了某些鄙陋習氣；而活在自由世界的炎黃華胄，則有人感染功利習氣而少了敦厚之風。這些現狀雖可憂慮，但基本上，我們仍大可樂觀；人性絕非淺薄之物，而文化更有無窮之發展，祇要性命猶存，理想不滅，以及連結身心的意義綱常不墜，中國人自能反敗爲勝，否極泰來。

認清自己的醜陋，才能發現美麗不能只是一層表皮。超越美醜的對立，我們當可善用生命純然的力量，爲自己創造新天新地。縱然那些紛歧的行動予人錯亂荒謬之感，但祇要一心不亂，志節仍堅，則中國人之性格絕不至於淪爲無可救藥的病弱之身。文化的意理結構是隱約可見，其中難免潛存敗壞的因子，但以中國文化强靭的性格看來，它往往能以自己爲敵，以新鮮的內容擊碎破舊的形式；可以說，中國文化解構而重建的本事絕不可輕忽。

先秦諸子正是典範，他們都努力於文化精神的救拔，都以反抗野蠻爲職志，縱然成敗難論定，但就儒道墨法四家而論，人性已得到應有的肯定，當然肯定的方式有所不同。眼前的文化危機相當的嚴重，不過情勢仍大有扭轉的可能。就等我們再一次展現如同先秦諸子般反省文化的專誠，在雜亂的文明果實中找尋暗藏生機的種子，然後覓一塊自由的土地下種。

我們不再野蠻，我們的心血渲染成畫，十足可觀；如今怕的是我們虛僞而不自覺，更怕我們軟弱不振作，欠缺正義的氣魄。往後大可不必在意有關中國人的任何界定，祇要「中國人」是個恆動的動詞。

七十六・四・五

# 羣衆死了

若有人在羣衆中挺身而出，和千萬人冷面相向並嚴詞以對，這人的下場極可能不堪設想。羣衆不是洪水猛獸，但確實是一湖易吹皺的春水。

誰也不甘於羣衆中苟且過活，一個有自省能力的人必不喜歡被人牽着鼻子走。羣衆容不下個人，個人又如何能形成黑壓壓的羣衆？因此，我們須設法斟定「羣衆」的眞義。千人萬人的組合，不一定是羣衆，若能組合得好，並善保彼此之關係，則其間仍可看見一個個獨立的人。

有人說：這是一個屬於羣衆的時代。這話暗藏弔詭：「羣衆」究爲何物？是森嚴的組織？是龐大的機器？而個人的地位又如何呢？如果無法釐清個人及羣衆的關係，則羣衆便不可能眞正的存在；吞蝕了個人，羣衆將只是個不斷膨脹的汽球，終必爆裂，最後將徒然留下吾人心底的投影，在意識的窠臼裏暫存片刻。

我們須擺脫羣衆的假相，不能繼續「製造羣衆」。製造羣衆的原由在於人們無能自我作主的人格缺陷，由此人格缺陷乃不斷於人性的荒野中滋生敗莠雜草。縱然有所謂的「野心分子」，他們也能呼朋引件，黨同伐異，在衆多自主之人中間架構其政治藍圖。歌德說得好：「人類並不存在，存在的是一個個的人。」我們不能被抽象的意理所矇蔽，我們須睜眼看清一個個莊嚴隆重的事實，一個個可愛、可敬的生命。

敢於和羣衆對抗的人是越來越少了。羣衆既無眞正的存在，則反對羣衆，其實是反對「羣衆」這個意識形態。「羣衆」成了一種標籤，也同時成爲變假作僞的資藉。打落羣衆的諸多意識，即在設法剝去人性的諸多虛幻。這條「損之又損」的還原之路——還原出一個原原本本的人，不必然是政治或社會的。文學作家以其敏銳的觀察大可掃除世俗的煙塵，哲學家以其深刻的洞識大可廓清思想的陰霾，宗敎家以其廣大的心靈大可消融各種奇突的生命變態，其他各種關心人文、尊重人性的知識分子，都有能力也有權利打破羣衆的幻相，活出一個眞正的人來，爲時代作見證，更爲人性豎立起千秋典範。

臺灣有太多的工人和商人，有太多立足於工商社會的名利中人——都是所謂的「人物」，他們一味地在羣衆的幻影中陶陶然醉臥不起。我們所以有被羣衆包圍甚至壓迫的感覺，是因爲我們用身上僅有的一點蜜汁在街上招蜂引蝶；然而，如果我們能身處私室，先莊重地看待自己，再設想無數個人本活在我生命的弧度內，則我們這社會便不至於再出現「羣衆」這怪獸，我們就可彼此以眞實的面目相照會，同時在生活意義的焦點上相遭遇，我們的自由和民主也就不虞被羣衆無端破壞了。

我們需要前進，但不能激進；我們勢必開放，但不能放縱；我們需要有智慧的保守分子，如同需要有膽識的探險拓荒者。我們不必一味歌頌偉大的人民，但我們內心須常保對每一個個人的最大敬意。讓我們高喊：「羣衆死了！」永遠活着的是我們自己，無數的自己恍如無數盞燈，放光於萬古長夜中。

七十六・四・十三

# 深深海底行

軍人當是鐵漢。身強骨壯不一定是鐵漢，如果一顆心軟弱易碎的話。「心力」是十分模糊的概念，然心理或心靈的力量已在這世界造就出無比堂皇的場面。數天下英雄人物，具軍人身分者佔的比例相當高，而軍人所以偉大便在於善能運用一顆心，使其產生旋乾轉坤的大能，豐功偉業其實是强大心能的產物。

蘇老泉强調心術的重要性，他說：「爲將之道，當先治心；泰山崩於前而色不變，麋鹿興於左而目不瞬；然後可以制利害，可以待敵。」確實，不只是將領，所有執干戈以衞社稷者皆常處動亂之中，常居危險之地，若不努力鍛鍊一團血肉之心，不盡力經營精神的事業，則不僅軍人的鐵漢之譽將落空，一國的安危禍福也就在未定之天了。

禪宗有一偈云：

「學道須是鐵漢，着手心頭便判；
直取無上菩提，一切是非莫管。」

軍人也當是學道之人，軍人之道乃十分艱難之道，其途甚廣，其徑甚深。軍人從人性出發，一路穿越現實世界的種種黑暗，有時如身處地獄，然一心向光明，險惡的時局似乎與軍人結下不解之緣，然歷史的新頁往往由軍人掀起。因此，軍人之道包括了人生的各種向度，舉凡政治、經濟……以迄哲學、宗教，都是軍人自我完成的必修課。

我們不苛求軍人博學或有一門獨到技術如專家，但我們殷切期望軍人能有廣大的心胸及遠大的眼光，並有一股積極入世的精神及善於適應人羣的本事。因此，軍人要有學道的堅定意志，再加果決明快的判斷力。「着手心頭便判」，須先具備足夠的知識，還須養成運用知識的能力。兵馬倥傯之際，一時的遲疑極可能導致全盤盡輸。

軍人的「無上菩提」卽人世最高的理想，亦人生最大的幸福。這和所有的宗教家並沒有兩樣，文武二路，殊途同歸。有了菩薩心腸，若欠缺金剛手法，那麼一副慈悲極可能轉爲婦人之仁，勢必成事不足，敗事有餘。軍人是人世的大護法，不僅坐守山門，且是中流砥柱，在濁浪滔滔之際。我們所以給軍人執掌武器的權利，原在於此世並非天堂，而是一忍受諸多缺憾的娑婆世界，軍人卽是去惡補漏的高手。幾乎每一個人都要有點軍人的樣子，孔子佩劍，禪師棒喝，教主如耶穌或穆罕默德都有一套降伏惡魔的法力。威嚴卽權柄，權柄卽方便之門，我想「敬軍」的道理就在此吧！

「一切是非莫管」，軍人如修道者，絕不能在世間的是非中搖擺不定，或打滾於十里洋場，與世俗糾纏不清。軍人不必多清高，然必須有超然物外的風骨，以迎接橫逆之來，以抗拒百般的誘惑。莫管是非，不是不明是非，而是擧身上跳，以無分別之心來觀照世間的小是小非，並適時施展鐵腕，以締建恒定的大是大非，如此，戰爭的陰影將可被照破一空。

軍人尙須時時大死一番，時時以全新的生命迎接未來。軍人是眞理殿堂的守護者，他不必有太多的知識，但他必須有尊重知識的涵養，他毋須急於行動，但適時而動乃徹徹底底的大智大行，絕不能輕率，也不能只是一陣擾擾風波便罷了。

藥山禪師云：「高高山頂坐，深深海底行。」軍人慧眼望四方，如立高峯覽遍羣山，而那迅雷不及掩耳的行動則似身行海底，以全副生命奮勇向前，履險如夷，並突破四面八方的壓力，向上泅游，向波平浪靜的海上風光步步趨近，而這也就是我們大家亟欲共屬的伊甸園。

七十六・九・二十五

# 小反芻

# 影印之過

曾以一行詩嘲弄影印機：「影子在光中墜落，形象開始繁殖，精靈於焉哭了。」打了句點之後，我却不禁笑了。如今，誰都忍不住影印機的誘惑，以節省時間、金錢甚至生命爲藉口，大批地製造白紙黑字，同時也爲牆角蜘蛛提供了永久的罩網之所。

一種科學的產物不一定帶來相對等的生活的利益。影印機增加了知識傳播的數量，它使人人在短時間之內擁有雷同的文字及圖樣資料，這種方便在開放之餘，還帶有平等的精神。如今，對於過去的種種，以個人的能力也可做到相當程度的保存的工作，如果大量使用影印機的話。然而，在大量的資訊壓頂之下，誰能具備大頭腦予以消化吸收？在影印機光影交織之下，誰還肯端坐案前執筆親書，細細體貼一筆一劃的趣味？

影印機使我們坐擁影印資料之寶庫，但我們却已無暇去鍛鍊取用這些資料的能力。此外，筆墨鮮活的原蹟和平板板的影印，其間的不同不僅是形象的不同，而且是本質的不同。原蹟有生命力貫注其中，影印則否，這已大可藉以鑑定藝術品的眞僞。至於一般性的文字資料，親筆書寫和付諸影印，所投入的心意也大不相同。一封親筆函和一封印刷信函在收信人的手裏，應有輕重之別吧！

影印機幫助大學生翹課，影印機幫助奸商盜印，影印機幫助我們取得一些秘密的資料（它們本不該流傳在外，它們是私人的財產）。最嚴重的是影印機能讓我們以不思不想的方式獲得鉅量的思想的材料，如此以打腫臉充胖子的方式僞裝成知識的富豪，其實是大傷腦細胞的行徑。我們可以很容易的看出：努力做筆記的學生必然比那些啃讀影印本的學生更能瞭解生動的課堂，也更能從教師的口中獲知教科書外的知識。做筆記雖然不是一種創作，但已大可鍛鍊組織文字的能力，透過耳聽心知的過程，做筆記乃極爲迅速的思想的練習，這是藉影印技術大偷其懶的人無能自我練就的。

青燈下，以最虔誠的心抄寫下端正美麗的經典，弘一大師的風範仍値得我們追懷。就文字的創作及傳播而言，我們理應重質不重量；在快速傳遞之間，我們應使每一個字皆有其生命。我們是該在影印機的助力下，更加信任我們的心、我們的手以及我們的筆。

七十六・四・二十

# 含苞待放

詩人余光中在「蓮的聯想」一詩中曾如此戲謔愛情：

想起愛情已死了很久
想起愛情
最初的煩惱，最後的玩具

詩人的言語有時不能當眞，不能當邏輯之眞。說愛情有生有死，主要的理由應在：人有生有死。詩人說愛情已死，是其知性的心靈所進行的一種批判。詩人追求毫無煙塵沾染之美，他甚至企圖進入宗敎的境界，再回眸人間，回顧愛情的身姿。我們可以設定如此的命題：「世上無理想之愛情，然人心中有愛情之理想。」則愛情將永爲待產之胎、待放之蕾，生死就無能折磨它了。

若愛情爲一莊嚴的事實，我們大可善待之；然若奉愛情爲神明，則大批膜拜之徒如何在其身體的弧度內捕捉愛情蹁躚之影，可就大費周章了。因此，最穩妥的辦法應是：以全副心血孕育愛情的理想，而不可向任一相似的個體乞求愛情的滋潤。詩人喻愛情爲「最初的煩惱」，諒必是著眼血肉之軀先天的種種命定，一股意欲結合的衝動由形下直趨形上，其間的艱辛彷彿是輪迴的再現，如同躍身入火焰，明日鳳凰誰能是？通常，一樁愛情肇生之際，總予當事人空前之震撼，彷彿開天闢地的造化工程再度轟隆於小小身軀內。套老子的話：「惚兮恍兮，其中有象；恍兮惚兮，其中有物。」此種朦朧之美最能吸引墜入愛情的青春男女。而當愛情之箭射抵鵠的之際，老子的另一段話應可派上用場：「窈兮冥兮，其中有精，其精甚眞，其中有信。」愛情的精采可由情人凝注的眼神透露其中消息；而愛情的承諾及信誓，是非全力踐履不可的。因此，愛情之煩惱乃可愛之煩惱，也唯有穿透愛情的煩惱，我們才能夠發現人生的眞諦。

愛情始生，煩惱隨來；愛情如水，煩惱似綠苔，亦似水藻，或浮或沉，總是生命的點綴。至於說愛情是「最後的玩具」，則只道了一半。其實，人纔是愛情的玩具，如果我們不珍重自己的生命的話。人生之趣大半由玩樂而來，然玩弄愛情每每無樂可尋，因玩弄者已喪失自主的身份，而淪爲愛情之奴——其實是慾望之奴；愛情隱身於生命內裏，那些高踞峯頂的傢伙迎風呼喚愛情之名，最後的下場往往是墜身向下。人還是很難逃離地心引力的。

七十六・四・八

# 生活的邏輯

根據實用主義哲學家詹姆士的看法：生活和邏輯是對立的，邏輯代表無時間的思想與理論的立場，而生活却意指此時此地的決定和行動。

就我們的常識而論，邏輯和生活之間並沒有明確的界限，我們生活的邏輯（簡言之，生活之道也）一直不嚴格，而我們也過不慣純粹邏輯的生活。不會有人凡事依邏輯而行，也少有人生活到毫無邏輯至於全反邏輯的地步。

在生活中加入個人心理所容許的邏輯的成分，使生活較有理趣，這可算是一種聰明的辦法；而設法閃避邏輯鋒利的刀刃，走出圓溜溜的行徑，不過分認眞，不强求完美，並在生活的一定情境中忍受某種程度的思想的歧義，倒也不失爲變通之道。

我們已不僅是動物，也已不再以區區的腦容量自豪。文明給我們無數抉擇的機會，我們是須自立成人，須發揮超乎一般靈長類的力量以追求生活的目的。然生活的目的，須安置在個人的理智中，以醞釀出誘引情意的芬芳。因此，邏輯勢必降格以求，勇敢地躍入時間流中，從純粹邏輯轉爲應用邏輯，從被抽離內涵的變數搖身爲充滿語意的各種實例。我們不相信理論的立場能原封不動地擺在行動的境況中，我們有血有肉，更有善能感應自然天地的靈性。邏輯不可一味在主智主義的氛圍中徘徊，邏輯應挺身進入情意的幽谷，將那些溺於世俗之人拯救出來。

目前，某些人的生活出現不少反邏輯的事例而不自知，甚且執拗地以反邏輯的心態去追逐理想的影子。老實說，在中國人指揮行動的思想意識中，邏輯尙未覓得安身之地，尙未有堅强的思想堡壘護衞我們以抵禦人生的種種危患。我們常做決定，卻不知在決定的前後安頓自己的身心；我們也頗好行動，卻不能在行動之際清理這世界以及它與我們的關係。生活不是易事，如何在生活中開闢新天地，如何在世界中創造新生活，更是難上加難。

所以有人急功近利，製造喧囂與混亂，是因爲生活中少了邏輯，少了冷靜的心思。我們這生活的共同體是需以超時間的理論訓練打開各種的生活困境，不再拘於一時一地徒滋紛擾，進而設法在生活的磐石上建立一處處清涼洞府。所謂「火宅」者，心火熾燃所致也。可見的火災並非最可怕，最可怕的是心火不熄，情火正旺，水源何處覓呢？邏輯是道冷泉，用以洗心漱情，應能防止知識塡塞充斥可能導致的爆炸，並可消弭人欲横流在生命河床上肇致的氾濫。

我們是該努力建構生活的邏輯，並請那些自信邏輯思考不差的知識分子暫停賣弄學問，兜售知識，而和我們一起正視生活，進入生活，擁抱生活，並一起在生活中清醒，於暖暖的晨曦中迎向不急不徐的未來。

七十六・三・三十

# 中國在臺灣

目前，朝野似乎已陷入中國意識和臺灣意識之論爭中，一方以中國包納臺灣，一方則欲以臺灣消融中國；一方力斥分離主義，一方則大唱本土文化；一方以中國的代言人自居，一方則爲這個島的住民請命；如此的觀念牴觸，已演成拉扯不斷的情結糾葛，正以滾雪球般的方式各自混同或眞或假或實或幻或普徧或殊別的諸般事物，而各豎高旗，大有山雨欲來風滿樓的態勢。

一次時代的變局，再一次骨肉的相殘，竟肇生數十年化解不掉的難題。消極的看來，人的根性不同往往釀致思想形態互異；但我們也應有如此積極的作法：運用大仁大愛，再加自由民主，終以極大的智慧製造共存共榮的一塊樂土。此地，過分樂觀的論調往往被譏爲不切實際，而帶有淡淡哀愁並塗抹一點浪漫色彩的言詞却大受歡迎，這未始不是社會心理一小小危機，未始不是羣體文化一小小關卡，誰都不能不嚴陣以待，以飛舟渡險。

堂皇的中國不必成爲常掛嘴邊的口頭禪，如今的中國，其文化意義大於政治意義，其實踐意義大於觀念意義。海峽是地理上的天險，且將成爲無數人心靈上的楚河。若有人想終老於這個世界有數的大島，我們是不能說他苟安一時了。祖宗已安置好「大同小異」的格局，我們正好取而用之。中國永遠矗立於大同的峯頂，是不必自我貶降下來和諸多小異爭短長。若有人縱容中國意識成爲打擊異己之利器，那將是對中國的莫大褻瀆。中國不能只是個意識，中國已然不朽於每一個中國人的生命中。

可愛的臺灣乃兩千萬人之衣食父母，誰也不能任意踐踏它。臺灣是個鐵錚錚的事實，誰也不必刻意爲它嘶喊，它自有消息上達天聽。臺灣是個開放之地，多港多灣，人來人往，但一大羣欲以臺灣爲生命根據地的男女老少理應受到最大的尊重。臺灣之所有，乃兩千萬人生活之絕大部分之內容。有沒有强烈認同臺灣，其標準應在人人面對它的心態之間，在各有不同的得失取捨外，用大於臺灣之大眼來觀察。我們不必急急擁抱現實，現實自會不斷趨近我們，重要的是：面對一堆堆龐然大物，我們該如何以超乎現實的明白心智來加以處置加以整理。因此，臺灣也不能只是個意識，臺灣是我們的身、我們的骨、我們的肉，我們每一次行動的丈量師，每一陣情緒發洩的收拾者。

是不必再作無謂的魂牽夢縈，對於已成陳跡的舊大陸，我們不僅該睜大眼，更應伸出手，踢開脚，用最大的生命熱量在這亞熱帶的氣候中活得痛快淋漓。太冷的心以及太慢的脚步，自在淘汰之列，縱然時間稍加通融，也抵擋不住這年輕的島上所有年輕的人。眺望未來，我們相信：中國自能包納臺灣，以文化加以包納；而臺灣也自能消融中國，以生命加以消融。我們不希望中國祇是個空洞的形式，更不希望臺灣竟是充斥著醜陋與汚穢的內容。

七十六・三・十

# 談生意

做生意最好是內行人，但談生意人人可談，因人人皆在商業活動之內，不是賣者，便是買者。生意之道，自古已備，所謂「日中爲市，交易而退」，便是一種趕集式的臨時性商場，而專業的生意人可能在殷商時代便已出現。司馬遷則在《史記》裏以「貨殖列傳」大力表揚我國的三個大商人：陶朱（范蠡）、子貢（端木賜）、白圭，人稱「三大賢」，爲我國的商業傳統立下了千古典範。

明清以後，商業大興，揚州鹽商之行銷範圍更遍及全國。值得一提的是：商人會館的成立，使得生意人能够共同商議物價以維持市場機能，來保護同業同行的利益，這和今日之同業公會大體相似，而其講道德論義理的精神更大大超越今人。劉廣京「近世制度與商人」一文中引清代山西河東會館碑記云：「天之所助者順也，人之所助者信也。如諸公之同心和氣，而不涉于私，神與人共助之也。」這已把傳統的倫理與宗教觀念應用到商業行爲上，將原本競求私利之徒集合在莊嚴神聖的殿堂中，而其强調信德，强調同心和氣，和我們今日的經濟紀律、商業道德，根本無殊。

再看看我們目前的生意人是如何談生意的。王永慶先生在《談經營管理》一書中說：「從字面上看，生意是一種『生』存的『意』志，以之喻爲交易買賣，意義特別深刻。」

又說：「生存有生存的道理，所以我們把謀生求生說作『生意』或『生理』，日本人說買賣，便失去了求生存的崇高意義，而充滿了市儈氣，庸俗不堪。」王先生是當代大賈，他這一番分析十分精當，對數以百萬計的生意人可說句句忠言。

在此，我們可進一步把生意的道理分成三個層次：一、生財的主意，二、生存的意志，三、生活的誠意。做生意最直接的目的卽是生財，但若一直停留在這個層次，便是庸俗不堪的小商人了，而若生財無道（縱然有門路），更難免奸商之譏。大部分的生意人應有辦法跳到第二個層次，起碼爲個人及一家人的生存賣力，不過，我們是必須把「生存」解爲「社會全體的生存」，任何一種商業行爲必然牽涉到人羣關係，一旦人羣的關係紊亂，社會的結構渙散，則再無生意可做，祇可惜許多小生意人見不及此，甚至連大商人也短視，說的和做的兩回事，多少社會問題肇因於此，多少公害之無法解決關鍵在此。

至於第三個層次：「生活的誠意」，則須具有人文及精神的素養，以提升商業之道，由技術變成藝術，將金錢化爲精神生活的媒介，去除滿身銅臭，著眼人生輝煌。如此，當不再造假，且力能追求人生種種的美善。一個有生活誠意的商人，應不會仰仗財勢，或勾結不肖官僚，做出傷天害理的事。一個有生活誠意的商人不僅懂得個人的生活藝術，且願意爲社會全體的生活意境貢獻超出金錢意義的力量。

余英時先生認爲明清兩代的商人以「誠信」、「不欺」爲中心德目，這種優良的商人精神應繼續加以發揚。商人已成爲現代社會較大數量的職業角色，如何使此一角色做最出色的表現，以安頓社會秩序與人心，乃十分急切的實踐課題。

七十六・三・二

# 服從與負責

最近一些教書的朋友向我提出一個共同的難題：他們都不知該如何為學生講解青年守則第七條：「服從為負責之本」其中的義理。一時之間，我很艱難地在服從和負責之間找尋相關的意義，但所獲一直不多。

不必去追究青年守則訂定之初，一般人看待年輕人是何態度，我們大可如此斷定：時下年輕人的思想心態及其所處的社會環境，已經和五十年前大不相同。今日青年必須留意的倫理網絡已有翻新的趨勢，他們和父母談民主，與同儕爭自由，在廣大的人羣中或踽踽獨行或呼朋引伴相競逐；大體上，他們已可放開身手，大肆享受生命之賜予，甚至在某一程度之內為所欲為。此時，如果再以簡單的條文約束他們的腦袋，再用意理不明的孤零零的觀念來餵養他們的心，似乎已是落伍的作風了。

服從之德在古老社會中有其切合現實之必需性，在眼前的教育管道中仍大量地運作著。服從應屬中性之德，為了接引智慧，為了堅定某些精神的修持，吾人不能不服從；然而，自古不賈的無知之奴以及如豺狼成羣的偷盜之徒，竟也是服從的產物。最引人注目的是：在「軍中倫理」的强力規範下，服從是最大的美德，是維繫軍中倫理不致渙散的最有力的要素。

在一般性的家庭倫理、社會倫理乃至學校倫理中，服從之德應有其多角度的展現以及多向度的詮釋，如果在講究服從的過程中不愼被權威人格所滲透，則將形同膠漆黏身，動彈不得，終於任人擺佈。今日我們要問：該服從什麼？該如何服從？服從之後接著該做什麼？萬一在服從的心行路徑中有了錯誤，又該如何加以消解？這些問題都須付諸自由思考、獨立判斷及合理的行動。總有人服從至於盲從，至於負不起個人言行的責任，如此服從，反為道德之大敵。

如果將服從解為「服從自己的良知及理性」，則它和負責之間便有密切的心理線路相銜。不過，良知之為物，往往落入直覺的窠臼，導致認不清事實，在邏輯的推論中也亂了標準。至於理性的處境更是危機四伏，如何强化理性的功能，豈是拳拳服膺所能辦到？欠缺道德與知識的勇氣，又如何能開拓生活的新境？世上那些服從自己的良知與理性的人，往往不是表面恭順之徒。

當然，眞正的服從不是毫無主見的唯唯諾諾，率由舊章。服從和負責時常互為因果，它們須有一個共同的前提：社會的共同規範合乎正義與公益，而個人又能以遵行社會規範為權利之根源。今日我們應重視責任甚於服從，負責實為符合民主社會需要的基本德性。將自己擔當起來，以誠懇莊重的態度面對所有人事物，如此負責之風，必可推動現代化之精神建設，並以奠定公民生活的穩固基礎。負責爲服從之本，爲自由之本，爲尊嚴之本，爲人道之本，其中意理甚深甚廣，頗值得教育工作者研究。

七十六・二・二十三

# 請站起來

哲學家笛卡爾有晏起的習慣，他常常躺在床上享受早點，同時讀書思考。笛卡爾的哲學有心物二分之病，彷彿和他這種貴族式的作風有所牽連。我們無法認定一個人精確的思考究應在何種身心狀況下出現，但如何以精進之身引導精進之心，以面對所有屬於人的問題，是不能不認眞以赴的。

如今我們思考的處境不僅十分詭譎，甚至十分惡劣。當我們力圖澄清自己的腦波，然內在外在的干擾不斷，而在我們已構作出某一觀念之後，如何去看待此一觀念，馬上成爲一個更新的思考的課題。思考乃恒久大業，它一方面須植根於生命內裏，一方面要能展枝葉於人羣之間，庇蔭那無數仍可能撒野的人。

在界定任一知識質素的同時，須認定知識的源起不外乎人與自然。知識是果，能思考有知識之人是一株株挺立的果樹。如果爲了追逐「爲學日益」的表面成就，而竟疏忽了爲人之道及尊嚴，就是本末倒置的怪現狀了。自然因人而有意義，因不同之人而有不同意義，這與衰起伏不定的意義世界由人心加以維繫，並依各人的認知能力而千變萬化。

要想改善我們求知識的環境，須先高揭獨立思考的大旗。思考的獨立性由思考本身而來，我們無法坐等環伺於知識外圍的人主動撤離，思考的空間須由思考之人獨自開拓。躺著思考，可能喪失對環境的警覺性，並且難以整合一顆活躍的心及一副安逸的身。身求安逸，心如何能奮勇向前？時下不少人思想的氣魄不足，知識的格調不高，卽種因於身心之間不該存在的隔閡。當然，苛求個人意志被磨礪爲知識之工具，極可能自傷其理性，甚自毀其生命。但在無所逃於天地之間的情況下，唯有老老實實地面對自己，面對別人，面對不斷噴湧的知識之泉，以疏濬代圍堵，化被動爲主導，則我們不僅可在困境中求知，更可進而以知識的力量轉困境爲逐步開闊的順境。如此施展求知的本事，知識分子才可望成爲社會的中堅。

楊國樞敎授最近爲文指出：知識分子是觀念人而非行動人，是文俠而非武俠。楊敎授認爲知識分子不能被羣衆牽著鼻子走，對現實政治與社會問題，知識分子該做的是「坐而言」，而不是「起而行」。楊敎授如此界定知識分子，相當準確，比用漫無標準的「愛國」兩字按放在知識分子頭上，要合理多了。在此，個人對楊敎授大作有兩點補充：

一、爲了澈底發揮思考能力以對抗不利思考的種種因素，一個知識分子須隨時隨處檢查自己已成形的觀念，並拿揑個人言論的尺度。觀念的世界深廣無限，言語的叢林幽奧難明，如何在這兩方面花費超乎實用性的眞純的心思，乃決定一個求知者能否成爲眞正的知識分子的主要前提。

二、知識分子關心的範圍十分廣泛，對超乎政治與社會的問題（我們反對泛政治主義及泛社會主義），知識分子應可起而行，用全副身心戮力以赴。一個修道人將知識和生命密契永結，這樣的榜樣也應可在科學實驗室或哲學研究室中再次展現。因此，知識分子的行動可以不只是設定程序，規劃步驟，或只在現實外圍觀望。知識分子大可匯聚人文意義的活泉成强力水柱，深深鑽入現實世界的核心，而不僅站起他們的身子，更讓一顆顆心跳躍起來，且有共同的律動。

七十六・二・九

# 宗教之旅

一貫道之解禁，是近年來國內政教互動的微妙現象中較具正面意義的一項措施。在宗教自由的大前提下，禁止某一宗教公開傳教，應是一件極其嚴重的事。解禁前之一貫道，其實已半公開地在民間流佈。其組織之嚴密，活動之頻繁，及信徒之團結，在本土宗教中無出其右者；其意欲集傳統宗教之大成，並予以適度修正整合之企圖更是昭然若揭。

政治性之疑慮已除，神秘性之面紗將去，則一貫道本身勢必自我謹飭，並將其內部之情況向社會大衆公佈，以求得相當的理性的認同。也就是說，如今一貫道該解自設之宗教禁忌，在敎義敎理上開放給任何敎外人，而不可閉關自守，敝帚自珍，或竟以他敎爲異端，以改造他敎敎義爲能事。如果只是集多種之偶像崇拜於一身，熔一切經懺儀軌於一爐，而在宗敎體驗上不求眞切可證，在宗敎修持上無能利益衆生，反加速世俗權力與功利之結合，加深一般人執着陷溺的習氣，則將只是諸多小神壇的大會師，我傳統宗敎在現實人心的新花樣罷了。

張澄基教授認爲宗敎傳統之內涵有三項要素：①原始宗敎體驗之追索方便。②敎義或敎法之研討與發揚。③宗敎組織、制度及習俗之建立。從宗敎歷史看來，是先有宗敎體驗，再形成敎義敎法，最後才建立宗敎組織與制度。然時下之宗敎活動，却往往較熱中宗敎組織之擴大，大力宣揚某些並不眞能救拔人心的宗敎習俗；而對於敎義並未切實研究，對於已不合時代需要的敎法仍固執不放；至於宗敎體驗則如蜻蜓點水，得少便足，甚至以無爲有，認幻作實，在廣大信徒中，一有高人出現，不是被視爲異數，便是被捧成活神仙，而恣肆蹂躪宗敎應有的人文基礎，本可引人入勝的神秘氣息也變質爲心靈之煙幕，或疑神疑魔，或弄神弄鬼，宗敎的負面現象乃大批出籠。

在尚未對一貫道有全盤的瞭解之前，我們無法對它作任何的批判。但秉著樂觀其成的善意，我們希望所有的「道親」在此由隱而顯，從裏向外的關頭，大可不必急於傳敎，不必急於擴大同道之陣容，是該努力研討可能尚未全備的敎義敎法，並加深個人之宗敎體驗，消解個人心靈之難題，以轉識成智，化日常之言語行徑爲無數方便，期能了生脫死，超拔於凡塵之上，以表現出東方宗敎的可貴的特色。大哲懷德海的宗敎知見値得任何宗敎人士參考：「集體之宗敎狂熱、集會、活動，不管多麼熱鬧，也不能算是眞正的宗敎。敎會、組織、儀式、聖經，甚至一切道德規範及敎條，都只是宗敎之外表和裝飾品，變化無常，不足以恃。這些宗敎的裝飾品可能是有用的，也可能是有害的。」宗教的眞諦在心靈的解脫，生命的躍升以及對此一世界的永恒的超渡，宗教之旅乃漫漫長途，急不得，懶不得，更苟且不得。宗教哲學家杜普瑞（Louis Dupre）說：「信仰總是一種冒險。」這冒險是全副生命的冒險，我們尚可補充道：「信仰總是一種奉獻。」這奉獻乃全副生命的奉獻。願虔誠的信徒在手捧獻禮面對神像之際也能回視自己，檢點自己的一顆心。

七十六・一・二十六

# 生命的閘門

嫌惡自己，不管是何原因，都是一種情緒，或深或淺，如水之漲落，我們就在其中浮浮沈沈。

少有人不嫌惡自己，因少有人不高高標立理想之我。所以有理想之我，緣於我之現實有諸多不善不美。

現實之我其實是一假設之辭，如同理想之我遠逸於形影之外，誰能摩挲確認？誰能爲現實之我立定脚根，直挺其身，並清理週遭一切之非我？我們似乎都帶著幾分醉意在過活，執著有我，却無能對自我負完全之責。

嫌惡介於愛恨之間。因愛而嫌，由惡生恨，我們的情緒就如快轉的輪，頭暈的感覺是正常現象，而時有摔向軌道之外的危險，更是人人噤若寒蟬的人生的機密。

種種慾望加深了對自己的嫌惡。所以清心寡慾，便是爲了使自己擺脫來自自己的糾纏。道德的重要性就在慾火高燒中清楚地顯豁出來，魔高一丈，正表示高一尺的道具有數百數千尺以迄無限的潛在的長度。

生命的壓力來自四面八方，而最大的危險來自生命內裏。危機卽生機——新生的生機，祇要我們不成天活在情緒中，不終日沈溺於慾望裏。凡人無慾非凡人，連神仙也須紅塵相映以突出其身姿風貌。如何引導慾望之洪水成一平靜大湖，乃生命最大之工程。

嫌惡自己卽是那可開可閉的閘門，轉嫌惡之情成明白之理，明白自己的種種限度，則那納生命之水的渠道將滿載綠波，愛與恨不過是明滅不定的光影在吾人眼中的流轉罷了。

七十六・一・十九

# 根植思想之土

自由若能以數量或種類加以說明，那麼最根本的自由便是我們憲法第十一條明文登載的言論、講學、著作及出版的自由。在這四項自由中，言論、講學的自由保障了我們說話的權利，著作及出版的自由則維護著我們傳播文字的權利，一語一文，皆不離我們的思想與精神，因此，可以說：我們最根本的自由乃是思想言論的自由，這和我們的生命精神狀態息息相關。

自由的眞諦經常遭到誤解，自由的意義由於有無限的深廣度而顯得模糊。講自由不必有算帳的精明，更不能有放縱的糊塗，自由須在言行之間找路徑，在錯綜的人際關係中覓一棲身之地，而自由的精神須穩穩紮根於人心深處。如今，是有人像吹氣球一樣地在提倡自由，自由的空氣無端膨脹，生活的危險却也跟著升高。也有人嫉視自由，這和自殺相去不遠。那些不知愛惜生命之人所以自戕，乃是在極端不自由的心境裏引發了一時的狂勁，而他們所以和自由絕緣，祇因他們以嫉視自由厭惡自由爲一貫之人生態度。

要避免自由受罪受害，有一個最保險的作法：把自由栽種在思想的泥土中，也就是培養自由思考獨立判斷的本事。祇要能自由地思考，別人便無法完全剝奪你的自由。喪失自由往往從思想內裏一步一步地丟掉生命的基地；而堅持個人某些思考的方向，意義十分重大。也許，一點點思考的成果就可讓你吮嘗不盡自由的滋味。

進行思考要有一定的方法，要遵循一定的理則，而思想的目的就是在追求人人共同認定的眞理。民主政治不輕易認定眞理的絕對意義，絕對的眞理往往引發莫名的狂熱並造成盲目的信仰，這對專制十分有利。民主政治的可貴便是在它能以最和平最方便的方式找到多數人承認的眞理，而同時讓少數人也有自我堅持的適當的場合。

自由不等於散漫，不能是胡作非爲，這很容易從思想的自由找到義諦。思想能够流布通行，在於自由與命定的種種衝突已經由思想的認眞的精神一一克服。斯賓諾莎認爲自由是對必然的人性的尊重。而履現自由亦卽實踐人性，因此，自由須在一定的規矩尺度之中。數十年前，有一位學者說中國人擁有太多的社會自由、太少的政治自由。其實，許多中國人所享有的自由已非眞自由，他們往往侵犯別人的自由，而且對自己的所作所爲絲毫不負責任。如今有人辦喪事，大方地讓那用錢買來的哭聲和鄰人共享。有一些年輕人騎快車闖紅燈，忘了該爲自己的生命及生他們的父母負責。一個社會的進步幅度大概可以拿它的民衆負責任的程度來加以衡量。如果用這個標準來看我們的社會，那麼到處可見令人寒心的現象。

堅持眞假對錯的認知標準，才可能自由地思考，才能獲致思想的自由。不明事理，自欺欺人，後果往往是良知的汚衊以及正義感的喪失。我們不必固執某一所謂的眞理，但我們必須固持思想的權利，守住認知的地盤，並運用人人可懂的認知的語言，如此，我們才能作自己的主人，我們的生命才不至於因自我封閉而逐漸萎縮。

七十六・一・十三

# 論理與倫理

校園理應是世上清淨之地。任何校園皆有其水木清華，也各有其人文勝景。校園之清淨泰半來自窗明几淨的講堂，其中有白髮老者，有紅顏少年，他們都有一顆寧靜明白的心，或已滌盡俗慮或仍純潔無瑕，紅塵在外，他們暫時置身理想的光中，偶爾望向窗外，不管臉上表情如何，他們絕不同於名利中人，縱有血脈躍動，還是一派純情，一股腦兒的希冀與盼望。

如今有人大唱「校園倫理」，也有人疾呼「校園民主」，兩個本不矛盾的語詞竟擾起軒然大波，其中確有不必要的隔閡與對峙。所謂「校園倫理」，旨在維護校園的清淨並保持校園的安定，它有一預設的前提：任何校園都可能遭遇到滋擾與破壞。姑不論如此的假定符不符合眞實的情況，苦心經營校園倫理者的一番善意是不容抹滅的。然而，就大專院校而論，其中的學生多在弱冠之年上下，都已受過十年左右的教育，他們自清自律的本事理應受到肯定與信賴，而他們積極從事的知識追求以及思考能力的鍛鍊，正有助於個人人格的獨立，也大可增强他們抵抗污染

（特別是思想污染及精神污染）與克服自身之脆弱的能耐。如果校園倫理無法處理一個個學生所面臨的課題，而只着眼於一羣人共生的現象，甚或把校園當成一般之社會，而以保姆或監督者的立場來施行教誡或獎懲，則極可能衍生反效果，對莊嚴的教育場合將造成莫大的傷害。

校園倫理側重人際關係的諧和，而校園民主亟欲突顯自我生命。所謂「作自己的主人」，並不必然排除任何外來的干預，但一股奮勵昂揚之氣是誰也壓抑不住的。或許是因爲我們的校園一直欠缺自動自發的風氣，而袞袞諸公又和年輕人有了思想觀念上的差距；一旦民主之呼聲鵲起，彷彿野火一把，燒熱一顆顆年輕的心，映紅一張張年輕的臉，衞道之士便有了諸多錯誤的聯想，或竟使出違反教育原則的手段進行掃蕩的工作。我們不願見政治的尖鋒對立出現於教育場所，我們甚願見一處處講堂弦歌不斷，而讓喧囂狂熱的叫聲祇偶爾升騰於大學牆外。

校園倫理最好立基於校園民主之上，而校園民主須以學術思想的自由爲眞實的內容。若一味妄想「取而代之」，本身並未潛心於系統的學問中，而任由零星的知識燃引鹵莽的行動，將理性寸寸打薄，民主自由終成了護身符，那麼受害者仍將是學生自己。至於校園倫理則須避免消極守成的態勢，設法在論理的自由氣氛中培植文化之砥柱，在進取的路徑上結合各懷大志的英俊少年。校園倫理不必急於多中求一，化繁爲簡。就讓思想的園地草木滋榮，是不必死死堅持「思想純正」的標準。如此，和諧的倫理中有活潑潑的民主，而那些高聲諍論的年輕人也就不至於桀驁不馴了。

七十六・一・五

# 開罵之外

人難免衝動，特別是那些被冷落被忽視被待以不合理之方式的人，在沒有優雅的敎養之下，可能出言不遜，或揮拳相向。不平之氣醞釀一久，似乎極易刺激腦神經，而使本能赤裸裸地現出。在今日講究裝潢的風氣裏，人心的蠢動在美麗的外衣內正方興未艾。對於人性較原始的一面，我們似乎仍欠缺有效的疏導。

一些自認站在人文頂峯的人物以鳥瞰之姿掃描人文生態，往往不屑於粗俗的大衆文化，對於草根性、鄉土性及「質勝於文」的粗獷與鄙陋，總是避之惟恐不及，總設法遷居到所謂的「高級社區」。這種知識分子的退縮與不負責，已然辱及眞理的冠冕。

有人衝動，有人不知禮數，我們應以理性包容之，而不是假借理性之名，反擊以經過修飾的語言及頗能委曲的行動。你指別人「開罵」，必須先莊重地對其開罵的內容加以詮釋，並設身處地尋找別人所以開罵的理由（應是可供檢證的理由，而不能是隱晦不明的動機），然後才能在

「自反而縮」的心境中堂皇地予以駁斥。如果雙方一直在含沙射影的情況下，或矛或盾，或攻或守，終將鬧成一團，最後的罪狀可能要委由歷史揭櫫，而那些不衝動知禮數懂得以「文」化妝自己的人可能要背負更大的過錯，因爲他們不教而誅，未能善盡文化師保的職責。

面對事實，有些人尚未拿出相對的眞誠。如今，「捏造的事實」這個意義矛盾的名詞被廣泛使用，便是思想交流的一大危機。「事實」不僅包括自然物理諸現象以及社會百態，更包括一個個活生生的人。如此，有人罵人（其實，「罵」可改成「批評」，較順文明人的心意），我們就可斟定：他是否把此人之所有當成一種事實，而以求眞的態度去面對，並未擅加主觀的價值因素。若此，則我們便可試著接受他的批評，縱使他措詞不雅。如何在諸多批評中，過濾僞飾驕矜的成分，發現那被有心人設法掩蓋的事實，應是成天與知識爲伍並習於高雅禮儀的人不可不認眞思考並付諸行動的。

我們是不必急切地去反罵別人之罵，我們是該善用理性之實質功能，而不能一味擺出理性的姿態充當和事佬。不能執持眞理，何來正義感？未將衝動的血氣轉爲社會規範所容許的才情，則理想的實現勢必延緩。衝動不必，但冷酷的面目更可怕。願人人各得其理，此理應是事實之理，而不是某些抽象之物在人心中無端激起的波紋。相信我們的人文生態不至於如自然生態般殘敗，祇要我們能穿透表象見眞實，並彼此互通超越情緒的有意義的消息，則明日的美好將不是片面的，而是全面落實的。

七十五・十二・十六

# 耕心爲田

中國文化乃一種族生命和廣大深邃之時空環境長時間搏鬪的結果。時間經中國人之意識淘洗，練就成光燦燦的歷史；空間則經中國人的身手搏揉，形塑成生氣蓬勃的天地。中國人便在歷史意識中解決了個人生死的問題，在天地背景之前演出粉墨乾坤的大戲，打破了種種有限的形相。

不過，中國文化一統化形式化的趨勢使中國人的生命力終於難以淋漓發揮，這彷彿希臘文明由酒神戴奧尼索斯的激情轉向太陽神阿波羅的靜定的理智，古典的輝煌便在美麗的造形藝術及超世的形上玄想中邁向闃寂昏黯的終點。也難怪歌頌原始生命力的尼采會大事讚揚酒神，認爲阿波羅只是戴奧尼索斯的影子，一幅空幻的形相而已。

中國文化的空幻形相很容易在種種道德形式中覓得。形式本爲道德的守護者，但當生命力萎縮之後，道德的蟊賊便披上形式的外衣，到處闖禍。文化應是動詞，但在無數中國人的心中，文化已成凝定的名詞。某些傳統的讀書人之看待古老經典，和蛀蟲之看待那些紙張成品，並沒有太大的不同。而一般的老百姓在長時間不知而行之後，似乎已染上腦神經的痲痺症，甚至連手脚的靈活度也大幅降低。

對此文化疲態，身在當代的我們應有新的反省及新的救治手法。在此，至少有三個問題值得我們細思：

一、道德和知識的關係究如何？道德的意義和知識的意義如何能在我們共同的心靈互放光亮？古來聖賢堅持應然之道，理想性的把道德和知識終極的結合境況，用條理穩當的語言宣示出來，却無能照應芸芸蒼生的思想動態。知識和道德在人心的起點上是有相當大的距離，它們必須共同面對人世坎坷之途，如果一味敷以理想的色調，而忘了去觸摸生硬的現實情境，則當知識遠離道德之際，道德便可能落入魔掌，而道德的語言就形同魔咒了。

二、如何釐定知識的疆界？如何讓古老的知識活在現代人心？傳統的治學方法在守成之餘，往往欠缺開展向未來的創造性。一些人皓首窮經，一味地爲古人辯護，而另有人激烈地反傳統，却也不知尊重知識，守住言詮的分寸。西方學者在知識之外不放言高論，中國的道學家則想一言定天下，用終極性的語詞囊括自己未曾以理路試探的領域。當代詮釋學的方法應可打破注疏家的迷夢，驚醒那些捧玩寶典之徒，而讓古典滴下芳醇的汁液。

三、在理性助成道德的前提下，如何以文化的理想性意義提升人性？如何在樂觀地期許人性之餘又適度地反人性，以超越目前的人的格局？這需要有德者和有智者雙方共同努力。我們的道統和學統之間有離間的走向，道統淪爲權力之符，學統則無獨立之國度。我們的理性在長久抱持單一性的目的之後，已有諸多病態；如今面對多元化的社會，我們又該如何解除分歧及陷落的危機？若個人可耕心爲田，則衆人應可耕文化成富庶之地，在繁華之外。

七十五・十二・八

# 人情磁力場

若喻中國之社會爲一龐大建築物，則那有著强大結合力的水泥就是時濃時淡的人情了。我們感覺處處溫馨，因爲處處有人情流動，而若人情一被堵住，某些人很可能會因孤獨而感淒涼而嘆生不如死。

自古以來，有一種十分樂觀的想法：社會爲家庭之集合，祇要能齊家，使每一個家庭和和樂樂，則整個社會自然安安穩穩。家齊而後國治，乃十分順當之路徑。可惜的是：從實際的歷史狀況加以考察，這樣的想法一直未能具體實現。這或許證明：人不僅是家庭的動物，而家庭倫理和社會倫理之間，可能存在著相當大的鴻溝，是以親情爲主的人情所填不滿的。

首先，我們肯定人情的無可倫比的重要性。中國人的感情經數千年的敎化，已經在人性本能之上轉化出溫和理性的風貌。我們的感情既粗獷又細膩，既溫柔又能掀起狂大風潮，而基本上，它總是順著一定的人際關係走動，如果不愼越軌，我們早已準備好一大套「禮」來規飭它。禮是中國的社會結構所以能支持至今的內在因素，它也保有適應時代需求的彈性，如果禮不喪失它的合理性的話。遺憾的是今日中國文化往往有被架空的趨勢，講中國文化，若不强調精神層面，彷彿對中國文化便是一大褻瀆。於是我們眼睜睜地看著千百種中國人傳統的生活模式（禮的成品）隨西風披靡，却少有人能挺身而出，作一個偉大的保守分子。也沒有學貫中西的碩學鴻儒肯丟下士大夫的身段，集合千萬人之力以營造新時代的禮，以構建新時代的人情管道。於是知識份子和非知識份子彷佛生活在兩個世界。知識份子以學自西方的新觀念自我呑食維生，非知識份子則依然在殘破的禮法社會中聊以餬口。難怪我們的人情常常肇禍，其實，並非人情肇禍，而是我們的社會規範無法予以疏導，我們的理性狠狠丟下了它。我們的人情形同棄婦，如果我們甘願做個負心漢的話。

活在人情磁力場中，未嘗不是一種福分。祇是磁場一亂，方位一模糊，我們便將有天旋地轉的感覺。我們是不必如此杞人憂天，我們要擔心的幾乎都是人的問題，而在人的問題中，又幾乎都與人情有關。人情的動向決定大部分中國人的走向，而如何把握人情的動向，就需要我們以嚴格的理性去詮釋做爲一個人（To be a man）的目的及意義。傳統的所謂「做人」，往往未能凸顯個人的地位，以至於在二人以上的人情關係中導致人我界限模糊不清，而人我界限未能明確地加以釐定，將對民主法治的社會產生十分不利的影響，起碼，權利與義務的分判就難以下手。

同樣道理，中庸之道可行，但其先決條件是那可以用思維加以理解的兩端須先浮現在我們的眼前，而我們自身也需培養出主動性及創造性，才不至於落入非理性的形式主義中，也才能跳出人情的泥淖，昂首邁向土石堅硬的大道。

我們熱切期待種種社會改革能同時革新我們的生活，我們也當自我要求，在有情天地中保住人文的架構，並不斷充實以活潑潑的生命意義。

七十五・十二・二

# 未來大夢

「後生可畏」所以能掛在許多老成人的嘴上，很可能是自然律在人身上和緜長寬闊的人道相會合的結果。再活躍的一代也得於自然生命結束之際退出人世舞台，但文化的薪火却不能就此熄滅，於是燃起希望，擲向青青嫩嫩的一代。「可畏」的語義是中性的，沒有多少價值色彩。上一代是難以論斷下一代將如何如何，祇曉得這世界會變，這世界上的人也會變；至於怎麼變，乃兩代間難以彼此知悉的秘密。

瑪克斯・韋伯（Max Weber）說：「未來不是一場人類和平與幸福的夢境，問題不在於將來人類會怎麼想，而是他們將會是什麼樣的人。」如果身在當代，却大作未來之夢，這不僅有害自己，對未來的一代也無益處。韋伯抬出「國家理由」作爲價值的終極判準，這是很聰明的作法。以社會科學的發展限度而言，誰也無能高唱人性論，誰也塑造不出所謂「人類的子孫」之雛型，因爲任何人都屬於某一文化範疇，他的「人道」並非以地球之軌道爲準，而是以因俗成習的種種脈絡（Conventional context）爲舖展之領域。估算價值理想具體實現之可能，並非否定大同世界爲子虛烏有，而是在設法製造種種有利的條件，使價值理想能發揮其導向功能，使我們人人活得更眞實更有資格繼續活下去。

目前此地有了放眼未來的大好形勢。客觀地看來，一切之諍論將可逐步化消；然主觀地細究，人的問題是愈突顯，也愈來愈重要。如韋伯放眼未來的焦點所在：「他們將會是什麼樣的人」，是的，有未來的人才能有未來的世界，而未來的人的品質更決定了未來的世界的風貌。因此，如何以現有的社會制度與資源，努力培塑下一代，是十分值得投注的大業。

人在社會的活動由進入到參與，由承襲到創造，歷程雖有不同，但所須貫注的心力却具有一定性的意義。欲瞭解一個人或一個羣體，便須深入意義的核心，並設法在社會關係中進行意義的組合。當然，最後的和諧——卽是吾人夢寐以求的和平與幸福，可能不是一般穿梭於時間管道的眼睛所能窺見，但努力壯大個人，拓展主觀的範疇，並設法在行爲的動機上按裝理想，在共同的生存欲望中接合價值，絕不使其互相牴觸，則未來的希望將不至於日趨褪色。

意義的核心須安立於創造性的心靈中，而組合意義唯透過自覺自動的集體行動才能達成。如今，我們是該反省：我們這個社會是否曾致力於開發心靈的創造性以發揚意義，而讓我們不僅活得舒適且活得有意思？我們社會的每一分子能否排除障礙，克服物質之誘因，而以樸素的面貌相見，以眞實的心意作全面性的溝通並採取一致性的步驟？此外，我們的熱情，我們的希望，是否已然穿透歷史藩籬，昂然飛翔於不可知的世界？而我們的下一代是不是有了更清明的智慧及更純潔的愛心，在聰明與浪漫之外？此刻，再讓我們諦聽韋伯三十歲的演說：「我們只是切望在後代的身上培養出一些特質，這些特質可以讓我們感覺到：我們人性中的偉大與高貴正在於此。」

七十五・十一・二十四

# 期待宗教改革

由於大家樂和民間神道結合，使得小神紛紛出籠，一些原本冷清的小廟如今香火鼎盛，生意興隆；一時之間，籤詩滿街飛，眞個是「不問蒼生問鬼神」。這種光怪陸離的現象，正暴露出我們的民間信仰存在著種種問題。

傳統的萬物有生論使我們對宇宙人生的看法遍染泛神色調。無生命的石頭也可搖身成「石頭公」，接受萬物之靈的膜拜，而神道和魔道、鬼道之間，界限不清，讓神棍有機可乘，假鬼魔之威行斂財騙色之實。許多有錢人熱中蓋廟，却吝於興學。這些多神信仰的流弊已然妨害一般人的精神生活，也阻礙了社會文化的發展。

就宗敎敎義而言，宗敎的眞理是超乎言詮的絕對眞理，無須爭辯。但宗敎行爲及宗敎現象却須接受理性的檢驗及社會文化的洗禮。如今我們的民間信仰是已嚴重欠缺理性思考的成素，而它所釀成的禍害更已侵及一般之生活常軌，且助長了墮落向下的功利習氣。

因此，在尊重宗教自由的基礎上，我們應該進一步集合思想家、宗教家及各種文化工作者，協力研究我們文化範疇中的宗教，深入本土的宗教心靈，釐清教理，斟定教相，以防止泛神論不至於演成漫無邊際的多神信仰；並以生命哲學之昂揚姿態去除民間信仰中非理性的因素，保留其超理性超世間的理想，以長養我們脆弱的性靈，提升我們卑微的精神，進而培植我們恒久生存下去的希望和勇氣。此外，我們還可效法西方宗教，强化民間宗教的組織（慈濟功德會便是一成功範例），並參照時代環境之各種需求，制定可行之生活儀軌，以規範我們的社會生活，以對治人性自私向下的本能趨勢，並鍛鍊出世的浪漫情懷爲入世的嚴謹的操守，而使土生土長的宗教團體成爲移風易俗的中堅。

七十五・十一・十八

# 主觀有理

國人欠缺守法的習慣，有一個很主要的理由：許多人不自覺自己是個理當守法的人。有些人在逾越法律的尺度時，甚至擺出一種架勢：「禮法豈爲吾輩設哉？」在最需守規矩的大都會中，竟充斥著化外之民，於是紊亂的場面到處可見。

任何人都沒有足夠的理由去責求他人，而當法律並未因澈底的執行而豎立起不可侵犯的權威，祇是一味對民衆作片面的要求，則有違恕道精神。在敎導民衆尊重客觀體制之前，是該先讓每一個人能自覺地尊重自己，而於不斷回視自我之際，能够同時穿透主觀的視野，以主觀對主觀，將心來比心，則可在情理交融的情況下，把每一個人絡入現代的各種組織中。

一個人不可能不主觀，因此，我們不必多所宣揚客觀的權威，而應致力於統合每一個個體，讓每一個人都能作主，在這龐大的生活體系裏。一個自主的人，當能發現他身外的一切並非和他無干，而進一步以開放的心胸包容別人，甘願在任何體制中自我克制以實現共同的理想。

面對一大套客觀的價值系統，每一個人都有權利在價值的各種量度間有所取捨。因此，大家接受外在規範的方式和態度可以不同，但須能作負責的解釋。人人行動不必如軍隊行進般步伐一致，但行動的方向則不能有無法化解的歧異。我們這個社會是太在意表面的相似及形式的雷同，而忽略了內容的差異性及多變性。對於主觀的心思，我們常如蜻蜓點水般掠過，而未能運用心思作種種行為的鍛鍊。我們所以不適應團體生活，祇因我們不了解自己，不看重自己，不懂得去處理自己和別人之間的關係。唯有深入主觀，强化主觀，使主觀的領域不斷打破藩籬，我們才能聯結所有的獨立之人，形成一個有機的活潑潑的社會。

眞實的心思是眞實的力量，對於一個多變的社會，最需要有心之人發揮自由思考的本事，將形同外在化的法律規章轉為個人思想的題材，將紛歧的行為練就成具有共同意義的生活模式。所謂的「同意」，不能是虛與委蛇的應諾，而必須是在千差萬殊的心念之間作最眞切的抉擇，且必須尊重事實的多變的內容，向人人雀躍向上的知識理念負責。

我們也可以不同意，但要在人的共同的基礎上不同意。我們若能以眞心相對待，以眞面目相對視，以一切可辨明之眞理相期許，則一切的權威便不可能壓制我們，我們便可反客為主，在形式之外覓見親親切切的生命的內容，而在統一化的過程中，便不至於再出現吞併或侵蝕的情事了。

七十五・十一・十

# 不妨消極

「積極」一詞已經成爲讚語，在這個人人交相入世的時代。有積極的思想，有積極的作爲，更有所謂積極的精神。相對地，「消極」就是不客氣的貶抑之詞了。有了消極的念頭，彷彿中了毒，生命就將逐步走向盡頭。

消極與積極之間，並無高突的分水嶺。有人從消極到積極，只在一念之間，同樣地，由積極轉消極，也往往如拋物線向下，簡直是生命的一種本能。然而，在這兩極之間，理應有相當大的緩衝的空間，以使吾人心靈得以自由活動，並機動地調整人生的步伐。

我們是可輕易地指出：許多人以入世爲積極，行動爲積極，以發揮有形之生命之能量爲積極。這一條人人擁擠向前的道路是已千瘡百孔，在强有力的踐踏之下。除非我們已喪失回顧自我的本事，不然，此刻該是勒馬停駐暫緩向前的時候。

入世是生活最大之前提，不入世則人生無可研磨之意義。但入世有種種方便巧妙，入世不能是一頭栽入而終溺於人溺於世。出入世間，本無矛盾，雖入世而不執著入世之相入世之身，並進而長養一顆出世的心，所謂「以極冷之心做極熱之事」，方才是大丈夫行徑。

生命有自動之機，此機一動，生命恒動。然一般人之行動總在內外煎迫之下，以匆匆形色急急趕赴；而在行動之後，並未能細細檢視個人之種種蹤跡。於是少有人能動得自在，少有人能於每一次行動之後不留下任何悔意。我們是常拖著長長的尾巴，清掃不盡人生的渣滓。

對所謂「積極人生」的執著至於執迷，而終於喪失自省的能力，喪失吮嘗生命苦樂的敏銳味覺，可就是一大愚癡了。一顆極冷的心，最有辦法解決生命的難題，也最能洞察生命的弔詭。它絕不以積極而自矜自喜，反能在消極之中自策自勉。它不因入世而困守方寸之地而爲俗情所腐蝕，也不會爲了一時之得失利害而浮動於塵埃之中。珍惜有形生命之有限能量，是最起碼的聰明。要動就動於九天之上，這動乃生命之大動，吾人精神力量的大出擊，這就不是出自一般心量的所謂「積極」或「消極」所能贊一辭了。

至少，我們不能濫用「積極」、「消極」這兩個名詞，我們不能被這主觀的兩種假設之說所縛。若有人一心出世，我們不可說他消極，他可能擁有比我們更大的生命的自由。若有人安坐不動，觀想冥思，我們也不可說他消極，他可能在等待一次生命的大變化，他可能在引領更大的光明到我們的眼前。若有人從事冷清寂寞的精神事業，甚被誤認作狂徒或呆人，我們更應心生敬意，對這少數的文化先知。多數人討生活於零散的時空據點上，而如何聚無數時空據點成一廣袤的大宇宙——一個豐富的世界，就需要那些不怕孤獨寂寞不怕消極之譏的人們去努力了。

等到我們能不斥退那沿門托鉢的行腳僧，而在施捨之際面無喜色心無愛戀，我們就可不妨消極，以保生活之力氣；也大可積極一番，不必有所遲疑，也不用怕遭傷害了。

七十五・十・十三

# 店面心理

屢次聽說臺灣有許多有錢人頗喜歡買店面的房子，這種心態很值得深入追究。做點小生意，不僅是失落田園的種田人的一大出路，更是絕大多數人一廂情願的發財之道。到底我們是否眞的擁有了一個可以使做點小生意的人賺錢活口的商業社會？而我們又如何以點線連成面，用許多固定或流動的據點組成一個繁榮的大都會？

還有許多人樂於以店面的房子當住家，忍受喧囂吵鬧而賺取蠅頭小利，這可算是許多新興社區的特色。在此，我們可以發現中國人的一種性格：小本經營以求眼前小利，已足以滿足衣食之需，這是十分入世而講究實用的心理。自古以來，我們少見大商人；農業社會的篤定與堅固，使得商業一直在夾縫中發展，一直未能有大氣魄大格局的開拓。如今，拜西方物質文明之賜，我們是有了可和西方媲美的大企業。然而，在聚而不定的新城市，在人際關係浮動的新社區，在不再有親友故舊照拂之下，小商場乃應運而生，小小店面成了日日路過的陌生人的加油站。

當然，我們做生意的方法已大有改進，店面的裝潢及物品進出之管理已多有現代技術之助力。然而，傳統的老店沒落了，可供喝茶聊天的地方不見了。地面踏響的是匆匆的腳步，抬頭祇見老板不停地操作數銀機，也不聞寒暄問暖的音聲形貌了。生意人以堂皇的店面迎我，却未相等地以熟悉和藹的笑容迎我。雖然仍有或多或少的人情味，但已稀薄到令人覺得十分珍貴了。

社會變遷是無情的。被迫地脫離田園，滿腹辛酸之餘，許多莊稼漢，依然胼手胝足，在陌生的大都會重建家園。若能有個店面，彷彿有了活下去的保證。常聞生意不好做的抱怨，但店面的房子，仍如雨後春筍般出現，且都有較高之價位。喜歡做點小生意的人仍然不少，他們是不太講究住家的安寧與清淨的。中國人是可以爲了飽肚而犧牲掉精神的享受，也許幾千年來怕挨餓的潛意識仍存在大多數人的心底。那些大企業家大商人是以最大的能耐賺最多的錢，來保證其子孫百代千代不受沒飯吃的威脅，縱使社會早已走了樣。

小店面是難以聚合流動的人口，則我們應設法以其他管道使小店面週遭的人安店重遷，以一個生意的據點擴散超乎生意的情感，而使廣大的商業社會有其眞實的生意。開小店擺攤販的心態乃社會變遷的產物，它們如同剛萌芽之小草小樹，我們應予以輔助，並加修整；而當它們無端遭受風吹雨打之際，我們這個愈來愈龐大的社會並無理由使他們夭折。以大吃小的惡性的商場作風已多少違背人性，而我們的社區却最需要立基於人性的種種有人味的東西。我們都可能有一幅美麗的藍圖；所有的小店不僅進行物品的買賣，更進行著人情的交流，而人人從商業的行爲中，都可獲取許多非商業的利益。如此，每一個小店就是一個個溫馨的家，而每一個顧客就不只是付錢或賒帳的傢伙。

七十五・十・二十

# 問生命

坊間流傳許多以生命爲題的著作，有生物學家生理學家從自然科學的觀點研究生命，有心理學家社會學家歷史學家從人的行爲與活動來觀察生命，有文學家哲學家從個人直覺、性靈與理想大談生命，還有人以宗教家的姿態用救世的熱情企圖擁抱生命而與生命合成一體。這些因生命而起的思想文字簡直就是生命的火花，人文的夜空乃不至於孤寂冷清。

先讓我們聽聽歌德的幽靈之心聲：「在生命的潮流中，在行動的風暴上，狂浪升降，曲折奔放，生死循環，彷彿一片無盡的海岸，又像一串連續的波浪，生命在其中發亮，因而在時間之機旁，我忙於替神明作生命之裳。」這是對生命現象極爲生動的描繪，並已點出生命的奧蹟所在——時間之長流，以及生命所嚮往的境界——神明之殿堂。西方人從希臘時代開始，便在生命的動與靜之間設法維持均衡和諧的格局以求安頓自家生命。魔鬼的出現，乃生命之墮落，神明的高高在上，則是生命的自我躍升以迄生命之全般超越。不過，從西方歷史看來，人的生命却一直在尋找穩固的磐石以落土生根，而至今並未有貞定恒常的歸宿。浮士德的精神可歌可泣，但也未嘗不是對生命的一大諷刺。許多西方人仍忙著替神明作生命之裳，用他們的才智，用他們的金錢，有時候更用他們的寶貴的生命。

再讓我們回望東方。從《易經》的「生生之謂易」開始，中國人便以超越自然科學的觀點看生命。「保合太和，各正性命。」生命以性命爲基礎，而宇宙萬物皆各有其性，各有其命。如此，宇宙是一大生命，一大和諧的生命系統。然中國聖哲仍能在天地之中挺立出人的生命，「人者天地之心」，人是生命中的生命，是集蓬勃生機於一身的最高貴的生命，於博厚、圓融、雄健之外，人更有其靈明、崇高與諸多神妙。可以說，中國人的一切價值皆來自生命，一切有意義之事物莫不與人之生命息息相關。進一層說，中國人的大公乃生命之大公——一切生命共同的成長，而中國人的自私卽是私愛一己之生命，這仍有情理在其中。

中國的理想性文化並未能鴻圖大展，這是人類全體之損失。如今我們以各種角度管窺浩浩生命之流，極可能犯下「一曲之士」的錯誤。宗教家不同意科學家的說法，而哲學家也無法同情地了解文學家的苦心孤詣。如果我們能尊重傳統對生命的體認以及古人所曾踐履的生命旅程，在那理想生命的光照下，破除因知識分工及一己愛憎而來的執着習氣，則我們對生命的描述、研究或禮讚才可能合成一曲生命之歌。

此外，在所有以生命爲課題的著作中，是不可不注意生機（Organic mechanism）之爲物，不可不正視時間之爲一大變數，更不可忽略心性、心靈以及神明在吾人生命中可能引發的作用。如何使物質不害生命而爲生命所用，使人人交情共感而不相殘，使神明進入吾人性靈之中而不再令人無端悚慄，這是生命的三大問題，所有關心生命者不能不思索的三大問題。

七十五・十・六

# 賭風何時已

大家樂的風行，正不斷釀致人倫悲劇，讓我們洞悉賭博的猙獰與狡獪。人生哲學的教師在課堂上大聲疾呼：一個賭徒絕難以建立正確的人生觀。心理學者一再分析好賭的人心，並界定好賭的人是所謂的「心理上的弱者」。執法者則三令五申，並動手抓人，繩之以法。然而，賭風却方興未艾，仍大有燎原之勢。

大家樂忝附愛國獎券之驥尾，它以相當吸引人的公平性及滾雪球般的金錢爲釣餌，橫掃臺灣的中低層社會。嚴格說來，發行獎券本有讓人一賭運氣的性質，祇不過管理有法，又有公開的發行及開獎，商業的色彩甚濃，也因此抑制了豪賭的自我陷溺，並排除了黑社會的干預。而大家樂則牽連甚廣，或明或暗，規模可大可小，介入的分子或白或黑，再加人性中似乎有難以根除的賭性，以及一種玩弄數目字的習性，最可怕的是民間多神信仰的全面出籠，光怪陸離，已到令人不忍卒睹的地步。

面對這股歪風，有智之士都普遍有無力感。我們已許久不曾苛責自己了，政治的自由民主讓我們失去批判羣衆及世道人心的機會，一直未能深入的人性教育是已趕不上物質生活的滋榮，古來許多自我克制的道德訓令更被棄如敝屣，被認爲有違開放自主的原則。這些深植人心中的遠因其實不遠，祇要知識分子拿出良知，鼓起道德勇氣，運用諸多社團的力量以自發性的救濟方式（這該算是「精神救濟」）持續進行喚醒沉迷人心的工作，當可力挽狂瀾，消除此一畸型的社會現象。而在我們的教育中，是可未雨綢繆，大力加強思想教育，鍛鍊下一代分辨眞假判別善惡的能力，讓他們知道生活的價值與意義之所在，並有決心自我練就性情陶冶品德。也許，我們應廣設「休閒學」的課程，休閒是學問更是藝術，當然，這需要政經社會全面配合。如此，大家樂大概祇能猖獗一時了。

約德遜（L. Carroll Judson）的話說得很重，但很有理：「賭博消滅了內心中一切高貴的力量，痲痺了對人類苦痛的感受，離間了人與人，男與女，以及與家庭、社會、道德、宗教、社會秩序、國家間不可侵犯的連繫；它使人變成下流、無賴、瘋狂、厭世，它剝奪了人性中所有天賦的尊嚴。」所有玩大家樂者都該反躬自問：在這一場金錢遊戲中，我高貴的尊嚴何在？而我和其他人的關係又豈能只是互賭共賭的對手？

七十六・五・五

# 天才與監牢

林語堂的幽默五味齊全，令人深思。他曾如此論「閒」：「『閒』有時是迫出來，而不是自己去求的。有許多文學佳作是在監牢中產生出來的。當我們看見一個很有希望的文學天才，耗費精力於無益的社交集會或當前政治論文的撰作時，最好的辦法是把他關在監牢裏。」這樣的幽默看似尖酸，其實有十分溫厚仁慈的襟懷。

太史公因李陵案而坐牢而寫出曠世之作，這機緣可能是他的偉大史識也解析不透的，坐牢不一定是可恥之事，有時甚至可比美耶穌背負十字架，那所謂的「罪」是屬於衆人的。林大師的幽默不涉政治，也不探討嚴肅的人性問題，他着眼於生命的純眞與善良，一意爲天才請命，而天才並非異類，他們往往是性情中人，慣於以平和的方式傳達不止澎湃一世的熱情。因此，讓文學天才坐牢的策略乃十足人性的策略；若以清淨之身進入阻隔外人干擾的幽靜之地，並善保一顆自由之心，則天才將如鮮活的墨汁般淋漓而出。不過，科學天才最好以實驗室爲牢，否則空洞洞的囚房可能會悶死無數的科學細胞。

征服天下是霸氣沖天的英豪，征服自己則是才氣橫溢的奇傑。監牢頗適於獨對自己，並經由深沉的反省重新面對廣闊的世界，這對文學的創作十分有利。社交集會並非全無意義，政治論文也有其一定的價值，但若在探首紅塵置身喧囂之際忘了返觀自照，性靈的汩沒可是無聲無息如泥淖坑人的。在一個依然瀰存泛政治色彩的社會，本該置身事外獨處一隅（不等於不聞不問）的創作者仍有可能被一隻看不見的手挾持向擁擠的廣場。今日，培養閒情已成一項精神的操練，而在操練的過程中，閒情很可能已被灌水或打薄，難怪大師要構作那樣的假設，「心如牆壁」，竟也可以是具體的譬喻。

最好的治安是不再有監牢，最好的創作環境是不再有監視——包括放不開自己的自縛與自虐。「思想眞自由，文章必放異彩。」大師的智慧與豪情仍值得我們讚歎，我們或許該和他一起去見見老莊，去拜訪東坡。我們有時是太現代了，傳統如監牢般等着我們，何妨進去領略其中的山山水水。思想的自由以閒情閒境爲逍遙之域，若我們能在閒境中鑿透世界，在閒情裏掏空自我，那麼創作就是變沮洳場爲安樂國的大魔術了。

七十六・五・十九

# 趕場

說現代人生活忙碌是一般性的寫照，至於如何忙法？忙碌到什麼程度？忙與不忙的分際又如何？就非以活生生的個例爲分判的對象不可了。如果不對生活內容多加研磨，則忙碌將不過是觸及表象的感覺之辭罷了。是有人身忙心不忙，有人心忙身不忙；有人身心俱忙，有人身心俱不忙，在這粗分的四類中尚有許多變型，而我們也大可如是說：「人人忙，人人不忙。」這其中應多少有一些通透人生眞相的禪意，而忙與不忙究竟和人生的意義有什麼關聯，更是不可不愼思以對的。

古時候讀書人趕科舉，一個「趕」字道出科舉中人如熱鍋螞蟻般的人生困境。科舉乃競逐富貴名利的大集合，而就今日工商社會的競爭情況看來，則處處可見現代科舉，於是我們時時都在趕場。由內而外，從下到上；或大或小，或左或右，場場趕，趕得精疲力盡，有些人的一生就在趕場的心理及習氣中消磨殆盡。古哲靜觀的哲學已被拋在腦後，眼前無非繽紛與熱鬧。急急向前，唯恐落後，連上山賞花也用趕的了。

有智之士已開始規劃我們的生活世界，但他們往往偏重外在的空間，而忽略了較內在較抽象的時間。空間的種種經科技的料理，每每煥然一新；然時間則潛藏於意念、情愫等心靈變素裏，儼然自成一道生命之河，或快或慢地流向地平線外。「六合之內，聖人論而不議。」空間確實值得我們以思想行動去打拚，但面對時間，則可由個人主觀經驗作多向的開展，於是每一個人的生命史乃各有興衰，各現光采。而如果拋却傳統愼終追遠的情懷，則時間或將在各種生活場合中搖身變成佩刀帶劍的獨行俠，趕場的人就可能在刀光劍影中苟且過活了。現代人的時間往往被割裂打碎，失去了永無止境的流動與緜延，生命乃動輒停擺，不僅肢體不得安寧，一顆心更已脫卸在文化的悠遠之外，甚至被重重地摔落在分秒算計的街市中。

唯文化工作者能規劃好時間，我們實不願見文化工作者也染上趕場之疾。若文化爲短淺的功利所纏，那麼文化生命極可能漸疲漸衰以致於死滅，而若我們的生活無能轉進爲文化之旅，則我們就將活得十分卑微。讓我們正視時間的重要性，設法經由時間與生命的全般接合，以步步躍向常寂的光明。或許，全無色調的高度理念須我們長期加以觀照，而對於閃爍一時的意念，我們並不必多所躊躇，如此，我們才可能擺脫趕場的生命格局，而優游於自我與世界之間。

七十六・五・二十六

# 命運即責任

一個眞正的中國人應同時是儒家也是道家，他要擔得起一切的重任，效法孔子「知其不可而爲之」的精神，同時他也要放得下所有的包袱，如同莊子「知其不可奈何而安之若命」。在擔得起的時候，他積極而奮發；於放得下之際，他瀟灑而豪邁。這兩種性格是健全人格所最必須的要素。

命運不可知，責任自己了，兩者看似水火不容，其實是生命的兩極，對立却不矛盾，互成犄角，相映成趣——人生莊嚴又美麗的風光卽在此。讓我們再從亦道亦儒的莊子獲取寶貴的啓示：「天下有大戒二：其一，命也；其一，義也。子之愛親，命也，不可解於心；臣之事君，義也，無適而非君也，無所逃於天地之間，是之謂大戒。」這是莊子借仲尼之口道出的，在此，莊子是儒服儒冠了。命和義是天下最根本的兩個法則，命乃天性所致，如子女之敬愛父母；而義則是社會的產物，如臣子之向君主盡忠，乃無可逃避無能推卸的責任。

命運的殺傷力在於其偶然之中有一股迫人的必然性，如存在主義之喻人生乃被無端拋擲而來，落土是一大偶然，而自出娘胎以後則是一波接一波的現實不斷逼進，其間有生命諸多條件的湊泊，終匯爲無可抗拒的洪流。儒家的本事所以常有不妥協不屈服的態勢，卽在於他們正視這世界豐盈蓬勃的大有，亟欲透過諸多限定（亦卽命定）以體現生命眞實的內容，這種對自己、他人及整個世界的尊重就是仁就是義就是無比强烈的責任心。

轉命運爲責任，道家則另闢蹊徑，他們發現生命有無窮的可能性，可能性並不在限定之外，而在限定之中，在現實之中，因此他們雖迂迴但不逃避，雖柔弱但非懦弱，雖平和但不是死氣沉沉。他們自反而正，從無到有，在黯淡的背景裏創造另一度的輝煌。莊子認爲「死生存亡，窮達貧富」是「事之變，命之行」，他勇敢地躍入這變化的天地中。變化卽可能性的具體表現，變化也幾乎是希望的代名詞。莊子所以能戡破生死，乃此一源自生命最深處的力量持續地給他最大的鼓勵。

我心卽是道，我身卽爲儒。生命之道是我們的命運，也是我們的責任。在世俗中，我們往往只看見命運的影子，唯經由眞實的一顆心，我們這一身才可能在命運的軌道上自在地奔馳，而輕鬆地擔當起重任。

七十六・六・七

# 心如燈籠

曾被嬉皮奉爲老祖宗的怪僧寒山，傳說是文殊菩薩的化身，有詩爲證：「我心如秋月，寒潭清皎潔，無物可比擬，教我如何說。」那如秋月之心，已然全體通透，無缺無漏，是所謂「清淨法身」，亦卽「般若」——智慧的本體，這當然不是語言文字所能宣說，也不是邏輯推理所能明喻。如此直指人心的路徑，實非一般人的脚勁所可够及，而世俗中人也少有能對此引發興趣或信念的。寒山寒潭所以寒，原是學道之人的基本性格——獨對自我，冷眼觀世的寫照。

其實，寒山此詩在語言的傳達功能上仍不够周延，因此後來有一位禪師批評他只說了一半，於是自己仿寒山詩另作了一首：「我心如燈籠，點火內外紅，有物可比擬，明朝日出東。」他把不可說轉爲可說，把不可比擬變成可比擬，這一轉變已從冷冷高峯降下，進入了幽黯的人世叢林。寒潭水清，然幾人能杓飮之？而若人人高擎燈籠，各自以心火點燃，火光相映間，智慧的妙用可就無窮了。寒潭自照天光雲影，而燈籠大可照破黑暗，照遍生活的各個處所。如此，由水變火，自寒轉熱，不僅是吾心的體用合一，更是思想與言行的大整合，出世入世當無礙。至於那「明朝日出東」的意象，更有動人心魄的光景，值得我們細細玩賞。

高低可持平，冷熱須調和；世路並不必然坎坷，人情也自有調節的機能。我們得相信自己本就具足一切，是不必急急以人爲的手段來增强自己或擴大自己。秋月當空，自明自照，那光的射程是不能無端被拉近的。而人心自冷自熱，也沒有一定的刻度能夠加以算計；燈籠之喻，即在以「內外紅」的圓熟與飽滿，明示我們：智慧能破任何的人生關卡，包括知識堆疊所成的障礙在內，而任何的精神信念都具有瞬間導電發光的能力，它們導生命之電，發理性之光，所謂的「內外」不過是假設之辭罷了。

心燈恒能照，唯人自燃之。如今許多手脚靈活之徒，在全力打拼之際，却未能同時點燃心燈，以至於動輒遇難遭險，這就是行動人的悲劇了。如何善用觀念——火種——點心燈，並乘言語之翼，以遨遊事實具在的天地，並於冷冷心灰中再現溫熱的生意，該是完成寒山未竟之志最佳的策略了。

七十六・六・十七

# 深耕心田

敎了兩年的理則學，除了傳授一些思考的方法外，我在講臺上經常高聲疾呼，不斷强調思考的重要性，並爲了使學生能對思考產生眞切的信念，我往往拿眼前的事實來分析，同時對各方的意見加以評判。同時，我覺得正確的思想態度比準確的思考方法還來得重要，而一種公正持平的判斷比亟欲突顯獨立性的判斷更能切合事實的需要。

當然，常久運用準確的思考方法是培養正確的思想態度最直接有效的途徑。不經方法的訓練，欠缺入門之鑰及拓墾理性園地的利器，勢將使得概念的運作流於咄咄空議，且可能導致理論系統的全面破產。然若空有方法而無堅實之學養，甚至固執一定的方法意圖重塑流變不已的事實，則是另一種愚癡了。學術界所以仍存在著偏見，所以仍有頑冥之徒，不諳方法及過度使用方法應是主要的原因。法國諺云：「人人都有權在見解上出錯，但沒有人有權在事實上出錯。」在見解上出錯尚有自救的機會，而已然由知到行，化主觀爲客觀，甚至將一己之所見強加在別人身上，就是不能輕易饒恕的事實上的錯誤了，而這就是知識生產者最嚴重的病症。

所以必須鍛鍊思考方法以培塑高視闊步的心胸與氣魄，是因爲我們的悟性先天不良，我們的認識能力有著深重的習氣。佛所揭櫫的「阿賴耶識」是深耕心田之後的大發現，而轉識成智的大目標更須所有知識分子竭力以赴。生活之習不難改，而思考與認識的習氣就不易檢點與矯正了。一個設欲轉某一層次之識見，便需生起另一層次之識見，這是觀念系統相生相剋的無窮之旅。一個肯定加一個否定，便可能肇生無數的肯定與否定。因此，勇敢地深入自我的知識園地，絕非徘徊流連的賞花弄月，而是前途多艱的大冒險。我們往往過分計較身外之物，對心內之物却等閒視之，許多大災禍於是從此微言細行逐漸蘊釀而成。

至於判斷的獨立性乃判斷的本質，大可不必刻意渲染，該特別注意的是判斷如何能在繁多的表象間發現眞確的事實，又如何能在高遠的理想之前抓住可靠的信念，並使這些信念在懷疑的礪石上永保光鮮亮麗，永不生銹。因此，判斷與判斷之間的相互協調與合作，實在是一個個獨立之人莫大的共同事業，而思考方法的相較量就是持續不斷的熱身運動了。

七六・六・二十九

# 善意的強迫

欠缺理性思考的人往往有一廂情願的作風。有時，他們以道德爲幌子，拿良知作口實，持一些看似神聖莊嚴的義理向別人作強迫性的推銷。他們甚至自以爲已超越別人，站在高人一等的層次上，且有能力爲別人代勞，爲別人的未來代作決定，他們會說：「我對你這麼好，你怎麼還不感恩圖報？」「我給你這麼好的東西，你怎麼還不領情？」「這是世上最千眞萬確的事實，你怎麼還不相信呢？」他們主觀地認爲世上祇有一種好，而這一種好就在他們心中，就在他們身上。强烈的使命感使他們成爲狂熱的信徒，然而，他們竟對自己的「宗敎」所知不多。

十九世紀英國經驗主義哲學家密爾（John Stuart Mill）在其名著《論自由》（*On Liberty*）一書中說：「人們不能强迫一個人去做一件事或不去做一件事，說因爲這對他比較好，因爲這會使他比較愉快，因爲這在別人的意見認爲是聰明的或甚是正當的。」密爾認爲我們祇能向別人進行懇求、規勸、辯論或加以說服，但我們絕不能因此向別人實施種種的强迫。脅迫是明顯的違法勾當，然强迫則往往被僞飾成善意的先鋒或後盾。逼得那被强迫的人不得不相信自己身在福中。其實，縱然是善意的强迫仍是强迫，仍是違背自由的暴行，因爲它已喪失對他人的根本的尊重。就以男女愛情爲例：當一段感情有了變化，其中一方很可能對另一方作善意的强迫：「我是想給你一份眞實的愛，你怎麼不接受呢？」「我愛你，又不是要吃你，你怎麼老是在逃避呢？」這是由於感情一味地作直線前進，而不懂得包容，不懂得以愛去包容一個不愛你的人。縱然雙方沒有愛的交點，其實還有許多交會的可能，而「沒有交點」也可能是一種難得的邂逅呢！人與人之間的情感的管道及思想的管道錯綜複雜，千差萬殊，我們又怎能拘泥單一的管道走向別人，或要求別人在此一管道中和我們相會呢？

別人無知，我們最好以教育的方式破除無知的幽暗；若別人並不接受我們的教育，我們便得暫時作罷，再等良機。佛敎的應機設敎，確已洞悉敎育是一種調和人我配置主客的大事業。目前，此地正流行二分法，且把二分法作過度的使用。對別人欠缺同情的了解及理性的包容，乃是助長二分法的激素。我們仍得努力學習收斂自己，克制自己，再來面對別人，再以敎育者的姿態現身。我們是該睜大眼睛，世間確有無數的美好，或許在黑夜的遠處有閃爍的篝火，在罪惡的淵藪裏有善良的種子。我們又有何資格代人發言或竟替天行道？在現代化的洪流排山倒海而來之際，我們更需謙卑的美德及冷靜的思考。不對別人作任何善意的强迫，或許就是最起碼的民主素養了。

七十六・七・十一

# 尋根之外

設想文化是一株大樹，現代化彷彿枝葉的開展，需要傳統作根莖以支撐護持，否則便有傾覆之虞。因此，尋根熱應是生命恒久的自我要求，並非一時的衝動，也不是令人微暈的思鄉病。

此地尋根的活動方興未艾，其最顯著的成就是古蹟的維護重修及民俗的再現光采。然而，在我們的生活裏，一些古老的儀軌多已殘破，新的生活規範却尚在實驗階段，一個民俗技藝家可以脚踏兩條船，一脚留在歷史餘暉中，另一脚則已踏向新世紀的晨曦；他的手藝不遜前人，但他的頭腦却可能是企業家的現代頭腦，如此的新舊搭配需要付以極大的生命力方能完成。而若時代的差距加大，心靈的動盪愈烈，則文化生命勢必自禁自囚。

在尋根的心路歷程中，我們萬不可濫用中國本位的意識型態。適度的西化並無損於民族文化的固有風格，一個中國人穿著西裝仍可以做好一個中國人，而一個受過西方邏輯訓練的學者如果願意的話，仍有可能欣賞到老莊的風采。祇要擴大思想的包容性，並增强吾人心靈的適應力，則古今中外一切莫非生命的恩賜。尋根之外，我們仍須有翻身向上的突破的膽量；西方是有許多鼓舞我們生命的事物，就看我們能否眞正了解西方。在通俗文化中，我們曾看見過多的蒼白的臉以及硬生生的腦袋，這是令人擔憂的現象。尋根若滑落入懷鄉思古之幽情，便可能自縛手脚，而讓廣大的天地空等我們。

在古蹟的形體外、在民俗的繽紛外，我們更需對古蹟所徵示的歷史有全面的認識，而民俗往往暗藏玄機，並不能完全放任自我的感情一頭栽入。譬如對乩童的好奇，最好輔以文化學、宗敎學甚至宗敎哲學的批判，才不至於在狂熱中喪失生活所需的冷靜。新舊大可重新組合，時間先後不是唯一的取捨的判準；東西交會自有彼此交映的妙趣，豈可妄自菲薄，無端失落已然淘洗千年萬年的寶貝？

我們應提昇尋根的層次，由通俗文化逐步走向精英文化，由肉眼可見的社會現象邁向哲理深沉的精神世界。如此，我們的民俗就不至於被商業所染，被功利所汚，而永保其純淨之身、超然之姿，並昂首進入我們生命的殿堂。

七十六・四・二十七

# 訓導工作芻議

敎導與訓導乃敎育之兩極，非相互配合不可。天地剛柔互濟，敎育仿天地造化，亦必善轉人性，啓廸人文。自古由儒家所主導的傳統敎育智德並重，內外雙修；若剋就成聖成賢的最高目標而言，智必以德爲歸趨，外必以內爲準則。但後來由於世俗化儒家以泛道德主義推波助瀾，傳統敎育乃漸成爲社會敎化之附庸，逐步失去領袖羣倫的師保尊位。

敎導以智慧爲內涵，訓導以道德爲宗旨，兩者本不互相衝突，而其間自始存在的異趣雖難免有互動的緊張與扞格，然並無妨其雙輪同轉的運作功能。身負傳統敎育的包袱，我們的現代敎育在訓導工作上依然保有濃厚的權威色彩，禁令多如牛毛，乃有「服從爲負責之本」的倒果爲因。陽儒陰法，偏剛去柔，一味輕智的結果是形式主義大行，眞實心性遭到冷落，如此，訓導工作於是時與自由開放的智育相牴觸。

在今日訓導工作大有轉機之際，願獻芻蕘之議，供各方高明參考：

一、在可能的範圍內，儘量減少禁令，儘量降低訓導工作人員的獨斷意志，而代以合乎民主理念的人格教育，由受過專業訓練的人員以身教代言教，絕不能任由外行充數，並須杜絕有違教育精神的特殊管道，以維訓導人員之素質。

二、建立合情合理的制度，不再以監護人自居，不再把學生視同稚兒，也不能再以灌輸或矯正求一時之成效。訓導既爲教育之一環，便無法脫卸教育之責，並須以開放的心胸接納現代知識。進而迎接各方之批判。訓導絕非訓政，所以名之爲「訓」，乃著眼於人格的培育及心性的鍛鍊，因此，訓導工作須與現實政治劃清界限，以常保清白之身。

三、高等教育的訓導工作應退居幕後，同時不可以看不見的手做任何的操縱。唯有尊重大學莊嚴之教育理念，訓導工作才能「爲而不宰，功成弗居。」在已屆成年的學生中，訓導工作更應是一種生活的藝術。

人人有不可侵犯的位格，受教者並非例外。因此，如何在位格（Personality）的平等基礎上，建立內涵各殊風味有別的性格，並進而形塑獨立自主的人格，以融會智慧與德能，讓眞實的人性由裏向外透顯，一切的知識與經驗由外向裏參化，實乃訓導工作堂而皇之的大目標。

七十六・五・十二

# 螢光中的感歎

有一個朋友和我並坐在電視機前，突然長嘆一聲，說道：「看到我們的國語電視劇，覺得做一個中國人實在艱難；看到我們的臺語電視劇，又覺得做一個臺灣人也實在不怎麼光采。」我心戚戚焉，有話不吐不快。

十多年前，有一個教中國哲學的老教授屢次在課堂上指責我們的電視，他說：「電視把我們的大衆文化弄得庸俗不堪，看到那些影像不經我同意便出現在我家裏，我竟有了如古代隱士避世如避蛇蠍的衝動。」老教授的話或許過甚其辭，但他那種悲痛的心情映照著五千年文化的餘暉，是有無可如何的哲理的。

二十多年來的電視發展，成績有目共睹。這一個威力無邊的傳播媒體一直是現代人生活中極其重要的角色，有許多人早年馳騁沙場，晚年就在小小螢光幕前消磨殆盡。有些年輕人從電視節目中學到他所能學到的大部分，而對於許多讀書人而言，電視是使他們讀得不多不專不好的主要因素。一些學者說他們所以能不斷地在學問的領域求廣求深，不受外物干擾是最重要的原因，而所謂的「外物」往往隱指向電視，他們認爲許多人是花了太多的時間看電視而花了太少的時間看書。

還是回到我那個朋友的感歎，他話中有話，耐人細思。普遍看來，我們的國語電視劇比臺語電視劇水準高，但若論到內容，國語電視劇是背負了許多傳統的包袱，再加商業主義的全面包抄，其中的男男女女往往時現滑稽突梯，令人坐立不安。他們不是拉拉扯扯，便是哭哭啼啼，不是慷慨激昂，就是堅忍無比。他們的關係不是君臣之間的威厲與敬謹，主僕之間的嚴峻恭順，不然便是現代人際關係的瑣屑和繁複，我們很難在他們之中發現一個獨立特行的中國人，一個具有人文素養的炎黃華胄。至於臺語劇的陳腔濫調，對臺灣文化已是一種嚴重的輕忽，連臺語的運用也和生活的場合及語言的脈絡脫了節，我們大概祇能從那些叫囂不已的廣告去追究它們存在的理由了。

曾聽過一個新銳導演說：「我不喜歡柏格曼。」但是他並未說出充足的理由，他的不喜歡很值得商榷。柏格曼的電影有極濃厚的歐洲人文色彩，他的「第七封印」已然進入宗敎的殿堂，而我們的鄉土電影曾否深入中國人深廣的心靈？或觸及中國人依然躍動不已的血脈？在此，祇希望文化界的人士可別得少便足或竟固步自封，請放眼中國的過去以及臺灣的未來，有太多的素材等著去熔鑄去創造；更期待我們的電視人都是文化人，讓我們看電視成爲一件很優美的事情，成爲生活中可以一再重複而不感枯澀單調的節目。

七十六・七・二十一

# 苦行僧

佛光山一百零八個出家人集體托鉢化緣，南北跋涉數百公里，共募得一千多萬元作弘法利生的事業基金，這一項善行除了有其宗教意義外，更有實質的社會教化及社會福利的功能。

經過大衆傳播媒體的報導，這一百零八個出家人彷彿演出街頭秀，有人因此批評他們已然失去古來托鉢不過三家的苦行精神。但若剋就時代的種種方便看來，大衆傳播媒體乃中性的工具，誰都可在合法的範圍內運用它，以達成一己之目的。如果這一百零八個僧人行脚托鉢的動機能在鏡頭前毫無隱藏，而他們由北而南的踪跡又能在記者筆下全般躍現，那麼我們仍大可肯定：在此滾滾熱浪中，一件件袈裟內藏的一顆顆心應仍是清涼的；縱然他們的身影可能在含雜灰塵的陽光中被扭曲被一再投映，但他們的念頭仍大可在聲聲佛號中保持光亮潔淨。換句話說，在千萬信徒的眼中，一百零八個僧人依然是一個個寶，依然是佛陀住世所繁衍下來的莊嚴的典範。

如何在無孔不入的聲色場中不至於陷溺，在頻頻使用感官之際，又該如何善用本性的自覺能力以不斷提升自己，這是十分艱難的課題；宗教的苦行正可提供我們不尋常的助力，當我們游移於生活的水草之間，我們亟需堅定的意志力的指引，而苦行卽在鍛鍊吾人之意志，使身心不致渙散，使一顆心的亮度能不斷增强。托鉢是苦行，絕不是爲物質生活所迫的乞討。托鉢之際，一心不動，不因施捨的數量多少而有愛有憎，正可以培養平等心，而衆人在物質的施捨之後，如能長養慈悲心，則更是莫大的功德了。

宗教並非寂寞的事業。古人云：「出家乃大丈夫事業。」較之英雄之征服天下却征服不了自己，出家人意欲征服自己，大破心魔，以至於轉濁世成淨土，當然來得可敬多了。是難免有人出得了家，却出不了一顆心的層層包纏，但這是歸納所得的事例，並不能因此抵消出家所蘊含的大智大勇。出家不壞家，入世不混世，確須以整個生命作一大實驗，其間須與自我糾纏到底，須向寂寞與孤獨挑戰到底；若一味沉緬於寂寞與孤獨的光景中，頂多成就一個不怎麼成材的文人，終生在浪漫的遐思中渡過，人生的終點就極可能陷落在地平線外了。

我們都應是某種程度上的苦行僧，我們都應有苦行的精神以拒絕種種的誘惑，以堅持我們奮鬪的方向。爲了使我們能在理性的清明中不斷進行自覺的精神大業，保住人格的淸白是最重要的工作。而人格的淸白與理性的清明成正比，苦行貫串其間。苦行乃有所不爲，這是外表，苦行是爲了發揮我們本性的大智大能，這才是它的眞諦。在這享樂主義現世主義大行其道的年代，鼓吹苦行也許是轉危爲安趨吉避凶的好辦法。而如何講究苦行，如何在苦行之餘進入身心安樂之境，就需向世間各大教主討教了。

七十六・六・二十

# 祈禱

在寺廟或教堂裏，經常有人一臉虔誠，口中念念有詞，他們跪向他們的神，心坎裏有聲音汩汩而出，他們在祈求在祝禱。

藉着祈禱，人神得以交通。拖著一身臭皮囊的人暫時置身香煙繚繞中，或以雙眼凝望莊嚴的神（佛），或以鼻孔呼吸嫋嫋煙香，一種純淨的感覺便引起神祕幽遠的遐思。宗教對人的大功能，在使人超離俗世，解脫束縛，又能回望人間，放手做去——眞誠地做人，並坦率地對待所有的人事物。

祈禱之際，惡人可成善人，至少暫時不再作惡：然而，要一個惡人屈膝下跪，舉心向上，該是何等的困難呀！幸好世上惡人絕少，在凡人的生命中，善惡都只是一種可能，而善更是一種尙待實現的理想。

作一次祈禱，彷彿洗一次澡。表面上，是神幫助了人；事實上，是人幫助了自己。神在心中，心也在崇高廣大的精神境界中。宗教學家認爲祈禱是宗教的大事，是信仰最具體生動的表現。沒有眞信仰便不可能作眞禱告，縱然力能構作辭藻優美的語言文字，其中却沒有引發精神效應的動因，就好像一個不會射箭的人，雖手持美麗的弓箭，擺出一副射鵰之姿，却始終發不出中的的一箭。

有個信奉天主的朋友曾如此禱告，爲世上的兒童禱告：「願世上的兒童都能永保純潔，不被世俗所污染；願世上的兒童都能永保善良，不被邪惡所傷害。」簡潔的文辭裏有聖潔的愛心，也有恒久的盼望。爲人祈禱，人人之間將有更密切的聯結，而心矢穿梭之際，人人坦誠相見，不必顧忌也不必遮掩。因此，祈禱是最不自私的行爲，然若一心只爲自己的種種向祂懇求，終將失落信仰的眞諦。

祈禱不能是片面的要求，更不能是無止境的需索。祈禱者應先料理好自己的一顆心，若心有雜念或邪念，祈禱的效力必然大爲減弱。收束身心，乃是嚴厲的自我鞭策。將整個人從世俗的泥淖中拉拔向上，此等功夫是非以大信心大勇氣全體投入不可的。强大心能是自求多福的最大本錢，宗教是心靈的大投資，一報還一報，報報皆在自己。

原來那絕對的超越者早已安放寶座於我們的心中，只是我們一直讓它空著。祈禱是最誠摯的邀請，邀請祂，也同時邀請自己以及所有其他的人，一起在寶座旁共聚一堂，共修福德與智慧。

我們該時時刻刻爲世上所有的人祈禱，讓我們同聲祈禱，祈禱我們永遠能一起祈禱，一起向我們的未來（包括未來的我們）祈禱，縱然我們的神各不相同，縱然有人不相信凡夫自我超越以迄無限的可能，他們（無神論者）也仍在心心交映的祈禱之中。

七十六・六・二十七

# 第一

一位多年不曾提筆的文友已多年不見，但他的筆名我却永遠牢記著：「沈潛」兩字，當初我嫌其暮氣沉沉，不够鮮猛。但經多年的醞釀，我越發覺得其中意味深長。

一位曾經鼓勵我研讀大部頭典籍的老教授也已多年不見，但他的話仍時常如雷貫耳：「既然矢志讀書，便須精讀那些最好也最重要的書。」這對我已幾乎是難以企及的鵠的，然其中道理我尚能領略一二。

數學大師陳省身這次回國，曾現身說法：「在我求學的過程中，讓我受益最大的就是一直能找到第一流的敎授。」大師還建議青年學子：「千萬不要滿足次一等的水準。」如今，「第一」往往是遙遠的夢，也許，這並非只是我一個人的人生困境。

沈潛其中，涵詠其中，不單能獲致知識的成就及文學的業績，而且對一切人生的經驗也大有消解吸收的功效。未經沈潛涵詠，縱然人生的活動雜多無比，一個人脫穎而出的可能性並不會太大。沈潛不只是意志力的集中，而且是對人生大方向的清明認知以及對人生大原則的堅定操持。在亂如麻的世事中，沈潛已成可貴的德行；在性急躁進的年輕人中，沈潛已是玄妙的智慧。它有時竟被誤爲無謂的忍耐與停頓，這可是生命的大冤了。

眞能讀好書的人並不多，又有誰能以沈潛之功啃讀文理古奧的大部經典？曾聽過一位法師說：「以一般人的讀書速度，要想讀畢《中華大藏經》，大約需要十年的時間，且每天至少要讀八個小時。」哎呀！我們的腦袋實在太小，裝不了多少人爲的符號，漫漫人生，又能有幾本書照映吾眼？老敎授的勸言隱含幾許感慨，我們怎可一味沈緬於已經污染的文字中？最好最重要的書並不太多，至少在個人選定的某一範圍之內，慢工出細活仍大有可能。

至於大師一語確能驚醒那班習慣於自我慰藉之徒，但也帶給我們很大的自我期許的壓力。天才其實是超越常人的專注力，並沒有不可理解的秘密。然而，在長程競賽中，剛起跑便落後的人所必須忍受的清冷寂寥，豈是遙遙領先者體味得到？承認競爭的現實性及必要性，並不等於承認競爭卽是無情的。我們讚賞跑第一的人，同時我們更尊敬跑最後的人，祇要他能持續地跑，用盡全力地跑完全程。

沈潛是生命眞實之名，經典是知識精緻之品，而永不滿足永遠向前的鬪志是對自己最最澈底的交待。世上有無數個第一，我們豈肯屈居第二？根本看來，第一並不是比出來的，而是廻向自我深入自我之後自然浮上來的。

七十六・五・二十八

# 教師太閒嗎？

數年前，臺北某私立高職的董事長曾經爲全國的教師「算計」了一張生活作息表，他列出教師工作的天數及不工作的天數，結果發現：教師的一年工作（上班）天數竟然不超過兩百五十天，於是他驚歎道：「當老師可眞輕鬆！」口氣和一般不瞭解粉筆生涯的人云：「教書的最『涼』了！」相差不多。言下之意，彷彿是說教師乃工商社會中的異數，享有別人所享受不到的恩寵。當然，這位億萬富豪並未道出眞正心底的話，但他如此刻意而精明的心思，其實已多少誤解了教師這一行的工作性質。

教師坐擁可觀的閒暇，從寒、暑假可以輕易判明，但教師究竟是如何在利用閒暇或是應該如何利用閒暇，就不是可以等閒視之的嚴肅課題了。首先，我們必須肯定：閒暇對教師具有相當的重要性，教師的閒不是要讓教師暫時拋棄此一尊貴的頭銜，而是爲了讓每一個教師更加肯定自己的角色，同時更有能力來完成敎育的使命。

如果一個敎師如同上班族一樣，一天上八個小時的課，那麼，縱然他的喉嚨及兩脚支持得了，一顆容量有限的大腦却可能應付不了。在沒有充分時間準備上課內容的情況下，敎學效果極可能直線下降。一個敎學效果差的敎師，也就是一個不稱職的敎師，縱然他備嘗艱辛，吃了一大堆的粉筆灰。

就拿筆者個人的經驗來說。七、八年前，我在某私立高中敎書，曾經有一個學期，每個禮拜三十六堂課（擔任九班的國文課），日夜登臺，膨大海時常伴我，而物質代價是僅够一對夫妻及一個新生兒的生活所需。敎書如作工，本無什可恥，祇是天天面對堆積如山的作文簿以及數百張不曾熟悉的臉孔，我對爲人師表這個行業的恐懼乃日日高升。於是，我不得不承認：每個禮拜須花三十六個小時站在講臺上的我，竟然也是一種敎育制度下的犧牲品，如同臺下那些嗷嗷待哺的孩子。

身爲一個學校的創辦人，也就是敎育的領導人，理應和敎師站在一起，一起認識閒暇的重要性，並使閒暇不至於是時間的浪費，而是工作的持續。有些學校把敎師寒暑假的薪水打了折扣，這分明是把敎師的職能打了折扣，而敎育的效果也勢必大打折扣。當然，如果有敎師不知珍惜比別人更多的閒暇，我們大可透過敎育行政的手段，對他作種種有關敎學的要求。不過，如何運用閒暇的權利仍須操在敎師手中。至於要一個手無縛鷄之力的文弱書生在危機四伏的黑夜巡視校園，這是對教師的閒暇莫大的侵擾了。

閒暇和工作息息相關，透過閒暇的運用，往往可預期工作的成果。教書既是亟需精神力氣的工作，那麼，足夠的閒暇正可供教師充心靈之電及知識之能，以使我們的教育更上層樓。

七十六・五・二十四

# 身在塔中

一位教英文的美國籍老師最近常和我聊天，他言談之間表露了對臺灣各方面的關切。我於是問他：「美國人關心政治的具體表現和此地有何不同？」他說：「我們並不像你們這麼關心政治，這麼熱烈地在談論政治，有許多美國人是不關心政治的，而目前在我住的地方，有一些人經常要我表示對你們的政治的意見，他們幾乎天天在談政治，有人還表現出很激動的樣子。」對這樣的看法，我稍稍感到驚訝。在我們一般的印象中，美國政治民主化的程度很高，乃公認的民主大國，因此，美國人對政治的關心理應高於我們才對。而若在高度關切的情況下，我們的政治依然問題重重，該檢討的就不只是少數的政治人物，而是我們這整個人羣及我們浸淫其中的文化了。

也許，這位美國老師的比較有另一層的意義。在美國，民主政治已成生活的主要內容，他們已不必經由政治的管道來解決所有的政治問題，因爲他們已把較富政治性的事情交付給專業人員去處理，而自己則在日常生活中或快或慢或急或緩地走在幽靜的小徑上。我們這裏似乎仍有一條堂皇壯闊的大道，人人爭著向前，而每一個人的交通工具各不相同，混亂的場面時時可見，混亂的思想更是司空見慣，頭腦冷靜清晰之人竟成了易被擠落在後的一羣。

美國人看似不關心政治，其實政治已在他們的生活理念與行動密切配合下順理而成章。政治的目的和手段有了極好的搭配，人在政治之中便不會有絲毫不自在的感覺。我們仍會因政治而激動，因某一種權力的運作而衝突，除了客觀的政治環境尚不理想之外，問題大多出在我們自己的政治修養及態度，而我們關心政治的方式也須檢討改進。

在此，我們不談政治，我們在意的是：以一個國民的身分，我們應該如何關心政治？這不必是一門藝術，其中也無高深的道理。目前，在沒有專業知識指導的情況下，我們的政治資訊大多得自新聞媒體，如此，除了耳目敏銳之外，尙須常保平和之心及冷靜之腦，我們才可能作出正確的判斷，而如此的思考才不至於牽動肝火。是有人如荀子所說：「小人之學也，入乎耳，出乎口，口耳之間則四寸耳。」如此口耳相傳，消息輪廻，政治就在迷霧裏失落眞身，我們對它的關心就是霧笛頻吹，方向一直是個謎。

數理邏輯大師王浩博士認爲中國哲學的層次有待釐淸，在此，我們可仿王浩博士，下這麼一句斷語：「中國政治的層次有待釐淸。」如今，我們都已警覺：「什麼事情都和政治息息相關。」

而我們尚未有更高層次的了悟：「什麼事情都須和政治保持距離，而我們本身才有超越政治的可能。」如果我們一直無法在政治之外發現眞實之我，那麼我們搞起政治將可能一團糟。而等我們確定自己究竟是在政治寶塔的第幾層，我們大概就不至於無的放矢或亂發牢騷了。

七十六・五・十二

# 論事實

我們天天在千差萬殊的事實中討生活，然對於具體事實的眞相究爲如何，我們却往往存而不論，不曾深入追究，或僅止於浮光掠影，任其倏忽飄逝，只留下心地上的蛛絲馬跡。所謂的「人生如夢」，該是我們此一不認眞的習氣向外的投映吧！

我們較喜歡對事實（包括人物在內）作批判，而較不喜歡對事實作瞭解。然而，欠缺眞正的瞭解，何來眞正的批判？其實，批判往往是深入瞭解後自然的產物罷了。如今，批判令人著迷，執批判之利劍彷彿執知識之權柄，並大可意氣風發，以置身事外的夭矯之姿展現個人之才情。其實，知識非信物，才情也不是不需調節便可任其宣洩的瀑流。如何打開事實在人心中不斷製造的暗謎，乃是知識分子無可旁貸之責。

面對重重包圍的事實，我們應有底下三種態度：

（一）首先，須以最謙卑的態度，準備一種完全接納且無所分別的心理。我們都已養成揀選的習慣，眼光都有了色調，事實乃不斷幻生各種假象，如此揀選不過是在假象中穿梭的動作。有人更把揀選强化爲挑剔，最後甚至以拒絕眞相爲能事，這已不只是個人的心病，更可能是社會的大患。事實無辜，我們的腦細胞也仍有忠誠的本性，只要我們胸懷遠大，對任何事實作最誠摯的歡迎。我們沒有任何的特權，在和事實對立之際，我們是有義務去關照它們，使它們能爲我們服務，以充實我們的生命。

（二）資訊不等於事實，言語不過是事實的媒介。因此，我們應培養「因指窺月」、「得魚忘筌」、「得意忘言」的思惟功夫。如今，我們常在資訊中打滾，滾得體重日增，心量並未因而擴大。言語的重要性，越來越顯著，但其負面的作用也越來越大。不幸的是：事實很容易被資訊包纏而形成層層迷霧，言語就在這迷霧中大顯身手，引領我們走向距離事實愈來愈遠的世界。因此，我們運用資訊之際，應隨時反省資訊的種種限度；我們身在言語的行陣中，應隨處構築自保的工事，以免迷失方向，並永遠爲自己打開一道超越之路，永遠準備向事實眞相俯首稱臣。

（三）我們不必急著去確定事實的意義，因爲事實無所不在，而我們本身就是一大事實。事實非動非靜，在內也在外，是主也是客，這已超出我們一般的認知範圍。大哲懷德海窮一生之學力追究事實的意義，結果提出非常艱深的理論，連他的朋友羅素也難以理解。由此可見，以純知識的途徑設法接近事實，並非常人所能爲。最安穩的辦法是：以有價值的行動深入事實之海，如荀子所云：「眞積力久則入」，學問是事實的褓姆；而行動要在學問的護持下常保條理分明的次第，這也就是新事實不斷肇生的緣由。理想的世界是不再有陳舊事實的世界，而去舊佈新非付以共同的行動不可。祇要我們堅持理想，且保守生命的價值在生活脈絡中，我們便可在新事實中不斷獲致新生。

七十六・九・十七

# 相忘於愛情

根據一份調查報告分析：在丈夫有外遇的個案中，有百分之三十三的夫妻對其外遇問題，表示「無法溝通」，另外有百分之六十表示溝通無效。這項統計說明夫妻溝通在婚姻中的重要性。

對外遇與婚姻問題頗有研究的凱利（Kelley）强調說：「性與愛情必需受到管制，不是因爲其本質，而是因爲性導致婚姻，而婚姻是個人的終身大事，也是社會的重要元素之一。」婚姻一方面使個人日趨成熟，一方面使個人日趨社會化，這兩個方向難免會有互相拉鋸的緊張情況出現。單從社會或倫理的角度來看婚姻，則這兩個個體的結合只是人際關係中較爲固定的環節，其中因生命成長而產生的情趣將被輕忽，而若從兩個個體本身的角度來看，婚姻和愛情乃十分自由的情境，或聚或散，完全取決於兩個人的自由意願，其他的社會關係就不在考慮的範圍內了。

我們贊成中庸之道。個人與社會之間是必須有一水乳交融的和諧局面，否則將兩敗俱傷。婚姻既介於個人與社會之間，它便需要自我練就出常保生機的完整性，以兼顧愛情的理想與生活的諸多現實。因此，夫妻間的溝通應在秘密的氣氛中保有相當的社會性。根據調查顯示：較能處理親友及其他人際關係的婚姻較少出現外遇的問題。可見兩個因性與愛情而結合的男女，仍需要其他人的護持，一種遺世獨立或想逃乎天地之外的浪漫情懷，應予以適度的節制，尊重傳統尊重社羣尊重一切和婚姻有關的事物，將提供婚姻多重的保障。

有一個不是笑話的笑話：「婚姻的最大問題是：所有的女人都自認是位媽媽，而所有的男人都自以爲是名光棍。」男女對自己在婚姻中的角色是須有明明白白的認知，並須繼之以永不反悔的行動。男女既在生理及心理上有不同的性徵，婚姻乃持久的試煉。因此，溝通是藝術是精神的創造，其間道理不必多所計較，如何以兩顆心的光明相映照，才是兩人必須全力以赴的大課題。

情是波，愛是水，化情爲愛，轉身向澄平的心境，愛情就不至於在婚姻中興風作浪。我們不能是陸地上相濡以沫的魚，我們最好相忘乎愛情之中，以使婚姻日臻美善。也許，不汲汲於思想或情意的溝通，我們才能以眞生命相結合。不多所造作，眞實的創造才有可能，這種人生的智慧，我們仍大可向傳統的婚姻多多討教。

七十六・五・十九

# 觀色談情

「色情」一詞應用甚廣，但是我們對它的涵意很少作深入的追究，而對它的指謂却議論紛紛；光影交加之際，「色情」乃成爲描述現象之詞，至於涉及色情的人事物，我們往往以客觀的手法加以處理，並將它放在社會的範疇內。我們是很難以坦誠的態度面對個人有關色情的主觀體驗，或不屑言之或羞於啓齒，於是心照不宣成爲最佳的策略。

情因色起，無色則無情。無色而有情，此情已非關人事。色因情生，有情必有色，有情之色已非自然之物。就拿這個形上的律則作準繩，來衡量我們週遭的色情現象，可以很輕易地發現：色情之色每每是假色，色情之情每每是假情；假色其實是醜陋之色，它的美根本經不起理智的斟定。一張張粉飾的臉，已然失去天眞，而染上了一層陰鬱的顏色，它們如何能教人動眞心動眞情呢？假情則不過是衝動的同義語，本能的代名詞，若偶爾有那麼一點情，則似風中塵雨中花，很快就在心地上失去了蹤跡。

色情爲社會大害，有目共睹。有人對它作某一種程度的肯定，往往是基於人性的下層，認爲疏導宣洩重於阻塞圍堵。在此，我們應從短程和長程兩種不同然相互配合的目標來看。就短程而言，色情確應加以管理，使色情的行業在法律可及的範圍下作有限而公開的經營，設限是爲了防止色情泛濫，公開是便於監督制裁。色情亟需人心的制裁，設若在一個人準備跨入那一道黑暗的柵門之際，人心能有一道光明及時照亮他的週身，則助成色情猖獗的力量將因之減少。因此，從長程的目標看來，色情當在人性不斷提昇的過程中逐漸被消解掉，至少那些違背人道且侵犯人性尊嚴的怪現狀應予澈底根除。

色情使人放縱，使人與人之間失去情意交流的管道。如今，我們的眼前充斥著劣等之色，到處流動著搶食劣等之色的劣等之情——未經提煉的感情，它很容易和外物糾纏不清。佛洛姆說：「就佛洛伊德看來，人是一個機器，由力比多（本能）所驅使，而其控制原則是將力比多的興奮保持最小必需量。他認爲人基本上是自我本位的，而同他人相關只是爲了滿足本能慾望的需要。」不幸的是：現代人並未掙脫佛洛伊德的心理鐵律。色情如鼠繁衍，每個人都可能被它所困擾。色情有礙眞誠，它使人變得自私，不僅在異性之間開了一道鴻溝，也在同性之間製造許多不必要的緊張。色情寄生於人性又反人性，色情依附於社會又反社會，它實在是我們最尷尬的難題。

唯長久的教育能解決色情的大患。無能去色便轉之，轉鄙陋之色爲優美之色，那麼本能的發作頻率當可降低。如何轉色轉物，需有理性的判準，須以心性的修養全力以赴，這都是教育的課題。然而，我們的教育竟一直欠缺這方面的規劃與施行。解決色情的問題，是非集合全面的文化力量不可，而獨對人心，獨對個人的功夫乃開路先鋒，其間，性教育勢必結合人性的教育，才可能發揮其正面的功能，使吾人所見之色無非美色，而美色只引起鑑賞觀照之心，掠奪侵佔之情無從生，如此，我們這個社會就可變得安寧而優雅了。

七十六・九・七

# 心井

記得十五年前在「倫理學」的課堂上，一位教學態度十分嚴謹的教授用生動的手勢及可人的面孔說：「唸哲學一定得先跳進去。」他的左手靜止如井，右手則似蛙飛跳，一動一靜反覆演示。不一會兒，教授以更激動的口吻道：「跳進去還得跳出來，想跳出來可就更難了。」他仍一再比劃手勢，祇是右手以反方向動作，左手依然靜止不動。

一門學問確似一口深不可測的井，誰也測不出它的眞正的深度，但誰都忍不住往裏跳，除非他不曉得井在何處或者根本不知道它就是一口井。每一個人進入學問之井的方式都不一樣，而所抵達的深度也不相同，這有才情之因，也有環境之緣，但不妨人人之成爲知識分子，也不妨人人相互以思想交流各殊的心意。

跳井不須有高妙的技巧，跳井之後自會有不斷學習的機會。是有人不敢跳，唯恐自己徒手無憑，心空無物。其實，徒手纔有把握些什麼的可能，心空能容任何可容之物。我們不承認有生而知之者，我們也不膜拜所謂的「天才」，强調後天的努力，原是爲了激起每一個人的潛能，以不辜負天地之大恩大德，以使小我不至於孤零零地生存下去。

投入不能是一頭栽入，而應是全心的奉獻。如今，有人在岸上流連，有人喜扮旁觀者的角色，他們彷彿是電影院售票口的黃牛，看透了電影票，也許更看爛了「本事」，但他們始終不進場，因此始終無緣親睹正上演的電影的精采，縱然他們十分熟悉這一座電影院的裏裏外外。投入某一知識領域，往往須以精誠貫注，並同時要有所捨棄，對諸多附著於個人身上的俗物。大捨之後才能有大慈大悲，大死之後才能有嶄新的生命。知識如果祇是裝飾品，則這世界的存在對我們就無什意義了。而若學問都成了生命的學問，則我們每一個人的生命內容將越來越豐富，世上也就沒有所謂的「窮人」了。

要想從學問的井裏跳出，則必須等待機緣成熟，而在尚未跳出之前，便須時刻鍛鍊向上跳的本事。向上跳是把心高高舉起，縱然身體依舊如根深植於沃土。想科學家在實驗室裏，哲學家在書城之中，作家在字裏行間，他們看似未跳出一方心井。其實，祇要他們不受制於小我的格局，而兩眼外望，高擎心燈徧照寰宇，則他們的執著便不等於陷溺，反是不斷突破不斷超越的行徑。突破知識之繭的束縛，超越心血之脈的走向，生命便有大自由，也就有跳開危險撥去迷霧掃除災厄的能力。

一進一出之際，我們眼前的一本本書似座堅固的城，我們是守城的大將，而人人手中的一支筆將慢慢鑿開心地的井，白紙上漸起細細的浪，那可是生命輝麗的風光。

七十六・四・二十一

# 計程車上的沉思

清明返鄉掃墓，跟著人潮去又來，當我帶著妻小返高雄欲搭計程車回住處時，一個年輕司機從車窗探頭問道：「你們要去哪裏？」我默不作聲的上了車，他笑得有點勉强，隨卽以職業性的口吻說道：「我是不載短程旅客的。」我趕緊報上目的地，七十多塊錢的車資救了我們一家三口，免去再度枯立街頭的辛苦。

一種古老的風俗，一樁眼前的事件，如此强烈的對比，令我納悶不已。那位司機應和我同樣掃過墓，同樣對過去的祖先滿懷虔敬。然而，當我們以同爲人子人孫的身份相遇時，却不見人性的莊嚴，一陣冷漠從形體的對峙間無端擴散開來。

如今，文化的力量似乎已不再雷厲風行，具有强大滲透力的民俗也逐漸成爲高掛心牆的裝飾。當長遠的時間被離析爲急速跳動的頻率時，深藏於民族魂魄裏的種種意念終於失去形塑生命的效力。有人在紙灰飛揚之際心繫「大家樂」，愼終追遠的精神慘遭侵蝕；也有人站在祖墳上眼望四方，山水乃搖身成吉凶禍福的兆頭。本來，祖先與我，彷彿根之與莖，種子與花果，然熱滾滾的世風正逐漸拆斷這種本質性的聯繫，我們正被孤立——被我們那長遠恒久的生命所孤立。

在計程車上，我告訴那位開車的朋友：「不必提什麼『顧客至上』的口號，任何生意應多少具有服務的意味。我請問：你如何能在漫漫世途中劃定短程與長程？我承認你有選擇顧客的權利，但如此無情的選擇是多少暴露了人性的某些缺陷。」這一番哲學性的說辭，他聽不進去。他仍一味地批評車子外面的世界。我一直盯住他不放，如老師矢意關照一個亟需勸導的學生，老實說，這是不禮貌的。但我有一個明明白白的動機：我想消除這十分鐘內兀自膨脹的商業氣息。我們之間縱然對立，也仍是兩個擁有同等尊嚴的個體的對立，如此對立是人羣所以生龍活虎的緣故。

善良風俗可以不衰頹，眼前的不悅也可以在瞬間化爲烏有，如果我們共有的大生命能夠活在一個個小生命裏頭的話。佛家認爲世上任何衆生都可能是我們的前世父母，就曾有人以事父之禮事一頭豬，或把兒子當成祖父看待，這看似荒謬的行徑其實並不荒唐，因爲生命的流轉在無窮盡的因緣中間，往往超乎人生人世的大光景。讓我們走一條寬廣的路，來去之間毫無衝突與摩擦，而且能輕易地在別人的生命中發現自己獨特的神采。如此，風俗再古老，生活再離奇，兩者依然大可在每一個時空的交點上巧相逢，我們那馴良的魂魄就不至於在荒煙蔓草間獨自盤桓了。

七十六・四・十九

# 水蓮之歌

我們這個社會仍不斷上演悲苦的故事，如惡夢縈繞著心地純良的人們。我們這個社會仍有許多誘人墮落的陷阱，不斷有人往裏跳，或是被推落下去。

她曾在火坑中過活，本來潔白無瑕之身慘遭蹂躪，本該無憂的歲月有了揮不散的陰影。然而，她的一顆心依然堅貞無比，從不被侵蝕，也從不自我陷溺。終於她有了機會跳了出來，和我們一樣跳在堅實平坦的路途上。

在諸多人性黑暗面所組構成的下流社會中，一個弱女子是得費盡氣力並獲得殊勝因緣，才可能脫離罪惡的淵藪，雖然她無罪也不惡。如今，她已上升於希望的光中；她雖身無彩翼，但心却常遨遊於未來的國度裏。她可以有恨，但她絲毫無恨，可能她曾對自己說過：「那一段悲慘淒苦的日子，乃我之宿命，亦我業力所致也。」對一個置身遠處的旁觀者，她形似一朵水蓮，底有汚泥，污泥是必需的底，污泥蘊釀出點燃生命之火的膏油。

她讀了高中，唸了大學，這學業上的成就並不稀罕，如果她有一個好頭腦的話，難得的是她仍保有一顆平常心，仍以一個平常人看待自己。她說她一直牢記一個朋友的箴言：「忘記仇恨是德行的開始。」仇恨難忘，仇恨能夠塡充許多人的心底黑洞。心中有恨的人心理難平衡，而眼中有仇的人更難做好一個人；仇恨如毒瘡，而令人寢食難安。她不一定偉大，但她已平凡得令人欽佩。她擺脫了仇和恨，我們該爲她慶幸，慶幸她的人格正高高屹立於人性的平臺上。

如果有所謂的人間地獄，其中應滿滿是那些失去自由、尊嚴與快樂的雛妓吧！浪漫的詩人爲她們寫下哀怨的歌：

她們已無緣飲清風，歌明月
面龐亦已染污，是都市的傑作
衫袖不靑不紅，雜然混血的顏色
有一層憂鬱，影射人世的辛酸
目光幽幽，她們未抱琵琶面半遮
坦然裸裎最羞見人的
社會最善於掩藏遮蓋的部分

當然，我們可以說她很幸運，在歷經種種不幸之後。但我們似乎依然扮演一個冷眼的旁觀者，在她希望之火熾燃之際。我們不必然要介入某一種社會運動，但對一個個活潑躍動的生命是應同體交感，不斷地以生命的眞誠消除沾滯於黑暗街角的塵垢灰霧。

今日，我們並非在烽火之中，然四處有火光搖曳，是皮肉和性靈的鬩牆，是理智和慾望的衝突，是美麗與醜惡的當面對決。此刻，文人因浪漫而牢騷滿腹，學者爲正義而高談闊論，可是那些理應是自己的主人翁的女子却仍在風中自憐，在雨中憔悴。如果我們仍以皮肉和性靈二分的方式看待生命，那麼她們將永不得翻身。如果我們的理智和慾望仍如水火不容，則她們仍將在社會階層的夾縫中生存。如果我們依然不識生命美麗的面目，依然坐視醜惡横行於陽光照射不到之處，則她們勢必常年斜倚那扇門板，以不變的姿勢抛出一個個微顫顫的笑，笑出了淚，淚却無光。

祇有在生命普遍受到尊重的時候，她以及她們才可能完全擺脫夢魘。她們不必入詩，她們也絕不願意自己淪爲社會恥辱的象徵。所有大男人主義可休矣！所有女强人的論調也得返觀自照：女人的問題並不僅止是女人的問題而是所有人共同的問題。在兩性之間所肇生的災難，絕無法以責難某一方的方式獲得解決。在大家尙未有一致的認同，尙未同心同步向這人間地獄大舉進軍之前，她理當成爲一盞明燈，那些幫助她的人理當成爲一種楷模。也許，暗夜裏痛苦的姿勢已莊嚴化爲聖潔的祭禮，這是令人哭不出來的悲劇。她已以一個人的力量結束了一個悲劇，而我們則默禱所有靈肉合一之徒能以共同的力量結束一切的悲劇，那麼縱然人間並非天堂，也還可算是一個可以活得乾乾淨淨的地方。

七十六・四・十四

# 讀聖賢書

文天祥這一問：「讀聖賢書，所學何事？」著實問得痛切。如今我們該問：時下年輕人所捧讀的書究有多少是聖賢書？而他們對古來的聖賢書又抱持什麼態度？

在現代教育長久浸淫下，從小到大，我們所吸收的知識以科學知識爲大宗。科學知識只問眞假對錯，不管是非善惡，它們始終堅持價值中立的立場。所謂「價值中立」，就是以經驗的事實爲認知對象，利用一套系統的方法，就事論事，以物卽物，力求事物之理自我呈顯，達到所謂「客觀」的標準，以避免主觀的價值色彩。至於古人皓首鑽研的四書、五經，則都以主體性的道德體驗與心靈內容爲根據，所涉及的知識領域幾乎都在人心人事的範疇內，乃認定知識的意義在提供人生有用之指引，學問的目的不外乎人生理想的具體實現。因此，傳統的治學方法，精神與態度須有一定的價值判準，並往往帶有泛道德的氣息。

目前，面對一大羣亟待進食的莘莘學子，我們的教育工作者所準備的是已經調配好的知識成品。這一大堆可以饜足求知欲的貨色是有了新的式樣、新的包裝，但其中是否有滋潤身心，養成人格的成素，却往往不在我們的教育計劃之列。我們的智育偏重知識的傳授，却少了智性的啓廸與理性的培成。在非專業性的一般課程中，我們是仍有雄心大志，亟欲將古典的精粹揉合進去，可惜在思想的方法及理論的建立上並未用心，乃以摻雜意識型態的敎條作一條鞭式的灌輸。如此，我們的下一代是有了比上一代更多的知識，却少了力能引導生活利益生命的智慧。

由於文字的障礙以及意義的阻隔，傳統經典已難以引起年輕人的興趣。傳統經典遭到冷落，未始不是一項文化危機。欠缺生動的歷史知識，民族生命力的緜延便可能中衰甚或中斷。無法使優美的傳統以現代的方式在現代種種生活場合中淋漓展現，當然是一種教育的失敗。我們的講堂，尙須加强意義的雙向交流，未能參與生活意義的創造，知識將成理智發展的擋路石。如果不再親切地去體貼年輕人的心，和他們一起捧讀經典，一起進入歷史，一起踐履夢境，一起邁向未來的世界，則在文化的軌道上將可能出現一列列失去控制的電纜車。

聖賢書理應受到尊重，這尊重須經理性的斟定，盲目的崇拜不僅無助於思想的進步，且有害大衆的精神自覺。如何在聖賢書裏發現新意義，如何在讀聖賢書時更加肯定身爲現代人的責任與使命，是我們的教育須全力以赴的重大課題。

七十六・三・十六

# 中國文化三喻



最近在學校主持一個有關中國文化的討論會，有位老師問道：「到底中國文化有何優點？我們的傳統又有什麼值得保留？」一時之間，我未能加以義理明晰的縷述，而我也不願陳義過高，再度落入宣揚國粹的保守意識中，於是我嘗試對中國文化作了三種比喻，企圖透過喻意，發顯難以具體言宣的妙趣，中國文化的妙趣往往在言詮之外，甚至在我們一般思維之外。

首先，我把中國文化比作一塊礦石，內蘊無比珍貴的寶玉，然外表和一般的石頭沒有兩樣。五四時代許多人是只看到它的外表，尚欠缺切磋琢磨它的功夫。如今，我們是逐漸學得治玉的本事，透過文化的交流及新舊的遞進，我們發現自己的文化百年來受了不少寃屈，而所謂的舊傳統其實有許多歷久彌新的意義在。然若我們只是死抱這塊礦石，它將永遠是無什光采的礦石，因此，除了那股如同卞和一般的執著與認眞外，我們尚須有一種聰明；先一起來切磋它琢磨它，而不必急急想要獻上它，因爲中國文化遍藏於中國各地，我們的心中身中生命中都有它，只要我們肯按捺下浮躁的脾性，以中國人特有的耐性與細心進行自我的試探及牽動其他人的全面挖掘，如此，文化的光輝將自我們每一個人的心底升起。白玉本無瑕，瑕疵在我們欠缺自信與自覺的思想行動間。

接著，我將中國文化比作一個碩大無比的熔爐，五千年的敎化卽五千年的鍾煉，我們衣食所需來自於此，我們心思所寄亦在此，可以說，我們整個生命就在這大熔爐中逐漸成形，它也同時造就了中國人獨有的性情。我們是不必騎在熔爐的邊上高呼：「我是中國人！我是中國人！」當然，我們的身體可以在中國的版圖外，但我們的心絕不可分秒欠缺中國文化的滋潤。至於熔爐究竟該以什麼爲熔鑄鍾煉的材料，這是不必多所計較的，祇要我們有一共同的認定：「這裏永是中國，而我們永是中國人。」這絕對不是空洞的意識，因爲熔爐的大火永不熄，因爲我們的文化生命永不死。

最後，我把中國文化比作空氣。在我們呼吸順暢之際，往往不覺得有空氣存在，而在呼吸不暢或氣流湧動之時，空氣立卽給了我們千萬毛細孔或多或少的壓力，我們於是感受到空氣的重要性。如今，西風東漸，我們的文化氛圍起了狂飆，於是我們在痛定思痛之餘，回首東方，原來那悠悠的文化長流乃吾人生命的管道，那闃寂無聲的領域原來不斷進行精神的創造。中國文化的理想高遠，中國文化的力量壯大，雖然在現實世界有許多短視之徒及懦弱之人，但他們並無能否定中國文化的價值，因他們已然背離傳統，而在種種現世的風暴中迷失了方向。

中國文化不能只是討論的課題，它須在每一個中國人身上紮根生長以迄開花結果。我的比喻只沾到邊，而中國文化的命脈須由無數深邃廣大的心靈加以護持開導。如何培塑中國的心靈以包容中國的文化，應當是當前教育的主要目標。如果文化流爲念念的映轉及物物的交換，而在知識的包裹裏腐蝕了文化的精神，在行動的次第間閉鎖了文化的樞機，那麼我們的前途就堪憂了。

七十六・八・二十六

# 一種必要

散文家王鼎鈞先生認爲：時下的散文比三十年代的作品大有進步，但在氣魄上却較遜色。張系國先生感慨我們的小說仍在「愛情的救贖」的主題上打轉，尚未進入「宗教的救贖」的境界。前輩作家葉石濤先生在讚歎青年作家的文學技巧之餘，遺憾地道出：他們往往不能正視現實人生。

這三位先生的零星評語，雖仍言簡意亦簡，但已十足發人深省。文學作品所以氣魄不足，和整個時代及社會環境大有關係。「士先器識而後學問」，作家的器識雖不見著於字裏行間，但却是決定其寫作方向與作品深廣的先決條件。所以環繞愛情的主題，本人之常情。太陽底下無新鮮事，有人認爲古今中外的文學祇有兩個主題，一是愛，一是死。如何展現愛情之妙諦，是許多文人苦思的課題，而如何揭發生死的奥秘，更是所有好學深思者共同的難題。我們的作家非不關心生死，而是關心生死的種種體驗尚未能直接顯象於筆端。愛情最能導引浪漫之美，最能激起生命之波濤，然避開死亡，不談人生終極的意義，則此愛此情便有缺憾，有人將此憾還諸天地，但文學的天地最好無憾。至於文學與現實人生的關係，更是文評家的批評焦點，關鍵在：該用什麼方式去關注現實人生？而現實人生又應是何光景？這兩個問題若不能解決，空喊口號又對文學何益？

尼采可能是我們的好榜樣。他用整個生命去思考去寫作，終於失去正常理智，但他那股純然的追求至眞至善至美的精神，頗有驚天動地之氣魄。就以其「精神三變」爲例，來檢視一下我們自己：當我們矢志從事文學大業之際，曾否同時發出駱駝般忍辱負重承擔一切苦難的決心與行動？當我們彳亍於廣漠的原野，進入了孤寂的文學之旅，我們能否如同獅子般勇猛向前，獨立自在而活？而當我們已然自覺爲一文化人之後，且擁有了不少文字的業績，我們是否仍保有嬰兒般的純潔及眞實無瑕的生命力？我們是否因鬻文爲生而「文勝於質」，喪失質樸的本性？

責求所有作家須如同尼采般地思索生命的意義，未免是種苛求，但在親耳聽到一個女作家自訴日夜苦讀一代哲學大師方東美、唐君毅及牟宗三等人的著作時，心中踴躍之情，比在某報副刊拜讀一椿婚外情的副產品所感觸的，是要强烈多了。或許，文學的領域可以涵蓋所有人生範疇，但對一個創作者而言，時時走出想像的世界，去觸摸各種知識的礁石，去試探各種思想的方向，也當算是一種必要。

七十六・三・五

# 消費的哲學

打開報紙，物價波動的新聞首先映入眼簾。近來消費者的權利受到相當的重視，民生必需品的價位已成爲衆所矚目的焦點。關心生活是好事，活在這個商業社會，我們是不能不受種種商業活動的影響。然而，如果我們的生活內容到處充斥已然沾染銅臭味的商品，我們主要的身份是不斷地以現鈔買取快樂的消費者，那麼我們這一生還有什麼更持久更深遠的意味可追尋？

羅素在《幸福之路》一書中說：「典型的現代人所希望於金錢的，是要它掙取更多的金錢，眼巴巴地望著的是場面、光輝，蓋過目前和他並肩的人。」又說：「過於重視競爭的成功，把它當作幸福的主要源泉，這就種下了煩惱之根。」如今，我們不僅在賺錢的事上競爭，更在花錢的事上競爭。愚人節的前夕，我們已甘願爲商人所愚，紛紛擁擠在百貨公司的橱窗前，爲了獵食價位差距可能帶來的甜頭，掏空了我們的口袋。這種因錢而起的恐慌，是比我們的祖宗因窮而起的恐慌來得急切而惱人。

商人昧著天良，賺了不該賺的錢，所有的消費者確須抵制反對。可是爲一時的市場訊息所左右，惶惶然奔走於堆積如山的貨物之間，拚命使自己鴿籠般的小房子物滿爲患，卻是十分的不智。如何識破商人種種虛假、種種巧詐，實在不是一件容易的事，因爲現代的經濟乃龐然大物，往往須以專業知識加以析解，才可見其眞相。要避免商業主義之害，要想超然於物質洪流之上，最簡單的方法就是設法克制自己的消費欲望，設法發揮吾人生命本具的自我滿足的天賦，將官能的作用維持在吾人力能駕馭的範圍內。老子的話對我們是勸言也是警告：「五色令人目盲，五音令人耳聾，五味令人口爽，馳騁畋獵令人心發狂，難得之貨令人行妨。」

保持生活的平衡，使競爭頂多在我們工作之際製造一絲絲興奮，讓我們仍然保有恬靜的閒暇，讓金錢無能侵入心靈自由自在的園地，這才是一個消費者眞正的聰明。

七十六・一・二

# 少年郎愛詩

筆者任敎的學校最近學辦一年一度的創作比賽，規定學生在新詩、散文和小說三類中至少選擇一類參加。結果發現：新詩的作品最多，其次是散文，小說最少。就拿一個班來作抽樣的分析，三類作品的數量分別是新詩三十篇，散文二十一篇，小說四篇。這樣的比例是多少有點意義，如果年輕人的文藝創作態度值得重視的話。

新詩所以最受青睞，可能是這些功課壓力甚重的年輕人偸懶的緣故，也因此新詩作品的水準最低。新詩的創作技巧並不嚴格，至少表面看來，這大概也是年輕詩人特別多的理由。如果詩有其高標準的質素，有其內在而純粹之律動，則那些尙保存天眞，性靈尙未被染汚的少年理應是詩神的信徒，詩的殿堂中應到處是雀躍的脚步。新詩或許可算是新文學的火引，新詩的習作最能鍛鍊文學的才思。因此，爭取年輕人加入高歌低吟的行列，使靑澀的年代因詩而成熟而有光澤，並盡力使詩的種子保存生機以迄生命終站，大概就是文學紮根的最重要的工作。若詩只能在年輕人心中招引些浮光掠影，或甚至淪爲時興的口頭禪，那麼詩人將永遠是遭受不平等待遇的少數民族了。

散文通常不急不徐，溫和而不火爆，它居中位，正是它中庸性格的自然結果。而散文的佳作最多，則可能是我們中小學的國文教學一直以散文爲大宗的成果。稱中國人是散文的民族要比强加上詩的冠冕合適些，從生活的內容看來，有著明顯功利取向的當代中國人愛散文甚於愛詩，因散文和現實世界的距離不遠，而詩的國度往往渺遠難尋。如今一般社會化程度較高的中老年人（包括許多小大人），最喜在報章雜誌獵食雜文，散文親和力之强到處可見實例。如何把握散文普及之優勢，將散文之境界提升，範圍拉大，抒情之餘兼說理，而說理絕不流於說教。如何在文字語言已臻妙境之後，又能在思想上大膽突破，在題材上廣爲開拓，如何擺脫迎合俗趣的實用性，使散文更具不朽的可能性，這都是亟須深思的課題。

小說名列榜末，原因很明顯。除文學科系以外，我們的中文教育幾乎不曾提供學生研讀一整部小說的機會。那四位膽敢從事小說創作的學生都是愛讀閒書之輩，而他們也都以模倣的本事進行技巧的試驗，勇氣甚可嘉。小說爲世界文學之重鎭，非有文學大才支撐其龐大之架構不可，縱然是短篇，也要有揮砍自如，游刄有餘的能耐。欠缺人事閱歷及駕御文字之功夫的年輕人，當然視小說創作爲畏途，雖他們可能以讀小說爲最大樂事。如何引導文采燦然的明日之星進入浩瀚的文學領域，教他們不急於表現，不爲零星的篇幅所囿，不眩於世事表象，不落入某一種意識型態，而專注於迤邐一生的心靈之旅，可能最有助於壯闊我們的文學波瀾，一些已成名的小說家是該以更大的才力投入孤寂的創作，以够份量的著作作爲可畏後生的典型了。

七十六・二・十四

# 狂與樂

一個十八歲的女孩問我：「老師，年輕人不狂，還能算是年輕人嗎？」我沉思半晌，嘗試答道：「首先，你當確定狂的意義。『狂』這個字眼一直用得很浮泛，孔子使用它來批評當時的年輕人：『吾黨小子狂簡，斐然成章，不知所以裁之。』這所謂『裁』，不應侷限在字裏行間，任何生命的活動皆可予以剪裁克制，予以導引規範。年輕人生命力正旺，他們常拉滿情性之弓，射出理想之箭。他們有狂氣，有狂味有狂勁，基本上是生命淋漓的表現，但怎麼個狂法？該狂到如何境界？其中却大有學問，有時甚要大費周章。」女孩聽了我的回答，疑惑的顏色仍佈滿臉上。

說年輕人狂，已非貶辭，年輕人因狂而樂，因樂而更狂，我們不敢說這是一種惡性循環，它多少有助於人生積極精神的發揚。如今，在物質豐盛的情況下，要求年輕人過一種蕭索枯寂或清心寡欲的生活，實在是不合情理的作法。但如果在現代文明江河日下，不斷剝蝕眞實心性的趨勢中，仍對年輕人百般奉承，一味討好，而不給予嚴厲棒喝，則是不負責任的苟且與輕蔑。

狂是激情，樂是大欲。情感難免激越，如水遇亂石成急湍，而大樂就是陣陣漩渦，有時候是會要人命的。年輕人最不易瞭解明哲保守的道理，他們大多以爲節制乃老年人迫於無情歲月所採取的生活策略。其實，任何放縱與揮霍之所以不道德，因爲它們都有害生命。

如果狂是適度的自負，則何妨狂它一狂，如此之狂比虛假的謙虛好多了。鍛鍊狂勁成舍我其誰義無反顧的勇猛精進，更是人生的大輝煌，這比謹愼小心畏首畏尾强多了。許多令人振奮的信息常由年輕人帶頭引進，他們手持聖火跑在前，後面跟著一大堆上了年紀的人。但要狂得好狂得妙，須狂得有理，絕不能違反理性，無端和傳統作對。年輕人受寵，但不能因此大撒其野，在人生道路上恣肆放縱。

享樂不一定是壞事，但刻意追求快樂，將不斷減損理想的氣息，降低生命的熱度。樂有許多層次，上樂與下樂之間，其分判在精神素養的雅與俗。麥當勞無罪，漢堡與炸鷄大可嚼食，問題在：終日羣居的年輕人曾否在飽肚之餘深思個人的種種以突顯可貴的個性？如果人格成了「速食人格」，同樣的規格，同樣的包裝，那麼這人世的浮華就十分無趣了，而年輕人因享樂（享衆樂之樂）所付出的代價就太大了。

我們是該大事籌劃，在舉辦大型的舞會和演唱會之外，再提供一些寧靜安閒的場合，讓年輕人有機會獨對自己，去挖掘一塊瑰寶。在升學的管道中，培養年輕人讀書的雅興，眞正去親炙莊嚴經典，更是提升文化根本之計。至於那些提早進入社會的青年，他們的處境堪憐，如何開放更多的進修機會，如何在喧囂的工場外，設法安撫慰藉他們的身心，已不是單純的就業輔導所能做到。當所有年輕人狂而不亂，樂而不淫，這人間就清爽諧樂且大有希望了。

七十六・二・五

# 說規矩

不以規矩不能成方圓，這是常識；而不行規矩不能成社會，則是教養。如今，吾人亟需自覺意識，以不斷衍生有意義的行爲，充實這個多采多姿的生活世界。

規矩在傳統文化中，幾乎可用「禮」來概括，荀子說：「禮者，人之所履也。」禮履同音義近，禮乃實踐之道，就是今日所謂之「行爲規範」。其實，禮的內在涵意和「理」無殊，而理非外在之物，是人心相互調整之後所產生的共同取向。就社會進化的法則看來，共通之人文之理由約定俗成而來，因此，可行之理應具備高度之合宜性，宜時宜地宜人，其間有相當的進退餘地。

用合宜性作標準來定規矩，將發現規矩自有其不變性與可變性。一般人對規矩的不變性每有敬畏之感，守規矩之人大多有忠誠之心，便在執持此不變性以克己復禮。倫常的規矩以及它所形成的風俗習慣，則易於强化其不變性，甚至添加莊嚴神聖的氣氛。至於規矩的可變性，大多在個人情性可以運轉的範圍內，一些小團體便常有特殊規矩規範其份子，以達成某一特定之目的。因地因時因人而制宜，不斷符應一切變化的消息，規矩才不至於僵化，不至於喪失它在人心中的地位。

我們今日社會之規矩可說是新舊雜陳，良莠不齊。就規矩之本義而論，壞規矩（不合宜之規矩）已不能算是規矩，因爲它和其他規矩之間已失去有機的整合力量。我們無法設想一個人被好壞規矩左右牽扯而仍能活得自在。規矩具體地呈露出是非善惡的眞諦，有所遵循又有所揚棄，實乃正確的生活之道。而社會的價値標準總被拿來作爲規矩存廢的依據，一旦社會的價値發生互相牴觸衝突的情況，規矩就可能被架空而喪失有效性。魚與熊掌不可得兼，抉擇端在自我觀念的釐清以採取不背離生活目的的行動，此時，社會應給個人明確的指針，則價値的市場便不能有太大的混亂及太長時間的蕭條。

規矩一定要在每一個人的生活中落實，以獲取它的意義，以實現它的目的。規矩其實只是個工具，它一定要爲每一個人有意識地把握並依循，眞自由才可能體現，藐視規矩，不守規矩或盲目地信守規矩而不知其所以然，皆已違背吾人制定規矩的宗旨。目前，這樣的例子俯拾皆是。在一些人車較少的十字路口，那些自動停下車等綠燈亮的人可能會被譏爲呆子，而當初裝設交通號誌的人不知是否精確地盤算過：這路口的交通流量有多少？究竟適於裝設那一種號誌？這些現象這些問題頗値我們三思。當然，這又回到合宜性的題目上。我們期待大家能重視人心共同的取向，讓規矩不至於阻礙情意的交流，而人人皆能搖身變成尊重規矩的有敎養的公民。

七十六・一・十一

# 大愛愛社會

近年來，我們的社會秩序，成爲令人頭痛的問題。從交通、治安至於經濟、政治之紀律，皆時有脫序出軌之現象，並進而嚴重影響到我們每一個人的生活。然朝野已逐漸取得一致之步調，透過各種傳播媒體，不斷進行正式或非正式的接觸與溝通。於是各種法令逐一擬訂，各種措施逐一推行，大有朝氣蓬勃之勢。變動才能長保生機，我們的社會是一直在變動之中，不管是被動或主動，我們對它一直是滿懷信心的。

不過，改善社會秩序，關鍵在人心之向背，這是先賢的老話題。如今，我們應予以現代意義的詮釋。在此，美國哲學家樂伊士（Josiah Royce）的話可供我們參考：「一種社會秩序，不管它是如何的複雜，實際上獲得而保有其份子之愛，以致這些份子對其現在的合作活動所能理解的縱然極少，這些份子却依然以其全心全意全力，各爲他自己，欲求這種合作應該繼續進行。」看看我們的社會是越來越複雜，以個人的立場要想對它作全面的瞭解，已經是不可能的事情。這種似乎是命定的知識上的缺陷，其實並不會妨害我們不斷進行的各種合作的活動，祇要我們人人心中有愛，愛我們所組合的社會。因此，流通於社會秩序之間的不能只是爭奇鬪艷的才情，更該滿是人人全心相待的愛。

良好的社會秩序，保障社會每一份子之間良好的合作，而良好的社會秩序以凝固的團體意識爲基礎。團體意識從何而來呢？樂伊士的答案是：「社會每一份子對社會的愛供給了團體意識的基礎。」此愛不僅流動於眼前的時空之內，甚至能廻向過去，望向未來，賦予團體永遠不朽的生命。而此愛並不因社會一份子之身份、地位、職業、智能等因素之不同而有了等差有了厚薄。樂伊士强調：「團體之愛，爲共同的記憶及共同的希望所培養。」共同的記憶廻向過去，共同的希望指向未來，團體乃在愛中生生不息。

如今，我們都該自問：「我對保養我個體生命的團體有沒有眞誠的愛？」眞誠的愛卽是忠，人人忠於社會，社會的秩序便自然生發，自然條理井然。人心虛假，社會才有亂的可能。在大愛愛社會的前提下，縱然未能獲致一致之共識，我們依然可以合作無間，知識的多寡，意識的異同，並不能動搖我們堅定的愛以及我們不斷向這個人羣輸誠的虔敬。而我們的敬意不僅止於眼前這一世代，更在我們回顧過去之際，使我們對祖宗及歷代的英雄豪傑引發由衷的欽慕之意。沒有他們，我們共同的生存便不可能。因此，我們不能斬斷傳統，並須在共同的希望中一起前瞻，期待我們的下一代下下一代能生存得更好。如此，我們才算盡了責任——身為社會一份子的責任。

七十五・十二・二十

# 事實不容造假

這幾年來，高舉自由民主大旗在這個島上搖弄翻飛的人愈來愈多，他們手執批評的權杖，或放言高論，或拿筆當劍，使勁揮向無言默默的傳統，以及這偶現症候的社會。

當然，我們容許批評。凡批評皆出自善意，這是衞護民主自由的大膽假設，因此我們不必多所猜測批評者的主觀意圖，可是我們須一再審視批評的內容，看看它能否經得起再度的批評。對批評「再批評」，才能保證言論自由的管道永遠暢通，而有助於社會的進步。

最近，我們就聽到這樣富批評性的論點：「國家不等於政府，批評政府不等於不愛國。」這話說得簡潔明快，似乎頗獲人心，但它仍須再接受另一層次的批評，才能不被濫用出亂子。站在邏輯的層次，國家和政府確是兩物，混同不得。然而，若站在事實的層次，國家和政府之間却有非常密切的關係，是不能任意割捨分離的。

政府換了，國家仍是國家，不錯，國家的崇高意義是絕不會因主政者走馬換將而受損。但政府換了，不變的是國家的形式意義，國家的實質內容却不能不變。因此，我們不必刻意强調政府和國家的可分離性，而應堅持政府和國家之間的互動的相關性。一個眞正民主的國家，其主政者必不至於自外於國家，也不須以國家的神聖名號爲迷人的符咒，而眞正有民主風範的國民，更不該自外於政府，甚至與政府敵對，竟以一時的狂熱摧毀一個尙有存在價值的政權。

思想以存在爲底基，它不能只在邏輯的層次上游走，而應同時照顧到存在的事實。理論和事實，這兩個層次是須互補互助的。在理論上辨別差異性，不能就此割裂事實上的相關性與結合性。若完全不顧事實，一味數落政府，導致亂了方寸，逾越了尺度，至於血脈賁張，氣勝於理，如此對全體人民是否有益，就値得商榷了。

我們抵力衞護人民批評政府的權利，但我們反對分離國家、政府及人民的理論無限制地被運用，而使批評者有意或無意地忽視事實眞相。保全差强人意的某一現狀的種種事實，往往比高層次的談論學術眞理更爲廣大羣衆所需；而深入現實的本事，看淸眞相的睿智，是比堅持邏輯思考的抽象形式重要多了。事實不容造假，思想卻時有錯誤，如何善用批評的權利，如何抉擇批評的方式與內容，是每一個批評者在揮舞批評利劍之前應該仔細深思的課題。

七十五・十二・五

# 生活的角色

社會多元化在個人身上已然落下一些印記，其中較顯著的便是個人生活角色的多元化。在昔日的家族社會，一個人主要的身份幾乎都是倫理的角色，有人終其一生祇爲扮演好父親的角色，有人則始終堅持人臣的本分。如今，我們則須同時扮演好某些非倫理的角色。單就工作的環境而言，浮動的人際關係便隨時牽扯著我們，隨時需要我們投注相當的心力，而這些心力可能彼此抵消，導致我們的角色逸出我們所能掌握的範圍。昨天是主雇關係，今天可能已形同陌路；從前是同窗好友，如今卻是商場上競爭的對手，甚至連男女關係都可能在內室中發生劇變，父子關係則被摻入法律成分，有人還去登報作廢呢！

非倫理的身份其實仍在廣大的社會架構中，祇是它比起倫理的角色較不固定，那條無形的人情之鏈並未經道德的冶煉，在彼此尚摸不清對方底細的情況下。「知人曰哲」，我們是愈來愈難以瞭解別人。長久和我們相處的人可能依然陌生，如果我們聽任社會制度去安排的話。一張生疏的面孔，未經我們的同意，或是在我們毫無心理準備的情況突然出現，又突然消失；他祇是一個影像，在我們的眼裏。何處有眞眞實實的人呢？我們已習慣在光影中討生活，已喪失不少知人的興趣，已提不起勁去瞭解一個沒有名號或數碼的人。

最嚴重的是職業所賦予我們的角色，乃價值中立的產物，環繞週遭的儘是些糾纏利害名位的貨色，老闆不一定爲富不仁，但當老闆一味堅持其老闆的角色而忘了他更重要的一個角色——一個樸樸素素的人時，他的受雇者就得小心了。一個醫生除了身懷救人之術，也須同時懷有一顆救人之心，然而，如果他所看到的人都是一副乞憐顏色的病人，則他就不易以平常心去對待正常人了。因此，非倫理的職業角色若凌越倫理的角色，這社會的倫理成分將大幅減縮，而一股冷酷的氣氛勢必彌漫開來，做人就愈來愈困難了。

理不清的人際關係，很可能導致生活角色的混淆。在尙未將各種角色在吾人身上定位之時，任意以一種角色取代其他的角色，或讓中性的職業角色侵犯了較爲基本的倫理角色，後果將是人情的淡薄以及人性的支離。多元化不能任憑離心力作祟，人人應以心相向，以身相許，以自己所擁有的作最公道的交易。究實地說，一個人是不能過分地執著某些較爲社會所認同而因此較有光采的角色。繁華眩人，我們是逐漸喪失安於平淡與素樸的耐性。年輕人所以遠離田園，不願種田人這冷寂的角色被按裝在自己身上，這可能是一大原因。傳統社會最被看重的非倫理的身份——

教師，如今也式微了，教師的角色被職業化，其價值被中性化（原本的師生關係幾乎被倫理化，所謂「一日爲師，終身爲父。」），這可能是文化精神所面臨的最大危機。

如何確立角色的意義，如何在生活中同時扮演好各種角色而不使衝突排擠，將是社會多元化的過程中，我們必須隨時省思的課題。或許，生命本身應有其一元的根本與永遠篤定的核心。

七十五・十一・三

# 休妻意識

在男人中心的古代社會裏，祇見休妻，不聞「休夫」。連我們的大聖人孔子也休過妻，祇是我們一直不曉得孔夫人是在什麼情況下離開孔家的。休妻是研究古代社會的男女關係很好的素材，可惜這方面並無足够的統計資料，因此我們祇能一味地爲女人叫屈，却不明其中眞相。

現代的離婚已大不同於古人之休妻。根據一項調查顯示：幾乎有百分之七十的離婚個案是由女方主動要求離婚的，而導致離婚的因素以「個性不合」最高（佔了幾近百分之二十），再來是「丈夫有外遇」及「彼此間已無愛情」。由此可見，離婚率之節節高升和女人的自我覺醒存在著正比的關係。那些造成諸多離婚之可能的男人其實大都不願離婚，至少不願在社會的制約下和妻子解除婚姻關係，也許，他們依然殘存「休妻意識」，希望妻子悄悄回娘家休息，而不驚動任何人，也不損其社會地位與聲譽。

離婚絕非好事，但也不是天大的壞事。安琳（Anlin）在許多個案中發現：「對於在父母有不幸婚姻的家庭中的小孩而言，離婚不失爲一種可行之道。」當然，離婚是不值得鼓勵的。但在婚姻已名存實亡之際，如何收拾殘局，如何恢復當事人之自尊與人生希望，並解除其心靈痛苦，大概非以離婚達成不可。今日女人不怕離婚是有條件及個人能力予以支撐，然絕大多數的女人仍是不願離婚的，她們在離婚時的感受大都是痛苦、委屈、徬徨、情緒不穩，甚至感到震驚，而在離婚後的調適程度普遍不佳。

女人已非弱者，她們已在現代社會中爭回許多自主權和平等權；但我們也不必刻意突顯女強人和男人一較長短的氣魄。在兩性一起生活的倫理中，存在著的是彼此合作相互調適的問題。婚姻是兩性生活最基本最重要的單位，婚姻亮起紅燈，雙方便都行不得也。今日，看似男人佔了便宜；明日，女人可能已暗中搶灘，奪回失土。而到了人人翹首企盼的未來，雙方或已不分你我或已毫無干係，一切由感情牽扯出來的是非將如雲煙散盡。

重視離婚所引發的問題，須時刻把持倫理的分際，並始終高舉人性的尊嚴。我們仍須不斷地爲受害的女人叫屈，爲那些失去雙親交融之愛的孩子叫苦；此外，逐漸失去操縱權的男人也值得我們關注，他們並不一定堅强到可以置一樁愛情於不顧。若我們在統計數字之外，仍能眞實地體貼到一個個性情中人，則婚姻的不幸將不可能釀致災禍，休妻休夫不過是戲言罷了。就讓我們休養生息於愛情之中，於努力經營愛情的婚姻裏，如此，離而不離，我們便可因性別而不斷獲得天地之恩寵。

七十六・四・三十

# 法輪長轉

這世間能否再出現如同佛陀或耶穌般的教主，將可能是一大懸案。然而，各種知識的傳授是多少具備教主說法的雛型。佛轉法輪之喻，應仍有切合時代的新意。

丁福保主編的《佛學大辭典》如此解說「法輪」：「佛之說法，能摧破衆生之惡，猶如輪王之輪寶，能輾摧山岳巖石，故謂之法輪。」說法如輪轉，表現出無邊的法力，同時破除了一切的障礙。在人倫教化或傳道授業的過程中，確有許多關卡等待超越。就現代教育的諸多問題看來，其中最艱難的要算是德性的培成及心靈的陶冶了。衆生之惡惡在心，而衆生之愚愚在腦。如今，我們有關腦的教育大有進步，而對治一顆心，教育者却往往高豎白旗，向悶悶的大地，向察察的人羣。

轉輪不止，法乃流傳。當年佛之說法不停滯於一人一處，展轉傳法如車輪。同樣的道理，知識的創造不可一日或止，知識的傳授不可一時稍懈。目前，我們不虞知識之匱乏，祇要有一顆虛廣的心，但尅就知識的意義而言，我們却常茫然無知，如某些倉庫的管理員，祇知進出貨物的數量，却不曉得如此進出貨物的道理何在。佛的法輪恒常清靜，而我們推滾知識之輪，却越滾越髒，我們確實欠缺清理心思的本事。知識成爲可欲之物，常見可欲，心如何不亂？

老子要我們無知無欲，弱志實腹，虛心強骨。這是一大套修煉精神的法門，並非玄想可致的境界。奉老子爲師，我們便能隨時準備好自己，料理好自己，那麼這個世界的一切將現出一張張和善的臉，無物不可愛，無事不生趣。休管緣生緣滅，也不必計較知識的數量，不用在意道德的名號。如此，我們將活得更自在更灑脫。

蘇格拉底認爲有知識必有道德，他心目中的知識也不是充腹的食糧，而是治心的良方。知識本是心的產物，若任知識輾壓我們的血肉之軀，這樣的車禍就太離奇了。我們是該花更多的時間效牛羊一般，細細反芻我們已然吞食的知識，至少得去掉那一層層人爲的包裝，因爲那些包裝的材料對我們的胃口有害。

法輪常轉，我們不必翹首企望新教主。自由開明的教育中，人人皆是自己的教主，人人也皆可奉別人爲教主，如果不盲目崇拜的話。就讓我們轉言語成輪，轉思想成輪，進而轉身成輪，轉心成輪，輪轉過一切的愚痴、苦痛與災難，則我們將是一個個緩緩加速的光輪，交映於人文的夜空中。

七十六・五・十七

# 人生指南

談人生可以是閒談，但研究人生哲學則必須有嚴肅的態度及正確的思考方向。我們時常聽到這麼一句話：「每一個人都有他的人生哲學。」這似乎意謂着只要「言之成理，持之有故」，一個人可憑藉個人的人生經驗來形塑自己的人生觀，且終其一生，非由自己躬親踐履檢證不可。

人生哲學既以人生爲研究對象，我們便不能不正視活著這個事實。人活著，且自覺自己活著，這是人生哲學的根本所在。蘇格拉底認爲最高的智慧在於了解自己原來是一無所知的，這絕非詭辯，這是最徹底的覺悟。就知識的限度而言，我們確實是無知的；在這廣大的宇宙中，個人的存在確是微乎其微，如果祇著眼於可見的表象的話。然而，就人生的內涵而言，人生實在莊嚴無比，堂皇無比，且有無窮的希望，因爲人的生命具有無窮的潛能。

我們是必須肯定：人生哲學有研究的必要，人生哲學能幫助我們，引導我們確立人生的方向，使我們崇高的理想能不斷付諸實現而不至於落空。人生如夢，但不是夢；現實有重重阻礙，然同時有層層階梯向高天。在此，我們大可放懷高論，並準備好一種開放包容的心胸。在古今中外的哲人面前，我們不必自慚形穢，反而要有自信有決心有行動的願力。人生哲學不是放在書架上的經典，而是值得以眞性情眞生命去研磨切磋的。人生哲學是知識，但不是一般的知識，人生哲學有種種理論，但它們祇是火引，眞正燒得出大光明的還是我們的生命。

在研究人生哲學的過程中，我們須時刻反躬自問，廻心自照。對人生百態保持高度的警覺，並熱切關切人生的各種問題，絕不讓自己的身影成爲妨害清明思考的陰影，也不使閃爍的念頭流落爲污染心靈的灰塵，如此，我們才眞的有資格研讀人生哲學，才眞的有能力發現人生眞實的義諦。

此外，我們仍須注意底下三個可能的錯誤：

一、頑固：這是在思想的歷程中不敢或不願自我超越的後果。

二、偏狹：這是在心行的路徑上不敢或不願自我突破的後果。

三、激進：這是在情意的曠野中不敢或不願自我把持的後果。

這三項錯誤乃人生哲學的大敵，非以全副心血廓清掃除不可。錯誤不可免，但一再犯錯甚至一再犯同樣的錯誤，就屬愚痴了。希臘諺語云：「最丟人現眼的事情就是在同一塊石頭上絆倒兩次。」人生哲學至少可讓你不至於一再犯錯，而在洞悉人生眞義之後，依然生氣蓬勃，活力旺盛。如此，這一大套人生的指南就不是紙上作業，而我們走這一遭也就不是閒逛或夢遊了。

七十六・五・十五

# 文人的定義

廣義地說來，所有的人都是文人。一動一靜一語一默一顰一笑莫非文，文由眞實而美麗的情意所現，而只要適乎個性合乎常性，何情不眞？何意不實？每一種身姿都是美麗的，我們不相信世上有假人醜人。

孔子一句：「行有餘力則以學文」重行輕文，先行後文，有了德行才能進一步揮灑個人的才情，此乃傳統文人的生命格局。總有幾分尷尬，當文人亟欲突顯其心靈之美之際，始終難免知性和感性的衝突，甚至表裏如一的低標準竟也須以道學家克己復禮的心性鍛鍊艱苦地加以成就。我們傳統的文人似乎都活得不怎麼自在不怎麼快樂，除非他們能及早認識老莊，及早進入超人文的大自然。

「文人無行」其實是一種偏鋒的意識型態。唯文人有行，方能正面肯定文化的大功德。傳統的泛道德主義讓許多文人吃了許多苦頭，也遭到許多誤解，更無端犧牲了許多寶貴的才情。設想杜甫若是一專業作家，他的詩藝及詩風可能有多方面的展現；設想孟老夫子能安於室，好好研擬其政治與經濟理論，則他當更有資格大呼「舍我其誰？」「當仁不讓」。當然，這仍是無稽的假設，祇是我們實不願見諸多人間至寶在亂石中被蹧塌，用沾染一點道德成分的世俗規矩束縛住天縱豪情。

讓我們再來檢點「文窮而後工」的意義。一般的解釋：「窮」是生活的困境，是環境逼人的壓力的集合。這種解釋頗能迎合一般人的心理向度，生活確能予人試煉，環境也是一大助緣，如果人天生有向上進取心的話。文人以文彌補其現實界之不足，並多少拾回作爲一個人的尊嚴，若再放眼千秋萬世，則是一大賭注，文人玩的遊戲可大了。他們甚至拿生命與智慧作賭資，賭不朽的盛名。

在此，個人想試著翻轉文意，來個「窮文而後工」。窮究文章的深度廣度與高度，甚至轉此天地爲一大文章，以柔情俠骨使天地一無缺憾，這才是「工」的最高境界。文人確不必太在意環境或正或反的刺激，文人應有絕對的心靈的健康。文人看重先驗的事物，他們反功利超實用，他們似乎保有人類精神的圖像，而不斷地以創造來體現生存的意義。

我們這個社會需要大量的文人，最好我們每一個人都是文人，而以文化武，以靜制動，以眞實消去虛假，以平和代替暴亂，以自我調整戒除自我放縱，以最美麗的生命光采驅走死亡的陰影，以窮究生命的本事構作一篇篇含藏冰肌玉骨的曼妙文字。如此，我們就可以活得十分快活十分優雅。

七十六・四・九

# 由染還淨

現代生活似乎是樂多於苦。文明的進步帶來各種慾望的滿足，如今，你若對一個宗教情操不高的人說：「這是個末法時期，得加倍修行呢！」他可能會覺得莫名其妙，甚至會以爲你危言聳聽。

如何剝落生活繁華的表象，以親炙生命本眞，發揮生命本能，來不斷成就學佛之修持，乃一重大課題。佛法不離人生，並設法超越自限於人的範疇的人生。人生有種種虛假夢幻，這是最最起碼的自覺，小乘佛法早已在四諦五蘊的義理中洞悉生命的表層。至於生命深邃的內裏，亦卽生命最最莊嚴清淨的眞相，則由大乘佛法一路闢荊斬棘而入。常樂我淨、平等佛性、煩惱菩提、永恒淨土等義諦是已通透人生，且對人生做了最最高尚的昇華。如果人的本質不變，人的生命結構古今如一，則這一條由苦到樂的光明坦途將不斷耀現希望的新火，引領我們前進。

深入觀察，現代人生依然有無數的苦難，而所謂的樂，其虛假的成分有增無減，其夢幻的色彩越來越濃。對末法時期的斟定，無法單憑感官或一己之好惡，而應從全體人類之共業來加以判斷。物質文明不必然製造罪惡，但它誘引人類墮落的可能性是越來越大，這是大家都可目睹的事實。外道云：「何必說苦，樂中便可求道修道而得道。」我們當反問：苦樂能祇是勢不兩立的相對現象？不經過苦難的磨礪，又如何能躍身進入樂境？樂的層次無數，且人極易溺於樂而無能自拔，則樂中修行的可能性又有多少呢？

當然，我們不必嚴斥文明進步的成果，但我們須比古人更謹愼，且須有更高的警覺，因我們眼前的歧途多端，遮蔽我們心靈天空的陰霾比從前更厚更難以掃清。如果不以苦樂的感受爲觀察現實人生的起點，我們尚可從染淨的觀點向人世的種種進軍。這社會不僅充斥著有形的汚染，無形的精神汚染及知識的汚染是更加的嚴重。追逐精神之樂，人心因此陷得更深；一味以知識爲競爭的工具，人世的喧囂及煩惱於是紛沓而來。如何由染還淨，是比自苦趨樂，更有助於解開人生的種種束縛，更有利於宗教的種種修持。

寂靜與清淨，絕不能幻化爲現代人午夜的夢境。我們當以寂靜之閒趣消解掉這人羣的動亂，我們也應以清淨之妙樂激勵一顆向上的心，則我們成佛的希望必不至於落空。

七十六・三・十四

# 自求多福

她帶著一身的傷蹣跚而來，看樣子不滿二十歲，却已經結婚了三年。傷是她的丈夫那雙粗笨的手造成的，一頭亂髮不知已被硬抓了幾次，像是一叢拉不斷的枯草。她一臉憔悴，以快哭出來的口氣說：「我想辦離婚。」

她日日穿針引線，讓他在扉頁之間找到了上進之路。她心中只有對他的愛，對所謂的「學歷懸殊」、「知識差距」絲毫不在意。結了婚生了孩子，他完全變了。他離家出走，另築香巢，她始終以不死之心等他回來，一等便是五年，等在門外受風寒，等在門裏暗吞淚，她仍不願離婚，祇想控告那一個搶走她丈夫的女人。

以上這兩個活生生的例子是我一個當律師的朋友告訴我的。我的律師朋友很感慨的說：「目前我們的法律對女人的保障仍嫌不足，特別在離婚這件越來越常見的事上，法律仍有重男輕女的傳統習氣。離婚後孩子的歸屬及撫養問題，法律往往不是作過度的干預，便是顯得軟弱無力。」我不懂法律，我祇知法律必須建構在情理的基礎上。婚姻乃情理的絕佳作品，它以情爲肉以理爲骨，但當愛情有了變數，甚至生命之理生活之道慘遭橫逆，就非由合情合理的法律予以保障或解決不可了。

許多人仍不習慣以法律來調解兒女私事。這一方面是由於法律尚未深入人心，守法的觀念尚未轉爲日常言行的修正儀；另一方面，許多傳統殘留人心的意識依然隱隱作痛，某些意識的發作往往逾越法律的範圍，甚至高豎起另一種權威，一個個軟弱的人便不得不跪倒其下，甚至匍匐哀號。男人虐待自己的太太，除了動物的本能作祟外，社會的種種畸型往往在背後有意無意地慫恿。不管是肉體的毒打或精神的冷落，都是侵犯另一平等個體的嚴重罪行。在此，我想起清代大文豪袁枚的「扶陽抑陰」論，分明是對一夫一妻制的公開挑釁。而傳統男尊女卑的舊觀念竟仍在今日許多男女身上變現妖孽，令人不得不懷疑我們的敎育對男女關係是否作了明切有效的疏導。

我們不必高談性開放，該開放的不是性，而是我們自己。對性的本能，節制之德尚有其無可替代的重要性，然對我們糾纏不開的心理鬱結是非以快刀斬之不可。是仍有許多「今之古人」，儼若站在時代尖端，其實受困於種種的過去。在不幸的婚姻中，雙方都是受害者，因雙方都被自己的過去所迫，也同時被對方的過去所傷。對那個被毒打的年輕女子，法律祇能救其一時，如何讓她回到合情合理的人際關係中，才是根本的解決之道。而對那個亟欲挽回破碎婚姻的女子，我們在憫其愚誠之餘，就只能好好去教育她，希望她能以內心的光明破除外界的黑暗，獨力掙脫夢魘，邁向新生。如此看來，法律教育和思想教育須同時進行，在內外雙修的情況下，天下的男人當可慢慢變化其生猛氣質，而天下的女人亦當可從自怨自艾的陷阱中跳出。剛柔互濟，陰陽互補，唯有在彼此尊重的平等立場上，我們才可能自覺地效法天地的大造化，推動嚴密又甜蜜的倫常之道。

七十六・五・十九

# 電腦鼠

人類的社會化，由來已久。在人生的各種活動中，我們已很難辨認先天本性和後天習性的分野，因爲社會化幾乎無孔不入，一念一言一行，無不是社會在吾人身上的造作，就連那些遠避塵囂與鳥獸爲伍的隱士也日日與社會的影子玩捉迷藏，他們依然使用語文從事思考，他們依然以人的方式在謀生。伯夷叔齊所以餓死於首陽山，擺脫不掉社會如影隨形，乃是此一悲劇的主因，整個首陽山是已然被社會化了。任何自然事物皆可經由人類思考的整理及情感的點染，而成爲人類社會的一分子。佛教以國土爲「依報」，爲我們造業的場所，國土因人的活動而有其價值意義，人文的力量廣被此三度空間，連出世的宗教也不能不重視之肯定之並轉化之。

如今，社會的存在對許多人而言，已形同一大壓力的集合。「社會」爲吾人共同的業績，它原本是人際關係的同義語，然由於它龐大無比，且不斷地在成長，暗地裏，還有人情如癌細胞在擴散，已使得個人身在其中恰似「渺滄海之一粟」，對它產生深沉的無力感，甚有「無力可回天」的悲愴；當它主動找上我們的時候，我們總是匆匆忙忙，胡亂應付一通。古人謂「侯門深似海」，今人嘆「城市像座森林」——鋼筋的森林，水泥的森林，最可怕的是人身也成了冰冷的鋼筋，人心也變作固結的水泥，熱血逐漸乾涸，人性的前途也逐漸暗淡了下來。

不必諱言，我們都曾有逃離社會的念頭，而不斷地與一切社會化的事物相抗爭，只爲了突顯與衆不同的個人本色。但弔詭的是：所有反社會的意圖與拚鬪往往又落入另一種社會制約中。以前的嬉皮成羣結黨，集結成一種不甚緊密的新社會，終難逃解體渙散的命運。由此可見，人身易躲，人心可就難防難解了。看看今日青少年的反社會，如狼嗥如虎鬥，却少見獨立特行之輩，滿街竟都是難辨彼此的打扮、言語及形形色色的流行。和古老社會清一色的禮教相比，我們這一代在人性的底基上並沒有玩出更高明的花樣。

一般的行爲上我們可以有樣看樣，以模仿爲樂事，但企圖深入自我的行徑便須一人獨來獨往，非忍受孤獨寂寞不可。社會的存在價值無人能加以否定，社會的存在結構無人能加以破壞。肯定社會的存在，進而接納它，縱然在主客交接之際，外物可能對我們這小生命造成或多或少的傷害；然而，祇要我們不停滯於表象，不受困於一己，而以一副深廣的心靈持續地進行自我治療的工作，並經由共同的參與，進行種種的創造，如此，我們便不會因爲模仿而喪失個人的獨特性，也不會被寂寞孤獨塗抹掉羣居的多采多姿。面對一切可能違心逆意的事物，我們應以消解代替吞噬，以融鑄代替扭曲，以締建代替腐蝕。挖了社會的根，折了社會的莖幹，我們如何能期待開花結果的熱鬧？

邏輯大師王浩博士說：「如果外國人有一些中國哲學的修養像道家，他們的日子會過得更好一些。」這是深入現代的社會文化之後仍能悠然脫身的眞知灼見，道家思想確實飽含滋潤生活的成素。那些一心膜拜西方，歌謳現代，並試圖以科技高築生命殿堂的人是該回頭了。東方心靈原來有入世不混世，出世不逃世的本事，祇是我們竟把那些古老的經典束之高閣，而一直廓清不了人心的迷霧，一直在玩語言文字的遊戲，玩得頭昏眼花，一羣人於是走進自己建造的迷宮，竟再也走不出來。

目前，有人熱中於一種嶄新的遊戲——電腦鼠走迷宮，看著那些經過精心設計的小機器在錯綜的路徑中摸索前進，我突發奇想，也算是杞人之憂：也許，不久的將來，滿街都將是電腦鼠——血肉做成的電腦鼠，它們的一生將在有限的資訊中穿梭，記憶是它們最大的本事，而所謂的「人生哲學」將只是一個個程式，人生的趣味就祇能順著前進後退的線路去尋找了。如此，社會的夢魘將越來越難破除，因爲人們作繭自縛的能力是越來越高强了。

七十六・六・二十四

# 天眞語

# 天眞語

# 老人與小孩

世上最要好的一對朋友該算是老人與小孩了。

那是兩顆純眞的心緊緊結合，生命的交流於其中全然展開。

那是夕暉與晨曦在地平線交映，映現另一度美麗的空間。

那是晨星，那是夕星，是天庭高懸的一盞燈。原來我們的肉眼有了錯覺，它們的光采無殊。

人生舞臺上，不需粉墨便可登場的，就只有小孩與老人。一個不施脂粉，一個顏色已褪，却都是最惹人眼目的角色。童顏與鶴髮，實乃幸福的象徵。

小孩讓我們看到生命無窮的希望，老人則給我們世間無盡的智慧。他們的形體雖然脆弱，但他們的性靈有無邊的天地。傳說李耳一出娘胎，便頭戴白髮，故人稱「老子」，這是一則美麗的故事。以最純粹的生命力逕自穿透時間之牆，逕自升騰於世俗之上，老子所以爲偉大智者，不僅是因爲他能在思維的刹那融化時間與永恒，更是因爲他能以夭矯的身姿同時變現小孩與老人，他一口否決了衰老和凋零的意義。

小孩永不老，老人永不逝，祇要我們不輕侮生命，祇要我們珍重生命之所有。我們不願少年老成，而返老還童可不是退化。在滿是成年人的馬路邊，小孩和老人携手同遊，我們可別打擾他們。讓我們禁聲慢行，仔細聆聽他們的低語，好好欣賞他們無邪的笑臉，那麼人生就將是平安之旅了。

七十六・四・二十八

# 珣兒說故事

珣兒喜說故事，這成了我睡前的一項好節目。珣兒的故事都是他自己杜撰的，故事的主角幾乎都是動物。有一次，他的故事有四個角色：貓和老鼠是一對很要好的兄弟，他們的媽媽是一隻小白兎，他們的爸爸則是一隻好大好大的大象。若究情節而言，珣兒的故事並不曲折迷離；但那些動物個個天真活潑，牠們不斷演出一場又一場的兒戲，我倒也能從珣兒說故事的神態及故事的內容獲得些許樂趣。

在童話中，動物和人往往是一個龐大的家庭。這種打破生命型態穿透生命表象的作風，應有其深義。孩子的一顆赤子之心，往往傳達出來自古老時代的遙遠訊息。有時，我們是該以對祖先的敬意來面對我們的稚兒。珣兒不承認貓和老鼠之間有恨，而我們這些大人似乎很容易把貓捉老鼠的動物習性轉爲人類的社會化行爲。珣兒可以讓形體大小懸殊的兎子和大象結親，他雖然沒法解釋這唐突的事件，但我們若進一層去看待孩子想像的世界，暫時擱下諸多以人爲中心的意識型態，那麼童話世界的光怪陸離不正反襯出現實人間的可笑可鄙嗎？

人類學家張光直教授最近提出一種新理論，正引起熱烈的討論。他認爲中國文化可能是人類文化的常態，而以歐美爲主流的西方文化則可能是人類文化的變態。張教授强調中國文化對生命的一項看法：「這世界是一大生命體，並且各種生命型態可以相互轉換」堪稱中國文化主要的特色，這在美洲印第安人的薩滿教神話中可以發現極爲相似的佐證。原來人類和天地萬物是那麼水乳交融，那麼密不可分，而這恒久團結的關係提供了我們生命無窮的活力與希望。我們所以能在天地間活得自在活得不厭倦，因我們彷彿五彩魚群，悠游於浩浩江湖中，這天地就是一大江湖，其中任何事物皆可以互相交通穿透。我們的生命似水，我們的生命似水變化無窮。

因此，古哲天人合一的理想絕非無端之想像，它是有人類文化學上的根據。祇要不拘泥於生命之某一型態某一表象，這廣大的天地間便滿滿是生命，且生命時時在流轉。如今，我們是該把「天人合一」的理想生活化，讓周遭的自然世界在吾人生命中映現無邊情趣，同時將吾人小小身軀放肆於物物之間，那麼，我們就可以成天和花草共語，與鳥獸同遊了。

七十六・四・二十六

# 童心

珣兒喜歡聽廣播短劇，聽完之後還會在我面前重述一番。前天，在他描述完那個上山摘花又丟垃圾的孩子之後，作了這樣的分析：「我認爲小明犯了兩項錯誤。」這是他自己的判斷，廣播劇並沒有這樣的旁白或對話。

我不懂兒童心理，祇知道兒童在模倣之外仍有其創造。珣兒的分析十分簡單，不過已經從依樣畫葫蘆的程度，進步到較爲抽象的境地。分析乃科學之母，珣兒一直想當科學家，他所具備的分析能力，當能對他的願望有所助益。

在一大堆的玩具中，珣兒最愛玩積木。天天看他堆堆疊疊，拆毀又重建，他似乎頗得意於自己玩弄積木的本事，有一次，我不經心地踩壞了他那頗具規模的城堡的一角，引起他一陣不悅，和我鬧了半天。平靜之後，我慢慢地隨他引領，參觀了那座暗道曲折的中世紀古堡，我才知道剛剛我的那一腳正好讓那最隱密的地方無端透空。原來孩子有許多秘密不是大人能够任意揭發的。我們該耐住性子，接受他們眞誠的款待。

於是我有了如此的疑惑：平實的分析和跳脫的想像之間，能否交融於小小心靈？答案應是肯定的，如果我們不以成人的模式去敎育孩子的話。六歲的珣兒常以一副小大人的模樣，道出十分幼稚的言語，可見他仍在世俗之外，仍在大部分的文字思想之外，因此，他有種種豁免權，免去了被塑造被汚染被傷害的可能。

大哲學家羅素回憶他的童年：「雖然我童年的早期是快樂的，但在接近青年期的時候，我的孤寂便難忍起來。」早熟的羅素尙有快樂的童年，則大部分智商中等的孩子，應大可善用其感性，以明亮之眼迎接璀璨的陽光，以聰敏之耳消納遍野的蟲鳴鳥叫，以細緻的肌膚體貼氣溫的變化以及空氣的流動。羅素的童年大部分在花園裏獨自消磨，他說他的存在最生動的部分是孤獨，在此，讓我們看看他是如何在大自然中培養其稚嫩的生命：

「我熟悉花園的每個角落，年復一年，我看著那些白色的櫻草花在一個地方開著，朗鶲鳥的巢築在另一個地方，刺槐的花從糾結的常靑藤中露出來。我知道在那兒可以找到最早開的風信子，那一些橡樹不久就會長葉。我還記得在一八七八年，某一棵橡樹在四月十四日就抽出葉子來了。從我的窗子可以望見兩株倫巴底白楊樹，每株約有一百呎高，在夕陽西下時，我總是看著屋影爬上樹身去。早晨我醒得很早，有時會看到金星升起來，有一次，我把這行星誤當了樹林中掛著的燈籠。」

童年的羅素除了擁有如此的恩寵外，仍難免孤寂與失望，他說是大自然、書本及數學將他從失望裏救回來的。陳省身博士認爲數學本身就是一種美，這和羅素的親身體驗不謀而合，原來純理的分析與演練，對生命的成長大有助益，是大可陶冶性情的。自然和人文相輔相成，知性和感性融爲一爐，文質乃彬彬。因此，在物類如百花齊放之際，我們仍須悉心教導孩子，敎他們在光影中不至於眩惑，在各種聲籟裏辨別音符的高低，並在整個環境的包圍下，設法界定自己，界定和自己相關的各種事物，而在粗放的大自然中發現井然不紊的人文理序。

看來分析和想像並不衝突，珣兒似乎仍然活得很快樂。除了偶爾爲一些問題傷腦筋：「爸爸，我怎麼會是媽媽生的？」「爸爸，你猜猜看：我今天交的一個新朋友叫什麼名字？」我的答案他總不滿意，一張細緻的臉乃襲上一層疑惑的顏色。在心底，我總如此期望：願他在胡思亂想之際，仍能多少尋得條理與趣味，在他的世界尚不明朗之時，能好好享受存在於秩序之外的奇幻光景，那是將來長大之後夢寐不來的。如此，做父親的我便能够像麥帥那般坦然無愧了。

七十六・五・十六

# 制服之外

唸幼稚園大班的珣兒興沖沖的拿著一張購買制服的通知單回家，妻看了之後，便立刻打電話到敎育局，請敎有關的問題。敎育局主管的科長答覆說：「我們並沒有硬性要求各幼稚園非規定孩子穿制服不可，但各幼稚園可自行決定要穿或不穿。」敎過幼稚園的妻便自告奮勇的建議：「我個人認爲幼稚敎育的目的在培養孩子的想像力及思考力，並使其思考多元化，讓他們的生活多采多姿，以增加其生活經驗。因此，規格化、統一化或敎條化的敎育方式應儘量避免。服裝的統一勢必犧牲掉服裝的變化性及活潑性，孩童對色彩的感受力便將因此失去一個很好的鍛鍊機會。更嚴重的後果是：大人的一道命令使數百個孩子喪失無數次的自我抉擇，並可能因此抑制了他們原本活潑天眞的個性。」妻的見解我十分贊同，也想藉此發抒一下自己對敎育的看法。

自呱呱落地後，我們便都是一獨立的個體，雖然獨立性尚不完全。這不僅是一鐵錚錚的命題，更是人之所以爲人的先決條件。然而，我國自古便欠缺「個體」的概念，在倫理的脈絡中，每一個人是藉其自身和其他人之間的關係而被界定爲一個人的。西方則不然，他們自亞理斯多德開始便有「自立體」的概念，在上帝面前」，一個人須以其「位格性」企求造物主的關愛與救贖。就位格性而言，人人互殊，亦人人平等，世上全都是昂然獨立前行的個人。在如此大不相同的哲學與宗教的背景下，東方人和西方人的成長過程於是有許多大不相同的際遇。

成長是件大事，那成長的個體所面對的世界是那麼廣大，所面對的自己是那麼深不可測；他必須單獨去追尋，並在他人的協助下去發現眞正的自我以及美好的生活世界。因此，教育應以活生生的個人爲對象，而不應在人的共相指使下，企圖造就經過品質管制的統一規格，一味減少個體之間的差異性，祇爲了逃避教育上的許多難題。中國人一直混同教化與教育，並且重視前者甚於後者。其實，教化與教育有很大的不同。教化應以教育爲前導，先教育了一個個人，才可能進一步對整個人群進行全面的教化。

目前，我們對教育已有一番新的警覺。前不久髮禁的適度開放，可說是新教育的先兆。其意義不在於頭髮的長短或式樣能帶給年輕人什麼好處，而在於頭髮的所有權多少交還給年輕人，多一些對年輕人的尊重，對年輕人的自我多一分支持。如此，我們的教育當可多些人性的意味，而教育出更多眞正的人。

「放牛班」的「牛」仍是個人，絕不是四脚落地的反芻動物，他們的智性仍應受到重視，他們的人格更需教育者費心加以培塑。人不是木石般的材料，縱然是木石，也有其本具的特性。靈肉之軀除了有其與生俱來的天性外，還有獨立自主的諸多權利。就教育的立場看來，人人有平等的天賦人權。此外，受教育絕不等於一張白紙，可以隨你怎麼塗怎麼寫。稚兒的個性是有各不相同的內涵，教育的經驗往往只是一種媒介或激素而已，但我們的教育者却往往犯了「愛之適足以害之」的疏忽。建立了一個堂皇的教育目的後，便不再多所講究有彈性能權變的教育手段，這可算是一種偷懶的作風。此外，我們的教育界竟仍存在著失敗主義的氣息。孩子是希望的化身，然一大堆成年人却動輒失望，許多教育計劃就在一顆顆逐漸冷却的心中停擺。尼采大倡「孩子是自轉的輪」，而我們數百萬個自轉的輪都正自轉著嗎？我們孩子的生命力都正發揮著嗎？我們到底有沒有替他們開出人生無窮的可能性——人生無盡的光亮呢？

要四、五歲大的孩子身披同一顏色同一式樣的衣服在狹小的空間作同樣的活動，實在是大開教育的倒車。三十年前，我們窮，窮到赤脚上學，窮到一身破爛，這是被迫的一種選擇。如今，我們已富有到可以主動去選擇穿各式各樣的衣服；衣服本身不重要，重要的是這一主動選擇的權利，我們須善加珍惜運用。在物質的富有之後，我們要求精神的富有。幼稚教育是使一個人精神富有的起點，我們應把握任何一個教育的機會，而不可放棄任何一個教育的機會。利用自由穿着的衣服進行色彩的教育及美感的教育，幾乎不花教育者任何的成本，又能達到切身的教育效果，何樂而不爲呢？

我們是不可把數以百萬計的孩童當成經濟建設的成果，他們不是分辨不出差異性的工業產品，他們是新時代的主人，個個各具本事，人人各顯神通。黎巴嫩詩哲紀伯倫對一個抱著孩子的女人說：「你們的孩子並不全屬於你們，他們是屬於生命自身的。他們經你而生，並非由你而生，雖然他們與你在一起，然而他們並不屬於你。你可以給他們愛，但無法給他們你的思想，因爲他們有他們的思想。你可以擁有他們的身子，但無法擁有他們的靈魂，因爲他們的靈魂居於明日之屋。」這一段充滿智慧的語言值得我們所有的教育者反覆深思。我們都是教育者，我們身肩同等的教育任務。

如今，有人把孩子當成搖錢樹，有人在自殺之前先殺了自己的孩子，這種人倫的悲劇是錯誤的教育的惡果。我們是一個重視教育的民族，此刻，我們不該爲美麗的形式所迷，也不可醉心於數量的龐大；我們該正視教育內容的諸多缺失，我們該對教育品質的經營認眞以赴。至少，我們是該調整我們對孩子的想法看法與作法，才不致於對我們的孩子構成太大的傷害。

七十六・四・二十二

# 浪漫的迷思

她長相清秀，言語清晰，臉色雖稍嫌蒼白，但仍可見青春光采。我教過她，但並不怎麼認識她。昨天，她突然單獨出現在我眼前，緊急地提出一個問題：「老師，我已辦好休學手續。在我就要踏出學校的最後一刻，我想請教老師一個問題，以了却長久鬱積的一椿心事。」我問她是何問題，她笑得有點神秘，說：「我的問題是：老師，您的血型是那一型？」沒想到是這麼小的一個問題，大出我之所料。看她那種執著的神情，意欲解人之惑的我竟也陷入血型與性格的迷思中。

我讓她猜，她很輕易地猜對了。我們有著相同的血型，她似乎很高興，並很大方地表白她對我的仰慕——師生之間自然的情愫。於是我單刀直入，問她爲何要放棄近三年的學業，她吞吐了一陣，才直接地說：「在這裡，我沒有朋友，我無法在這裡再待下去了。」這才是令人驚異的問題，她是有了心理問題。健談的她怎麼會自我封閉於一個小世界？而她的坦誠更加深了我的疑惑。

她說她很浪漫，我也說我很浪漫。以她十七、八歲的年紀，應還沒有能力詮釋浪漫。諒必是生命眞純的本能與自由的想像逕自構設的理想世界，讓她暫時逃遁其中。她說她找過好幾個心理醫生，但她並不承認自己有病，却一味强調：沒有一個醫生能和她溝通。尙未親嘗太多的人間煙火，就已使她避世如避蛇蠍，我開始同情她，雖然眼前的她有說有笑。

我試著打一個比方。我說我們都身在圖畫中，山水林木都是突顯我們身影的背景，而我們和背景必須保有十分和諧的關係。我進一步明說：「別人可以都是我們的背景，別人的存在確有其必然性。對於獨一無二之我，是可以不必和背景發生太多的關係，但誰也不能任意取消背景，誰也必須承認別人或近或遠的存在對他都是有意義的。」我的話並不玄，她似乎聽得懂，只是她仍出乎我之所料，輕嘆道：「老師，聽您這一番話，我覺得您並不浪漫。」

她又提起血型的問題，她說知道我的血型後，她就可以放心的離開學校了。我可以明顯的看出：她是很想了解別人，血型不過是個媒介而已。我告許她血型並無法完全決定一個人的性格，後天的教育對性格的養成更有決定性。我這一看法在她心中勢必又是一個不浪漫的東西，但我不得不平實道來，不得不試著把她拉回到現實來。她對血型的迷思是多少妨害她去了解一個眞正的人，而她一味地剖析別人也使她多少忘了去認識自我。天眞的浪漫主義者往往可愛又可憐，他們腳踩兩個世界，又設法要拆離這兩個世界，以至於分身乏術，甚至於分心分神，終底於自我割裂。她的症狀尚輕微，我相信她回到山明水秀的老家後，世界將在她的眼中逐步脫卸醜陋，一切的事物將靜靜地守護著她。她有大好的前程，她須繼續集合她所有的腦細胞以迎接任何可能的變數，而她的一顆心更須凝結屬於她的所有生命元素，向無垠的未來不斷質疑，不斷躬親參與任何的創造，不管創造的規模多大或多小。

我最後以老師的身份祝福她，她開心地笑了，雖然我可能已經不是她的同道，不是一個天眞的浪漫主義者。

七十六・五・二十九

# 武陵行

一年多前，筆者曾隨同一訪問團參觀臺東武陵外役監獄。那是一處可比美武陵的世外桃源，雖其中往來種作之人並非自由之身。上百公頃的田園隱於青山翠谷中，清澈的鹿寮溪週流而過。雪白的樓房和草黃的洋菇寮遙遙相對，而一大片的甘蔗田就是一幅綠絨絨的畫布，一種靜謐的氣息自四處冉冉升起，我們這群好奇的客人於是徜徉其中，或賞花或戲禽或觀賞種牛的雄姿，竟有人不忌諱地脫口而出：「眞想在這裏住了下來。」

外役監獄就是所謂的「開放監獄」，是不像監獄的監獄，它不設圍牆，不置崗哨，形同一座大農場，讓受刑人勞動於大自然中，以培養其自愛自治的精神，而逐漸消除其潛藏性格裏的犯罪因子。十多年來，外役監獄矯治受刑人的成效十分可觀。當然，外役監獄裏的受刑人已經揀選，都是罪行較輕，無虞逃亡者。定期的返家探視活動，更是外役監獄的一大特色。利用返家的機會遂行逃亡者非常的少，這和唐太宗大縱死囚，異曲同工，同是對人性的大尊重。

凡人皆有犯罪的可能，而一失足並不一定會造成千古恨。不必議論人性的善惡，就一般人的行爲傾向看來，人總是向上向著光明的，至少一股亟欲求得他人認同的情愫保證絕大多數人不至於輕蹈法網。罪行多端，並不表示人性中有諸多暗渠走漏了所謂的「天良」，而是顯示一個人在複雜的社會化過程中有了調適不良的情況。我們是不必過分計較犯罪的事實，我們該多所注意可以相互交流的一顆顆心。

看著受刑人排著整齊的隊伍收工回住處休息，更加堅定了我個人的這項信念：「所謂的罪不過是錯誤的多種變形，而錯誤沒有改不了的。」中午用餐時，受刑人爲我們端上一道道香噴噴的菜餚，我內心十分不安，深覺承擔不起，因我也是個罪人，在個人內心的某些角落裏。內外之間，彷彿一紙之隔，有人謹愼有人魯莽，法網不過是用來收拾一些人粗心大意所肇的禍端罷了。其實，唯有教育的潛移默化才能澈底根除愚痴之病，並同時根除犯罪之任何可能性。因此，監獄是另一種學校，集體勞動是另一種教育的方式。

記得當時同桌的有綠島監獄的典獄長，他半開玩笑的對武陵外役監獄的典獄長說：「你這裏眞像天堂，而我那邊就是地獄了。」這話聽在我耳朶裏，並無多少輕鬆的趣味。我眞難以想像人間地獄的樣態，眼前立卽浮現電影「惡魔島」的情節。其實，那島並無惡魔，魔在人心，魔在人心與人心交錯之際閃現，而我們竟誤以爲心魔是人魔，亟欲去之而後快。心魔是心術不正心思不當的代名詞，再高的圍牆也擋不住它，再多的崗哨也抓不到它。心魔不是什麼神秘的力量，我們可以憑己力或他人的協助來尅住它消解它，那些受刑人就是亟需借助他人的力量以清除心魔的人。我們相信再壞的人也是人而不是魔，因此，一座囚禁重刑犯的監獄仍在人間，仍有人性光照人心溫暖，而絕不是地獄。

回想我坐著冷氣車離開那寧靜的天地時，看到守門的警衛一臉和善，我立卽打量一下，却怎麼也無法在他的身上發現罪的蛛絲馬跡，倒因自己一肚子的狐疑感到靦覥不已。

七十六・五・十二

# 人性的交集

我的美國朋友羅傑，三年前在印第安那州大學讀心理學系，認識了一個正在該校攻讀「英語教學」碩士學位的中國女孩，很快的雙雙墜入情網，兩年前相偕回臺灣，在高雄結婚，成了「臺灣人的女婿」。兩年來羅傑一心學習中文，和我們的小學生一起從ㄅㄆㄇㄈ學起，一百九十公分的高個子是衆蘿蔔頭「瞻仰」的對象，一雙大脚如兩條小船，在南臺灣的旱地上划行無礙。他說他已愛上了臺灣，若不是印大在兩個月前給他攻讀「亞洲研究」碩士的許可，他是不準備在今年暑假告別臺灣的。

羅傑很能够認同臺灣，雖然他承認自己尚無法完全擺脫白種人的優越感。他身上似乎仍流著拓荒者的血液，在溫文的儀表內暗藏一股鋤强扶弱的俠義精神。因此，他常以旁觀者的身分對我們的社會進行各種批判，這使他對兩種文化的差距有了更深刻的體認，難怪他常兩手一攤，嘆道：「好奇怪喲！我眞的不知道。」是的，以兩年不到的時間想瞭解五千年的文化傳統，實在是不太可能。

羅傑對女性的研究很感興趣，他準備以「臺灣的婦女地位」爲其研究主題，我開他玩笑：「羅傑，你對女人眞有興趣。」他仍不懂中文的雙關義，乾笑一陣，算是被我調侃了一回。羅傑說他所以關心女性，是因爲他覺得女性一直是社會上的弱者，男人欺負女人的傳統並未完全根除，特別是在東方，女人更是可憐。我常糾正他對我們的社會的一曲之見一面之詞，我希望他能從文化的立場來探討男女之間的問題，而不要只著眼於一時一地的社會現象。但他却出乎我意料之外，屢次以事實爲證，使得我啞口莫辯。在他的許多事實中，最常被他引述的是：他「可憐」的岳母，在兒女成人之後仍得天天下廚，作飯給丈夫和孩子吃。羅傑似乎認爲他的岳母只不過是臺灣無數可憐的女人之一，他的同情心還眞不小。

除了爲女人打抱不平外，羅傑更以具體的行動向男性沙文主義開戰。每次去他家吃飯，他比他太太還忙，到處張羅，到處收拾，做來一點也不勉强，因爲他早已習慣了。有一次，他說將來回美國之後，如果他太太準備再深造，他會無條件供應她，在家帶孩子他也樂意。說來慚愧，一直自認是好丈夫的我並未給床邊人更上層樓的機會。結婚之後，男女力爭上游的機會並不均等，男主外女主內的觀念使得形勢較弱的一方，無端喪失自我教育的機會，而教育最能履現對獨立個體的尊重。由此，我更佩服羅傑，更服膺他的這個觀點：「男女的不同絕不能有任何的價值色彩。」

愛河大秀之際，羅傑在我的朋友安排下，上報說了幾句話。我們不想挾洋自重，祇是想聽聽這位「臺灣人的女婿」的意見。羅傑語氣平淡地說：「愛河水眞的能喝嗎？」他以美國政府整治密西根湖爲例，說明水汚染的防治重在正本淸源，因此他對愛河淸澈與否抱著科學的存疑。反觀我們之中，確實有不少人常因盲目的熱情而變得不聰明，最後受害的仍是自己。

由羅傑學中文的過程看來，以中文爲母語的我們應感到自豪。我曾請一位在國中教國文的朋友爲羅傑講解「六書」，我的朋友舉最簡單的例子，用最淺近的言語，結果羅傑還是不懂「六書」究爲何物。以羅傑的中上資質及用功的程度，中文竟仍經常在他的思維邏輯之外，可見中文富麗的內涵確有超乎拼音文字的種種精采，也可見語文的異趣亦卽文化的異趣，非長久浸淫其中無能明白。

除了中文是羅傑眼前日思夜夢的對象外，如同許多嚮往東方的西方青年，羅傑頗好老莊，對「禪」著迷，並站在無神論的立場欣賞力倡衆生平等的佛教，他的主要理由是：「人人皆可成佛，却沒有人能够成爲上帝。」羅傑的觀點不涉比較宗教學，也無關乎信仰，而只是他個人隨性而發的眞摯語。也許，佛老之成爲東方的特色，便在那一股人性的純眞；不論東西，任何人祇要不完全丟失純眞的本性，他便和佛老有緣。東西的交遇，乃人性的交集，其中應無虛假，更不能有虛假的造作。

我欣賞羅傑的眞——在許多中國人身上已難覓著的質素，雖我有時仍嫌他野了點，他的兩脚彷佛電力過剩，經常抖個不停，而他一上桌便專挑他最愛吃的菜吃，常使得在座的其他中國人停箸靜觀，也許，這是他專擅的禮節；在人性的交集內，誰都不可能是外邦人。

七十六・八・九

# 不願再思想

「無思無慮始知道，無處無服始安道，無從無道始得道。」——《莊子》知北遊篇

我常思考一個荒唐無稽的問題：爲什麼人們得花費那麼大的代價去獵取思想，而竟然還受着思想的種種折磨？最近，在夜深人靜，每當我試圖擺脫如蒼蠅般擾嚷不休的心念時，這問題所帶來的困惑便如倒塌的山石，一股腦兒壓在我瘦弱的胸肌上。我想：這必定是一種極其漫長而艱辛的掙扎，祇要人們仍慣於用雙手把捉東西的話。

前些日子，我寫信給一個正在一座孤島上生活的朋友，我告訴他：「朋友！珍惜您這種或許是寂寥或許是恬靜的生活，好好用清明澄澈的思考，精心釀造出一個新的自我吧！」哎！我太天眞了。我簡直是隻把頭埋入沙堆裏的鴕鳥，從來不知沙堆之上的風雲變化。清明澄澈的思考實在比一泓晶瑩閃亮的山泉更難尋覓，而自我的釀造豈是幾樣簡單的酵素便能成功？

我的朋友是個多愁的傢伙，憂鬱是他心上的一顆毒瘤，而他的紊亂思緒如燒不盡的野草，一

直糾纏着他，教他整日展不開明亮的瞳孔，散不開歡暢的笑顏。我常陪着他，在黑夜裏的一盞燈旁，在清冷的星輝月色中，就爲了讓他滿腹的辛酸幽幽地流瀉，流向再無人跡的地方。然而，他臉上的縐紋却始終不曾因我的慰撫而鬆淡，反而隨着思念的瀑流逐漸形成深陷的坑谷，準備含藏滿溢的苦澀的淚水。一陣徒然的奔馳過後，我在瀰漫的塵土中擧高雙手，苦苦哀號道：「不要再想它了，請不要再想它了。」我的朋友回應我的是帶有些微惶惑的驚訝，如一片枯葉，再也無力激起動盪的漣漪。

我有一種奇怪的幻想：爲什麼不能把思想轉化成可口的食物，直接滴入衆人的口中，消化於衆人的胃裏？這幻想若是眞實的話，這世界將不知有多美，多妙！長久以來，人們時常因思想帶來的一點效益而沾沾自喜，却很少去悼念那些被思想忍心拋棄的無辜的犧牲。有一天，若人們的計算能力進步到能把千萬年來人類文明的所有帳目算個一淸二楚，我想一個天文數目的赤字將轟然出現眼前，而許多所謂的進步，所謂的繁榮，必頓時變成虛幻泡影，在無盡的蒼穹中幌漾！飄游！

想起被思想折磨得心神憔悴的朋友，我便同時否定了我一直得意非常的種種思想路徑間的探險。雖然思想的層次與方向具有無窮的可能性，但古來聖哲的諍言却常引起我們莫大的困惑。那些人類中最精緻的腦袋並不曾揮灑出完完整整的圖畫，他們似乎喜歡保留一些秘密，而總是在他們的言語中透露出不怎麼明朗爽快的色彩（常被認爲是神秘的）。他們常在種種眞誠的告誡（有時竟是不經心的賣弄）之後，突然煞住脚步，現出令人猜不透的謎樣的表情，彷彿他們眼前就是深淵，就是亟欲吞噬一切的惡魔，而他們之中沒有一個曾經給我們可以用思想去捕捉的圓滿解答。這大概是人類史上最大的憾事，許許多多的災難和痛苦便從這等憾事迤邐而出，宿命地苟延殘喘着。

相信我的朋友接到我的信後，必會因我的天眞爛漫而發笑。我想再寫一封信給他，我想對他說：「朋友，當您陶醉於湛藍海水中的天光雲彩，您必定會一把抓掉心中那一顆毒瘤，而所謂的『清明澄澈的思考』將不過是眼前的一陣霧氣，終將在太陽底下消失。我多麼希望明年您回來時，您能在一支筆上蘸滿水汪汪的眼神，描繪出那些島嶼的美麗的弧線，我早已厭倦於聞那帶有腥臭的腦汁的味道了。」

# 校園石敢當

訓導工作在我們的教育中一直佔著相當的份量，也一直承擔著安定校園的重任。爲了發揮訓導工作的多樣功能，並達成其多重目標，訓導人員必須在教育方法上多所講究，並須不斷强化深化有關學生心理及行爲的研究，以供設定教育策略的參考，以使各種教育手段能透過正確無誤的行動，實現培塑健全人格的教育理想。

如今，在崇尚事功事效的社會中，人的不變性不僅常遭忽視，且往往須經各種人性的變數——特別是情感慾望的多方牽引，一般人才能警覺到不變人性的永恒性及崇高性。在現代教育的範疇中，幾乎事事皆涉人性，皆得在人性的變與不變之中尋求一個平衡的支點，以支起整個教育的架構，以確立教育的方針。如果從這個大方向來看，我們的訓導工作是已經面臨一個新的起點，傳統的訓導工作已必須有所改弦更張，才能順應人心多向的開展。

所有受教者皆是人，皆已被假定爲可能成長的人。成長的過程卽是不斷克服困難解決問題的過程，因此訓導工作須與一切有關人的問題糾纏到底。人的問題大體可分三個層次：心理問題、思想問題以及精神問題，如此看來，訓導工作至少要包括這三大項目：

一、心理輔導：訓導工作往往偏重及時的行爲矯正，然亡羊補牢的事後救濟，每每事倍功半，甚至徒勞無功。如何防患未然，消解一切可能爆發危險行動的心機，才是高明的敎育作風，而這必須深入每一顆心，向每一種心理狀態下手，以把握人心的變數。佛洛伊德曾經花數年的時間深入研究一個患者的心理及意識，他表現了對個人的最大尊重。訓導人員是應有這種珍重個人品質的精神，而不可在行爲主義的誤導下，將一個個互異的個體類化或量化。因此，訓導的規範不能只着眼於「全體」、「總數」，不能老是用一種規矩來對付變化多端的敎育場合。若心理輔導和訓導工作能相互配合，或以心理輔導的態度來從事訓導工作，一對一，心對心，許多行爲的錯誤當可預先加以消弭。

二、思想訓練：訓導工作多少有强制的意味，其强制性來自法規訓令的實施。往後我們應儘量淡化傳統訓導工作的法治色彩，而加强其對人格的潛移默化。訓導以人格爲鵠的，人格則以思想爲底基。思想的問題往往衍生人格的問題，訓導人員非誠實地面對各種思想問題不可。一味逃避問題，並試圖以一種思想標準及思想原則將思想的自由大幅削減，則「思想純正」將只不過是粉飾的假象。思想是一種能力，非加以訓練不可。思想訓練不一定要在課堂上實施，各種有組織的活動皆多少具有訓練思想的旨趣。由思想到行動，我們是須設計各種步驟及程序，並儘量讓其保有彈性，儘量由學生主動參與，如此，獨立的批判精神便可在負責與創造的言行脈絡中逐步展現出來，這便是實實在在的思想訓練，這比獎懲的作用具有更大的教育性。

三、精神治療：學生不僅生活在人際關係單純的學校裏，他們是日日浸淫在社會的各種影響力中。因此，他們的精神狀態往往飽受威脅。再加激烈的競爭，變相走樣的交往，以及無所適從的抉擇，逼得許多年輕人因活得不痛快而放縱自己痲醉自己或竟遺棄自己。校園中精神崩潰者雖仍是少數，但精神有疾者已到處可見。訓導人員不是專業的精神科醫師，無法爲校園中的精神病患提供專業的服務，但他們至少要有這方面的知識及警覺，以提早發現精神異常的現象，不使其惹生更大的禍害。目前，我們是非對校園精神症狀作全面的調查不可了。此外，積極方面，訓導工作須不斷創造更廣闊的精神空間，不斷提升校園活動的層次，在吃食文化、服裝文化及男女之間的娛樂外，再針對個人的獨特性及群體生活的共通性，經營各種優雅寧靜的趣味，並使情意的交流不趨於鄙俗。至於學術的研求，雖和訓導工作無直接的關係，但若訓導人員能多方鼓舞自由的學風，特別是對人文學術能多加包容，不僅包容其觀念，更包容其行動，賞識其作風，那麼，訓導工作縱不能成爲校園文化的中流砥柱，也至少是一塊驅魔避邪的石敢當。人人敢當，敢當得起一切的挑戰，敢當得起一切的責任，則訓導即是自訓自導，訓生命本有之能，導生活新新之向，教育的理想就不再是百年大夢了。

七十六・七・十

# 文字般若

一個信奉天主的朋友在聖母像前獻花，並爲天下的父母祈禱：

「讓天下所有的父母都能得到子女的敬愛，
　雖然他們不一定能得到子女的供養。
讓天下所有的父母都成為道德的榜樣，
　雖然他們的言語不一定能進入子女的心。
願天下所有的父親都能擁有如同天父一般的威嚴，以教育他們的子女。
願天下所有的母親都能擁有如同聖母一般的慈祥，以陶冶他們的子女。
謝謝天父賜給我們所有的人

一個溫馨快樂的家，一對疼愛我們的長者

——我們的父母，是天父給我們的最大的恩寵。」

雖然我沒有和她一樣的信仰，却也被如此虔誠而深切的祈禱所感動。語言文字是有其妙用，當它們能和眞實的心念結合的時候。難怪佛家有所謂「文字般若」，以表現「實相般若」——最最高妙的智慧。就讓這世間在美妙而眞實的聲音裏逐步剝去醜陋與虛假，就讓我們同聲祈禱，心心相應，念念交感，至於神是如何的存在，就不頂重要了。

七十六・五・二十九

# 祭孔所見

第一次參與祭孔大典，面對這莊嚴的古禮，再看看一大羣外國朋友與孜孜的在鐘鼓聲中站了一個多小時，突然我感覺：做爲一個中國人，竟也有如此奇妙的光采。所謂的「禮儀之邦」，所謂的「上國衣冠」一時之間具現在眼前，一大堆經典裏的文字彷彿都活動了起來。

熹光裏，典禮在按部就班的程序中結束了。當那些古裝的現代人依序退位之後，突然，四面八方呼嘯聲大作，儼若一大羣野人欲圖攻佔這寧謐肅穆的殿堂，衆人如箭簇疾馳向一頭側臥在大成殿西廡的黃牛。我被這變色風雲嚇呆了，我開始懷疑千年古禮在現代人的生活中究竟能起什麼樣的作用。

孔子文質彬彬的教育理想，似乎已被這一羣子子孫孫踩在腳下了。他們爭拔智慧毛，如此爭奪的惡形惡狀是已背離智慧乖違仁道了。我等人潮稍退之後，才信步走入大成殿瞻仰。我試圖記下十二賢人的大名，此刻，香煙繚繞，祭品整齊地供奉著。有三個小女孩在父母的指揮下向至聖先師的神位行三跪大禮，一個六十歲光景的老太太雙手合十，口中唸唸有詞，儼若一般神敎的信徒。特別引我注意的是一對來自法國的母女，她們好奇地看東看西，輕聲細語地交談著。我知道她們正在此地敎法文，同時希望在最短的時間內瞭解中國悠長的文化。

孔子留給我們最寶貴的遺產不是那些渺不可及的理念，而是那些已將理念化爲生活內涵的軌儀及規矩。中國人的智慧就在看似空洞的形式中加入了眞實飽滿的意義，在諸多實用的器物事端之間渲染出一種超脫解放的氣息，於是我們在喧騰的人羣中依然可以享受到寧靜的趣味，而縱然人間擁擠而混亂，我們仍自有一番秩序，並在生命斐然的條理中活得自由自在。孔子所以執着大同的理想，所以能終身以敎育爲事業，原來是因爲具現美善的禮時刻在召喚他牽引他，一個「禮」字幾乎可以當作孔學孔敎的標誌。

遺憾我們今日的敎育一直未能正視禮而將禮眞實地引入敎育的訓練中，並將之化爲人生根本之修持。我們自甘於守法的意識，却未能再向上提振，向禮的文化園地拓墾生命的新希望及人世的新境界。守法只能免於惡，而守禮則可積極地行善並創造種種的美好。一個不守禮的人大概也把握不了法的分寸，因爲他對人生的敬意可能已蕩然無存。

《易經》云：「觀其會通以行其典禮。」行禮是爲了人人能相交往相會通，而不至於相爭相害，所謂的「大同」就是如此的世界吧，就讓智慧毛永植於我們人人的心中，讓我們雖未身著古裝頭戴禮帽，然事事行禮如儀，優雅而美麗，那麼，那一頭已作犧牲的黃牛就死得有價值了。

七十六・十・十五

# 形上的情結

有人把人類的理性比喻成一座冰山，泛著粼粼水波的海平面便是我們存心動念的意識層，而海平面底下的部分就是形同無底深淵的潛意識下意識層——這往往是人類一切言行動作的牽引者。

中國傳統形上學似乎有許多意涵潛伏於理性的底基，不見天日，却能直透理性的上層，向穹蒼隱隱現身。《易經》云：「乾道變化，各正性命」八個字道盡本體、宇宙、人性三者之間的關係。若在西方，許多哲學家會將三者的關係暫擱下，而分別去追究本體、宇宙及人性各自的眞相。所謂「智的直覺」，極可能是一矛盾的名詞，但在中國那些以生命作見證的哲人心中，一股亟欲融合天地人的情愫如同來自地心的岩漿，「直冲雲霄」。老子這段話是此一奇觀的巧妙寫照：「以身觀身，以家觀家，以鄉觀鄉，以國觀國，以天下觀天下。」此種觀法是非以整顆心下注不可的，至於宇宙（天地）這一無限大的輪盤，其中的勝負機率，中國人是不太算計的。

今人少有能以平常心去看待古哲的形上智慧的，甚至演成一種反形上學的心態。其實，反傳統形上學，此一「反」也就是一新的「正」——一種新的形上情結，這是很難解的。六十年前有人反孔子，造成思想史上的一次大弔詭，最後證明：孔子並非那麼形上，那麼不可理喻，反而是那些一味執持「反」之利劍的現代人，自己墮入新迷信的雲霧中。老子屢遭世俗之人譏爲遁世之徒，他的道有了諸多變形，他的超越被扭轉爲精神的下墜，於是反老子的人反而被誤爲老子的信徒，幽默大師再也風趣不來，那一層硬被貼上的陰冷笑臉終成爲中國人的標誌，這大概是老子始料所不及的。

我們不承認孔、老的智慧有任何絕對的必然性，但我們相信：至少在中國文化植根繁茂的園地中，孔、老的語言是值得我們注意且仔細去咀嚼的。他們的形上智慧能夠流貫至今，已然證明它們內蘊相當豐富的價值，而這些價值理想縱然經不起邏輯家的分析，卻大可供世人以心血加以灌溉，以骨肉加以培植。如果我們無能以現代的語言再一次詮釋孔、老，或再一次爲孟子荀子的爭端尋找其間可能的交點，那麼我們將失去不少人文的光輝，而引來無以名之的新玄學。科學主義在我們日常的生活中已製造了許多同化於物相的心靈黑洞，現代人的頑固絲毫不輸給「不可使知之」的古人，其中緣由頗值得我們深思。

《易》云：「復，其見天地之心乎！」老子亦云：「反者道之動。」反復其道，道在生命週流往返的路徑中，這雖然不是明確可辨的命題，但卻有莫大的啓示，對我們這些經常一去不回，出而不入的現代人。不爲物役，回返自身，恢復生命之初機，在得失損益之間，常保均衡的狀態，這也就是理性的風貌。也許，冰山的上下層之間本無我們眼中所現的界限，海平面的風波只不過是種種幻相，而我們大可升降自如，自由出入於身心的裏裏外外。這一句：「了別而不分別，比較而不計較。」似乎可以拿來送給一些眼明手快的人，他們做得太多却想得太少，迷戀有形而鄙棄無形，附着表面而遠離內容，剖析太過竟不知如何加以融滙貫通。

七十六・十・十四

# 人文的勝利

中國人的祭祀行為並不一定是十分宗教的。孔子一句：「祭神如神在。」大大拉近了人和神的距離，並把神從雲端請下來，安置在人的心中。因此，在莊嚴的祭典中，散佈的是人心純化淨化高尚化的氣氛，縱然神祇的形貌風采各有不同，但在大多數中國人的眼裏，祂們幾乎都是和善可親的。一方面，祂們融鑄了萬物之精粹，昇騰了天地之生氣，另一方面，祂們又似衆星羅列於心靈的天空，清輝遍灑，淨洗萬千躍動的希望。

以西方一神論的宗教立場而言，中國的宗教哲學是有泛神論的傳統脈絡，儒家人文主義的成就多少在於宗教的人文化，人神交通的諸多可能性乃交付給那些並不執持神權的有德之人。神能是德能最淋漓盡致的表現，神在世人之中並不必然導致神格的下降，而人心中有神却大可教化世俗，提升人性。唯有參透《易經》「大人與鬼神合其吉凶」及中庸誠明之道，才可能瞭解傳統讀書人所以與宗教保持距離的緣由。宗教信仰在人文大昌、人道大行的文化中，難免遭遇消極的抵制，宋明理學家與佛教的關係便是歷史的見證，見證兩種文化在高層次的精神領域有了一番交遇，使得此一產自印度的宗教有了入世走向而別開生面，那些堅持聖賢之道的儒家人物也大可在信仰形式之外自我經營其宗教情懷，這是人文的勝利，也是宗教的勝利。

祭禮是儒家碩果僅存的宗教行爲模式，經由祭禮，個體生命不再侷促於小小肉軀，而得以無盡的緜延展開。儒家祭禮主要有二：一爲祭祖宗，這是生命之流縱的繼承以迄時間之無窮；二爲祭天地，這是生命力量橫的開拓以迄空間之無限。中國人一直不汲汲於造物主之膜拜與天國之嚮往，卻頗在意有限時空之內所蘊含的種種可能之美好，而這些美好絕無法在非生命、反生命的機械意志中變現。唯有穿透詭譎多變的天地，並恒久徜徉繁複無比的生命園地中，宗教才有植根生長的機會。泛神的思想導引出多神的祭祀，雖難免下墜的傾向，也時有不乾不淨的心靈變象出現，但一股重視生命並及時把握現實的濃郁情意，依然值得我們挖掘開發。

這是一個精神力量大受扭曲變形的時代，我們共同意志的根柢已有了腐化的跡象，而諸多精神理念的泉源也有了壅塞之虞。維持祭禮的莊嚴，在儀式中注入活潑的生命情調。以發揮其淨化人心的功能，當可力挽世俗之狂瀾，回歸精神的淨土。老子强調：「歸根復命。」現代人的放肆造成往而不返的自我陷溺，此刻，我們是該好好檢驗那些已爲功利社會大舉吞蝕的宗教現象，特別是一些供奉多神的民間宗教，更值得我們關心。若能在多神的祭祀行爲中參入泛神的平等性、普遍性及開放性，當可避免搬神弄鬼走火入魔的病態。而若我們能一貫地堅持崇高的生命理念，那麼將不可能有所謂的「宗教世俗化」，人性的尊嚴與榮耀便可永保如至上神一般的崇高與純潔了。

七十六・十・二十八

# 自知日明

所謂的「成功」是很難下定義的。就個人主觀的心境而言，成功是意志的貫徹，是希望的實現，是理想的完成，而就社會客觀的事實看來，成功往往是一種發明或創造，它須有功效及利益可資鑑定，它也須獲得他人相當程度的認同。因此，將成功描述成花或果，誘得人人垂涎，個個躍躍欲試，是已把成功的意義導向這個繁華的世界了。

現代人比古人有了更多的成功的機會，這是社會進步文明發達所致；然而在追逐成功的過程中，我們所付出的代價常是慘重無比的。在這個人擠人的彈丸之地，竟然出現了過量的所謂「成功的人」，而判定成功的標準竟然是背離生命的。名和利充斥在成功的意涵中，而它們的眞實性總是不斷地在剝落，名成了「知名度」，利成了「立即性的享受」，於是我們似乎隱隱聽見生命的本眞在哭泣，同時遙遙可見崇高的理想如卞和死抱住的未經琢磨的寶玉，在衆人的奚落下斂住了光芒。

失敗雖不可恥，但却令人心痛。我們夢想這樣一個世界：永不再有失敗的影子，有的是成功的異采。在這個夢還是個夢的時候，成功和失敗仍各具相當的比重，我們也依然帶著賭徒的神色，懷著危懼的心情面對未來。再精明的電腦大概也解不開成功的密碼，我們倒是經常被一些數目字騙了。

任成功和失敗如影像交織，我們仍大可走出一條屬於自己的道路。老子說：「自知曰明。」了解自己，開發自己生命內蘊的寶藏，乃是自在而穩當的人生態度。不須在或進或退的尺度中徘徊，人生的道路豈能以道里計？生命是個圓，絕非癡人說夢；不斷地走向自己，體貼自己，不讓自己變成自己的陌生人，所謂的「征服自己」、「向自我作無情的挑戰」，都必須在自知的清明中進行。如果不幸逸出生命的軌道，甚至自戕自害，那麼我們寧可謝絕成功的邀約，寧可在無聲無息的心靈天地中終老一生。

人人都可能是生活的英雄。永保對生命的敬意，不吝惜毫無回饋的付出，我們都將是一個成功的人，縱使我們一生潦倒，一無所有。適度的保有成就感，而不一味地自我陶醉，也不失爲好的生活策略。或許，我們可以一起來思考這兩句話：「了別而不分別，比較而不計較。」了別成敗對我們的一定的意義，但不刻意分別它們，如此，成功便是自我賜給自我的榮寵，而不是一種獵獲了。至於那喧騰不已的競爭迫使我們一廂情願地活在別人的眼中，是因爲我們猛在計較而喪失了自知之明。如果能够「執其兩端，善用其中。」不斷進行心平氣和的比賽和較量，那麼我們將可共存共榮，失敗終將絕跡。

七十六・十一・二

# 拯溺救病之道

如果這個以物質文明爲主流的社會，不再稍稍收斂其各種挑撥人類慾望的誘引行動，則那些傳統道德的呼聲勢將繼續減弱，那些早已被視爲人類文化瓌寶的人文理念也將逐漸模糊。其實，就人間的現實而言，在適度地確定物質文明對人類共同生存的重要性之後，我們該有充分的準備，以便進行心靈的拯溺工作；在仔細琢磨人情之餘，我們該自種種人際管道中探出頭來，嗅一嗅想像世界的氣息。甚至，於人天激烈交戰的場合中，我們也當保留生命實力，以作爲調整自我提升自我的本錢。

當然，在一個競逐新奇的時代中老是搬弄道德教條，乃十分可笑之事。死抱一些已然失去魅力的陳舊理念，如杞人憂天般嘆道：「人心不古，世風日下。」也是不負責任的作法。人心當然不古，如何使人心新動向有其清清明明的可能，如何教猛吹的世風有其穩穩定定的流程，才是當務之急。我們實在沒有權利叫停，當文明的精采乍現之際；而那些身不由己的現代人，也沒有義務兀坐聆聽枯澀的訓誨。

如今，講究身心修養往往著眼於某些生活條理或個人特殊的人生目的，而非關全面及恒久的人類共業。因此，直通人性的普遍的道德理念和成天與慾望糾纏的人心之間，誠然難有明白貼切的交點，語言文字到此，也往往宣告無效。然而，爲了保障人心不至於自陷泥淖中，現代人仍有三條可行的道路：

一、通過民主自由的運作，將湧自人性深處的汩汩甘泉引向人羣的荒漠。民主的先決條件是人人能够當家作主，自由乃「隨心所欲不踰矩」的寫照。民主自由理應是人性高度發展的結果，它們絕不可淪爲政治權力的工具，而須高高懸於人心之上，作爲人人行事的原則及人人交往的脈絡。我們該大力經營民主自由的文化，「讓最渺小最卑微的生命也能挺身獨立，「並洞燭其生活環境，以揮發其生命能量。

二、善於轉化社會科學的知識，作爲建構堂皇價值的材料。縱然社會科學大多是價值中立之物，但它們既是人類思維的結晶，便已感染了人性及人道的況味，我們大可將它們還原到活潑生動的思想歷程中，而不斷地尋找其間的有機脈絡，以進一步培植生機暢旺的價值系統。我們相信一個政治學家或經濟學家，也能是一種道德的表率，如果政治經濟的走向能不反人性，不背離人道的話。

三、經由文學藝術的陶冶，以清理心靈的種種染汚，以消除行動的種種衝突，而養成和諧優雅的生命情操。當然，不上道的文學藝術可能導致人慾的放縱，甚至人性的墮落，「文人無行」絕非古典主義無情之詞，我們不可假浪漫之名行放浪胡亂之實。如何保守理性的衡準，如何堅持人性的中道，以抗拒物質的誘惑，並預防精神的迷亂，是每一個文學藝術工作者在創作之際不可不深思的課題。我們深愛文藝之美，但我們同時擔心生命會因淋漓揮灑而失去自我克制的能力。如果不知執其兩端，不知善用其中，則創造的源泉將逐漸枯竭，我們眼前的光芒就將逐漸暗淡下來。

七十六・十一・四

# 美的向度

王陽明為了印證「知行合一」說乃人性自然之理則，曾以「好好色」、「惡惡臭」為例。確實，在未經反省的樸素狀態，知行是人心連續之流動。然若放在社會的架構中，知行之間則有諸多關卡，需要我們步步為營。現代知識的錯綜複雜已不容許我們卽知卽行，而如何衡量行動的效果，也不是一句「卽行卽知」能够簡化其難度，行為科學的大行其道實在是大勢所趨了。

今日有人堅持「好好色」的心理向度，來為中國小姐的選拔作或正或反的辯說，是多少犯了簡化思考的毛病。我們是應該從多向多元多層次的知識領域來思索這一件可大可小的事情。不管贊成或反對，重要的是那推理論證的過程。我們希望將問題公諸於人人，讓大家一起來思考這件事情的意義。如果仍然任由某些利益團體根據某些意識或動機來下斷語，則知行之間的有機脈絡將又再一次被殘忍的割絕，這就不是開放社會應有的現象了。

美爲人人所愛，而人人所愛之美却難有一致性。老子云：「天下皆知美之爲美，斯惡已；皆知善之爲善，斯不善已。」美善一旦成爲認知的對象」，「其相對性便同時暴露出來。既在搖擺不定的相對性中，又如何能一味堅持一種形色或一種印象甚或一種感覺呢？我們是必須有此共同的認定：眞正客觀的仲裁者其實並不存在。特別是在運用具有無窮級距的美善的理念時更需謹愼小心，否則可能隨時犯下語意含糊或武斷臆測的錯誤。

在此，至少有這三個思考向度值得我們注意：

一、人性的向度：單以女性爲人體美作注解，是否合乎兩性合一的理想？若人性有豐富的內涵，又如何能透過一時的語言動作加以界定？將美按放在一個人身上，實在需大費周章。

二、社會的向度：在一個美的鑑賞力仍然普遍欠缺的社會中，是否該當借用聲光彩色對血肉之軀大力渲染？而徒然製造華麗之景象引來一大堆好事之徒，又如何能有助於我們生活之優美及人文之典雅？

三、文化的向度：我們不知歷代美女在中國文化中有何正面的意義？而一個現代美女又當如何配合現代文化以玉立成一種嶄新的標誌？這可能不是一次融合現代科技及現代娛樂的活動所能辨得到的。

我們是該把美廣化深化純化，讓它高翔於理想的領空。當美被踩在脚下或被打薄成亮片閃爍於胸前時，這多少暗示靈魂的一種墮落了。

七十六・十一・二

# 關於選美

就人性的富麗內涵而言，選美的活動並不值得鼓勵。當然，我們不必以美學的高標準來看待這個充滿商業氣息的活動。但是為了提升社會大衆的審美能力，我們是否應在熱中於人體美之際，同時也爲心靈之美付予相等的注意？如果我們的生活素質依然粗俗鄙陋，甚至「金玉其外，敗絮其中」，那麼喧騰一時的選美大會串對我們就是辛烈的諷刺了。

我們懷疑今天是否還有如宋玉在「登徒子好色賦」中所描繪的美人：「東家之子，增之一分則太長，減之一分則太短，著粉則太白，施朱則太赤。眉如翠羽，肌如白雪，腰如束素，齒如含貝。嫣然一笑，惑陽城，迷下蔡。」這應該是文人高度想像的美麗結晶，在血肉之軀上是不可能完全體現的。不過，要找一個讓血肉之軀的男人動心的可愛女子，其實並不難。因此，經由一定的過程，運用評分的技巧，是可以挑出擁有相當可觀的人體美的現代美女。

此外，我們不知在女性之美的鑑賞活動中究竟能醞釀出多少美的氣息？設使所有的裁判都是道貌岸然的老學究，那些走上伸展臺的女子於賣弄風情之際，就得小心翼翼了。而若所有睜大的眼睛祇有尋常的亮度，則適度的修飾與僞裝並不一定會把電腦裏的數目字拉下來。選美活動確有其兩難的尷尬，在內在與外在、自然與人工、肉體與心靈的種種分際之間，誰能界定出刻度分明的標準？

既然已無法阻止選美活動在此地大肆舖張，我們便祇能提出幾點意見，盼望此項活動對這個社會的傷害能降至最低的程度。

一、請主其事者注意選美活動是一社會性的活動，它既公諸於大衆，便須負起相當的社會責任。在提供視聽之娛外，它仍須顧及人性內在的反應，尤須尊重參選者個人之意願及尊嚴，不可一厢情願地「己之所欲，施之於人」。我們實不願見臺上的人都是一些被擺佈的角色，而臺下的人竟是飢渴待食的一羣。

二、絕不可把人體美當成可供挑剔的貨色。人體美須透過言語動態表現出來，它具有高度自足的獨立性，就其自身而言，別人的肯定與喝采根本是「莫須有」的。選美是有點「知其不可而爲之」，它的世俗性惹得千萬顆心怦怦然。因此，在現代的櫥窗之前，我們的脚步仍得穩穩踏住，否則一些流行的東西就將製造出一堆堆的垃圾。這個認定十分必要：縱然是不美之物，祇要它屬於一副完整的身心，便都是有價値的。

三、藉著此一展示經濟繁榮的新潮的大拜拜，我們也可因此自我警惕，甚至痛加反省，對自己來頓棒喝。一方面選美，另一方面也可發現不美。中國的女性美歷代各有其不同風貌，今日的中國美女自能反映時代，反映今日之人心，因此，一張張標緻的臉蛋可以是一面面明亮的鏡子，我們是輕易可見：數十年來我們本身有了什麼變化？我們在「人」身上失落了什麼？我們又該如何教下一代創造出更眞純更精粹的美？這未嘗不是一種很好的社會教育。

七十六・十一・十六

# 愛情之外

某出版社最近準備出版一批年輕女作家的小說創作，特在出書前夕舉行公開的評鑑，結果發現：這一些纖細敏銳的心靈依然爲愛情的夢幻所迷惑，她們最熱中的主題仍是愛情。所謂新女性竟和傳統女性同爲兩性關係所纏，祇是方式稍稍有異而已。

眞摯的愛情可以歷久彌新，它不必然會陷入感性的泥淖。然在此理性與知性引領時代風潮的人羣中，小說的題材是早該擺脫個人的經驗範圍，而往人性的深廣內涵作多向度的挖掘與推展。我們相信：不論男性或女性，都不需爲性別的差異付以過多的關注，而應在一個個眞實的人身上尋找可以引起共鳴的素材，性別頂多是個少不了的點綴，愛情也不過是人心之波光照映，燦然之際，一雙雙淸眸仍須保有洞察透視的能耐。

女人以感性見長，可能不是先天因素所致，長時間的社會制約也許才是一隻看不見的手──

它塑造了玲瓏的女人和壯碩的男人。然玲瓏的風姿中包含著酸楚，壯碩的骨頭裏也有似水柔情。曾聽過這樣的幽默：「男人思考他所感覺的，女人感覺她所思考的。」愛情積聚了最多最強烈的感覺，它確是說故事的高手。但在愛情故事的背後，環繞著所有的社會現實及性靈因子，是非以深密之思慮加以消解澄清不可的。

我們期望兩性都能擺脫掉性別的陰影，將傳統在性別上所製造的問題交給善于溝通的理性來解決。如果能透過小說具體的刻劃及生動的鋪排，讓我們有機會對男女的角色再作肯定，對人性的向背再作詮釋，則文學的功能就不可小覷了。

七十六・十一

# 現代的孔子

孔子的學問是中國文化應然的結果。所以用「應然」來界定孔子的學問和中國文化的關係，是爲了避免落入「偶然」和「必然」的兩端，進而以「極高明而道中庸」的形上精神，設法排除唯心或唯物的不當牽引，還孔子眞正的面目，並以重鑄孔子在現代世界的價值意義。

我們十分同意孟子對孔子的讚語：「孔子，聖之時者也。孔子之謂集大成，集大成也者，金聲而玉振之也。」同時，我們也很欣賞荀子心目中的孔子：「仁智且不蔽。」有情有信，知理明道又能作精準之判斷以成就政教大業，也許，透過孟子和荀子，我們才能將孔子的兩面：道德和學問作最完整的組合。對於斤斤於孟荀之別，而在孔子的生命中分頭設定割據地的作風，吾人實不敢苟同。

中國文化固有的傳統有其濃厚的道德色彩，孔子引身進入，開採出許多應然的道德律及許多人文的價值。孔子確實未著力於事實因果的研究，因此他有了寬厚而富彈性的氣度。「言不必信，行不必果。」如此機械的作法為孔子所不齒，但他並不因此掉入偶然的現象世界，他對宇宙人生尚有許多崇高的信念。稱孔子之學為「仁學」或「人學」，意雖浮泛，然而十分恰當。二十世紀的存在主義發現西方世界中的「個人」，兩千五百年前的孔子已在天圓地方中間，一舉挺立普遍意義的「人」，如此的成就實已超出一般的學術範疇。

唯有了然於孔子的語言，才能進一步研求其心理動機。孔子溫柔敦厚的形象提供我們很大的方便，讓我們能處處為他設想，也同時為我們自己設想。孔子言簡意賅，正有利於我們透過種種詮釋的角度，對他作深淺適中的判定。在此，孟子的樂觀可予我們正面的提示，藉以窺視孔子的理想，並以塑造理想的孔子；而荀子的謹慎則可讓我們發現孔子的求知向度與行動領域，並由此斟定孔子在突顯其高度智慧之際所遭遇的困難及其可能的限度。

消除物質因子的偶然性，同時解釋歷史定律對人間的現實所可能引起的宰制，孔子便可在中國文化的大磁場中恢復其自由之身。因此，對於後世儒者強加在孔子身上的諸多誤解（有時，過度的褒揚也是一種嚴重的錯誤。）非加以澄清不可。我們需要的是一個同時活在自我生命及宇宙大生命中的「人之典型」，我們不準備割斷孔子和我們已然在精神世界心心相應的應然關係。因此，對於「無上命令」的再詮釋，實關係著孔子及我們的共同命運。孔子有無限光明的未來，如果我們不放棄自己的靈魂的話。

在語言及語言所引發的思維大受重視的今日，我們也不該執迷不悟，不該以空洞的必然性強加在孔子頭上，而爲他套上一圈圈的光環。若放縱精神的欲望，不知在心物多方交迭運作的現代社會中有所節制，我們就將被僵化的意識所衍生的必然律牢牢套住，而喪失可貴的自由與尊嚴——這正是孔子汲汲以赴的。因此，我們亟須檢點自已的心理氛圍，是否已成爲心理藩籬而將孔子擋在身外？另外，我們是否具有足够的能力去揣摩富有創造性的應然理想——孔子早已高高建立的，這更是所有人文學者責無旁貸的研究課題。

七十六・一・二十九

# 冒泡的青春

如今常聽見年輕人高談「情調」，彷彿有了情調，一切便好說好辦。一些年輕人遊憩之所，也以情調相號召，刻意在裝潢上要花樣，在氣氛上苦經營。爲了迎合年輕人，甚至可以多所加料添味，譬如：設法讓紅茶冒泡，泡沫便是一種調調兒，一種屬於少年輕狂的感覺。

顧名思義，「情調」至少得包含兩個要素：一、有情，二、成調。人皆有情，然人情往往眞假難辨，有染有淨。試問：不眞實不純淨的感情，如何能營造出眞實純淨的生活空間？年輕人大多純眞而清新，但是由於過早的社會化及過度講究外向的表現，一泓清澈的生命之流乃時爲流行之物所堵塞，尚需他人保護及自我照料的脆弱心靈更因種種外來的刺激而蒙受傷害。

而所謂「成調」，指的是要活得優美而自在，並貫時間成諧和之音律。若有聲而無調，或

「嘔啞嘲哳難爲聽」，如此的青春也確實難過了。可惜的是西風東漸以來，我們的年輕人爭相以官能自肆自恣，乃習於衝撞碰觸而不自覺，似音符跳動不按譜曲，何來金聲與玉振？到處是蠕動的聲息，却不聞橫空遏雲的長嘯。也有人貪圖個人之享受，而負不起分工合作的責任，於是流行的音樂乃多是短促或幽暗的曲調，是少有江河的澎湃或潺潺不絕的長流了。

借假可以修眞，作繭原是爲了破繭而出，振翅高飛。祇要我們能敎年輕人養成分辨眞假的能力，他們便不會落入虛幻的國度，不會浪擲青春於無謂的生活瑣碎。活得認眞，認眞於自我的了解與實現，則社會化便將是引向成熟的過程，諸多的時髦也不過是飛花般的點綴罷了。「未成曲調先有情」這是生命本眞的外映，而這樣生動自然的表現是非有高度的技巧不可的。因此，我們敎年輕人「知所裁之」，敎他們在追求知識之際又能時時作深刻的自省，如此切磋琢磨，一塊塊粗礪的礦石就有發光的日子了。

我們相信青春之美是通體透明之美，因此我們希望年輕的意義不僅止於年輕而已。有始有終，並貫以把持自我的清明的注意力，年輕便不必然青澀，而少年又何妨老成？「充實之謂美」，有了飽滿的生命力，生命的光華又何須外爍？在享樂主義摻和功利主義的時潮中，我們是得提醒年輕人：你們究竟在追求什麼？在追求的過程中，你們又能保有什麼？活在種種現代的制式之中，你們究還有多少自由？而於享有自由之際，你們能想些什麼？做些什麼？由知到行，你們又到底能堅持什麼？創造什麼？

一個苦讀成功的學者曾落下如此錚然的自白：「我一直在父母所賜的血肉生命之上，不斷地重鑄自己。」好一個「重鑄自己」，這是貫通生死的大事業，值得所有重視自我成就的年輕人深思。

七十六・十二・九

# 且過一個「心」年

國喪剛過，春節驟至。新舊交替，有悲有喜。悲的是我們再也看不到一些熟悉的人物，聽不到一些熟悉的聲音，甚至有些事情我們再也不能做了。而喜的是眼前是一個全新的未來，值得我們全心全力迎接它，改變它，甚至創造它。

在平常的日子裏，人們總是以溜滑的方式或快或慢地通過時空孔道。所謂「人生如夢」，大概就是一種活得不怎麼實在的感覺吧！少有人能踐履他的夢土，少有人能以百分之百的心思去觀照這世界，去發現這太虛幻境的美與醜。我們用了大部分的身體，却祇用了很小部分的心和腦。電影「領航員」裏面的外星人譏笑人類是劣等生物，並說人類祇開發了腦子的十分之一。這話說得不錯，人類絕不能仗恃過去的成就而自滿，就眼前看來，我們最大的問題是我們的潛力尚未完全發揮，我們所有的錯誤和希望幾乎全在此，而這可能是一個將會持續存在的難題。

數十年來，我們培養了良好的默契，我們有幾乎相同的生活節奏。共同擁有的文化寶庫給了我們許多交通的方便，單就語言而論，在大同小異的情況下，除了表情達意之外，還可以隨意製造一些趣味。中國人的嘴巴眞有福分，除了可以品嚐世上最美的美味，還可以發出世上最有韻味的聲音。如果能進一步去研究中國人的語言，或許人類智慧的成長速度會加快些。

若就經濟生活而言，我們一直在一定的軌道上平穩前進。當然，出軌的危險還在，秩序亦尚待建立。大體看來，這個島上的植物似乎都長得特別快，我們的物質已少有匱乏。不過，如何把一天二十四小時、一年三百六十五天、一輩子七十年至七十五年，作最好的安排，就不單是生產或分配所能完全掌握的了。在這已然見龍在田而即將龍飛向天的時刻，我們是不能只是花心思在這兩千萬副身軀上了。該以腦筋對付腦筋，以心靈反映心靈，在這曾是世上最强大也最壯麗的人文磁場中，再一次創造光華四射的文明。

就讓我們把這新的一年轉成一個「心」年——一個我們用心去過的年頭。這七尺之軀大可停下過多的運轉，無妨偶爾偸閒，或靜坐斗室，或漫步花徑，或作某種規律化的運動，我們已少能領略舒緩、寧靜、平和、溫馨等意境了，多少古典被束諸高閣，多少看似陳舊的意義被棄如敝屣，而我們竟一逕向前，心念鹵莽而脚步踉蹌。船行海上，若不幸遇險，祇能倒退而停煞不得。也許，我們在生活的某一個層次上，需學會開倒車，並懂得迂廻之道。

我們曾用過心，也正在用心，但却祇是用了部分的心，而用心的方法也亟需改進。如今，許多人以「行動人」自命，這其實是很危險的事情。該把大部分的行動交給機器和手脚，而若以頭腦作爲行動的骨架，以一副本該不斷整合的心靈去拼湊生活的支節，那麼災難便可能迫在眉睫了。

用心過年，歲月將寧靜舒緩，人間將平和安詳。希望在不久的未來，我們能有一整套的美好設計，以應對一連串璀璨的日子。更大的願望是我們能正視思惟，而屹立知識的樓臺上，放眼無垠的精神宇宙——我們永恒的老家。

七十七・二・二十八

# 世俗人不俗

蘇東坡有詩云：「可使食無肉，不可居無竹，無肉令人瘦，無竹令人俗，人瘦尚可肥，士俗不可醫。」在大文豪的診斷下，俗竟不可醫，如今俗不可醫的人又不僅止於士了。

「俗」是很難下定義的。它至少有兩方面的意義：一方面是指風俗敎化，其中有人有事有物，俗人做俗事並擁有許多俗物，這是白描寫實，並無價値意義的針砭或批判；然另一方面，俗是許多人避之惟恐不及的。被冠上一個「俗」字，總感不大舒服。俗儒、俗吏、俗子、俗骨……都帶有貶抑的作用，彷彿已非上流，無什格調，又像是患了精神的貧血，少了一點淸明的智慧。

沒有一個人能擺脫世俗，世俗是文化的母體，人羣的礎石，想捨離它，便得付出鉅大的代價。遺世獨立乃浪漫的遐思，拖一副俗身，世俗便如影隨形，除非那人已絕情絕欲。如今，現代文明壯大了世俗的力量，凡夫俗子紛紛冒出頭來，這原是一件好事。誰甘心一輩子被埋沒？誰能喬裝貴族以欺世盜名？置身俗世，大家終究是平等的，因為俗氣漫天，放眼盡是廉價的貨色。

不過，俗要俗得恰到好處。俗而不俗，才是做人的眞功夫。蘇東坡一生宦海浮沉，有妻有妾有子；雖他痛感人生如夢，還是不得不正視生活的現實面。祇是他常有超凡之思，再加才情豪放，一心在世俗之中經營不俗的一生。他在烹調上動腦筋，在文學中見眞章，在天地間設法安頓自己，都是不俗的作風，朝雲說他「一肚子不合時宜」，那些不合時宜的東西原都是東坡長養心中的不俗之物。東坡再世，可能依然本性不改，以一臉冷冷的顏色看待滿街匆匆形色，而他一顆赤子之心當完好如初。

世俗是根本，通俗是枝葉，流俗是花果，而人人皆是攀爬其間的靈長類，又何必避世如避蛇蠍？玩花賞葉或吃果吐核，不僅有益健康，且有助心神，那些「揀盡寒枝不肯棲」的朋友又何苦呢？鍾阿城的「棋王」如此作結：「不做俗人，哪兒會知道這般樂趣？家破人亡，平了頭每日荷鋤，却自有眞人生在裏面，識到了，即是幸，即是福。衣食是本，自有人類，就是每日在忙這個。可囿在其中，終於還不太像人。」如此帶點宿命意味的淡泊氣氛中恍惚閃著淚光，也透露出些許剛毅不屈的神色。幸福不假外求，更不必遠涉他方去羅致。識到了就好，又何必識破？世俗好比一層霧，保護著所有不太像人的人，同時也擋住「眞人」現其眞身。「這個」就是「這個」，「阿堵物」便是「阿堵物」，又何必撕破臉明講它？人生的樂趣及美妙就在這裏吧！

當然，在俗世中往下墜落，至於庸俗、鄙俗的境地，那就不妙了。庸俗是對價值的中立，以至於無動於衷，不辨優劣好壞。天生腦筋差，頂多是平庸，而不一定俗。自甘平庸，並隨流俗打轉，不思脫身，竟以怠慢終其一生，就是十分可憫的庸俗了。其實，人人幾乎都有庸俗的念頭，以及變得庸俗的時刻。商業社會中充斥著諸多已然定型的成品，它們是令人庸俗的誘因。想與庸俗相抗衡，惟賴智慧與勇氣。讓庸俗無端進入心靈中，便可能逐步釀致不可醫的沈疴。

庸俗的最大癥候是不思不想，而不思不想的後果必然在言語動作上表現出來——這就是粗俗甚至是鄙俗了。粗俗可厭，鄙俗可憎；粗俗不尊重自己，鄙俗則罪加一等——不尊重他人。如果是由於環境所困，而無暇細膩地料理人生，尚情有可原；但若任性縱欲，胡作非爲，至於輕侮猥褻，由意念的災難引發戕害生命的大禍，就須接受相當的懲罰了。

嘴含檳榔大嚼特嚼，看來似有那麼一點粗俗，而鼓頰噴吐檳榔汁，吐得滿街柏油路面處處是血紅的潑墨，便十分可鄙可惡。豪雨洗不掉那些印記，還算是小事；若敎化無能消除這種褻瀆大地的舉動，問題可大了。如何拉拔人心，濬深人腦，讓一切庸俗粗俗鄙俗的事物重回世人溫暖的懷抱，像個離家出走的孩子再度高擧眞情熾烈的火把，緩緩走近老母的跟前。這亟需所有俗不可醫的人全心廻向自己，並大膽戮向幸福的核心，以永保淸醒，永不沈淪。鍾阿城那一句：「電影兒這種東西，燈一亮就全醒過來了，圖個什麼呢？」如此痛切的覺悟，或許就是一服苦藥吧！

七十七・三・九

# 單身不一定是貴族

在這一個高唱現代的世紀，偶爾玩弄一下古老的名詞，竟是那麼富有意味！「單身」加「貴族」，如同老樹開了鮮花，除了予人突兀之感外，還有一股掃之不去的神秘氣息。

若把「單身」解爲「一個人」，那麼，不管誰都是單身；不過，要做好一個人並非易事。彈彈個人主義的調子，就好比「溫泉鄉的吉他」，頗令人心醉。但是那種「雖千萬人，吾往矣」的氣魄，有幾個人擔得起做得來？

而「貴族」又該如何詮釋呢？所謂「貴」是金錢的昂貴呢？還是人品的高貴？近來我們看到一股新興的浪潮：在手拿一份豐厚的薪水並坐擁一種別人認同的地位之後，許多年輕人於是躊躇滿志，於是揮霍金錢以換取官能的享受」，「或虛擲名聲以供給自己百般的慰藉，他們便如此自命「貴族」。貴族，貴族，他理當是高貴的族類，理當有自知之明及自我節制的修持。他的高貴不僅是知識的高貴，更應是智慧的高貴，他的高貴不僅是才學的高貴，更應是道德的高貴。

很不幸的，我們又發現：一些所謂的「單身貴族」竟終日游走在虛幻的人際關係中，竟憩息於別人安排的舒適生活的軟墊上，而欠缺反省的心思與堅强的鬪志。當然，我們不必開時代的倒車，不必潛修苦行，所有物質文明的成就都可在我們身手拚打的範圍內。躬耕南畝已是不切實際的幻想，獨守枯燈也是不近人情的作法。我們是大可在喧囂的商場中營生，祇要長保一顆靜謐的心，照映黑夜如白晝的鬧市中，也該有讓我們安頓自己的地方，縱然身影已然散亂一地。

然而，在錯綜的巷弄間，我們却有了更大的迷路的危險。縱然所有的單身漢呼朋引伴，多少雙迷離之眼依然方向不明，視線不佳。若進一步以單身的身份自鳴得意，並用少許的個人意志揉合大衆化的情愫，則浪漫的優雅極可能被糟蹋。曾見過以單身甚至獨身自命的朋友，臉上總是少了一點安定的顏色，他們往往從歡樂的頂峯一下子便落入悲苦的深谷。單身的好處是少了許多世情的牽累，多了一些來自生命本眞的自由；但如果單身的人仍戡不破「情」字，甚以多情自命而流連於男女交遇不定的緣分間，則自由何處覓？而某些人以大孩子自居，却已失去純樸與天眞，唯流行是從，在風言風語中試圖織就個人的思維，那種滑稽相更是不堪入目了。

倫理是人際關係的重鎭。倫理給我們責任，道德敎我們如何盡到責任。以單身示現於城市中的年輕一代，確實少了家族倫理的薰陶與護衞，這一定是缺憾，祇要社會上仍活動著人性，仍有眞實的人情如清泉般漉漉而過。爲了避免一個個「個人」爲這時代巨獸所吞噬，我們須有精神的武裝，須有抗拒物質洪流的決心與勇氣。這話道來太抽象，具體的作爲就得看個人的生活情況而定。例如：到底要賺多少錢，要花多少錢，除了個人的能力及外來的機會外，一個基本的前提是：個人對金錢的價值應如何加以估定？個人對生活的走向應如何加以調整？這就關涉到倫理與責任的問題了。如今，我們應重視單純的個人與個人之間的倫理，家族的角色須經由社會每一份子的再詮釋，才能發揮它的作用。一個不尊重別人的人，如何能是個好兒女？一個不尊重婚約的人又如何能善保如玉之身？在此，我們該有如此的覺悟：在不必爲他人作嫁衣裳之後，每一個自由人（單身的最佳定義）須確確實實打扮好自己，而打扮好自己的根本辦法是盡好一己的責任——對自己的生命負百分之百的責任。

若單身有危機，最大的危機便是放縱情慾至於放浪形骸。我們相信單身很可能成爲這個大衆社會中令人欣羨的標誌，它至少是對傳統婚姻的持久的對抗，這對身陷婚姻桎梏中的人或有棒喝的作用。歷史上出現過許多偉大的單身漢，他們都能潔身自愛，或寡情或熱情，或出世或隨俗，或放手經營龐大的產業或一心料理自己的身心，往往比那些困於閨闈中人有更出色的表現。他們是名符其實的單身貴族，他們大多從事宗教、哲學、文學、藝術、教育等工作，爲人類的精神文明付出了無與倫比的貢獻，而他們本身每每性情高雅不同流俗，一生專力於征服自己的艱難事業，如耶穌與釋迦牟尼，如柏拉圖與康德，都以單身護身，也都以一顆高貴的心不斷除去世俗的習染，而終於成全了高貴的人品。

因此，單身貴族必須同時是精神貴族。他們不必公子多金，不必是高收入者，更不必聲名在外，闊綽大方。單身不一定是貴族，然單身有成爲貴族的方便。當然，所有已婚的男女仍可能成爲貴族，夫婦共修，父子相期，一室的芬芳是德行的芬芳。理想的社會是：人人是平民也是貴族，人人獨立又合羣，一方面能恬然自適於淡泊的物質現實，一方面又能孤踞於心靈的暗室以發現眞實的自我。有時候，何妨善與人同，有時候，何妨濯足萬里流，保住一身的淸白。

如今，堆金砌銀已顯不出貴族的氣派，唯長養天賦的氣質，在形器的世界中向無形的境地邁進，在漫天喊價的社會裏創造無價之寶，並一貫堅持主人的身份，絕不可淪爲情慾之奴。如此，人人都將身具不可侵犯的尊嚴，並熟諳自由的眞諦。把別人踩在脚下，不是「人上人」的行徑，我們所景仰的貴族須平等對待所有的平民，不能拿金銀當墊脚石，否則我們同時專注於科學與民主的努力就枉費了。

七十七・三・二十五

# 犯罪的藉口

根據報導：近一個月裏，高雄市發生的重大刑案中，以婦女遭到歹徒强暴的案子居多。警方於是呼籲婦女們深夜外出，最好謹言愼行結伴同行，以免發生憾事。

警方所以如此忠告我們的女性同胞，是因爲在辦案人員的訊問下，多數的强暴案均係被害婦女的穿著過於暴露，而引起歹徒萌生邪念。

對於警方這項呼籲，我們除了領受人民保姆的一番好意外，有一些話是不得不說。首先，我們相信性暴力的防範有其先天的障礙，雄性的侵略性在人身上仍明顯可見。禮法的禁防，不幸被本能衝動的洪水冲垮，實在司空見慣。然而，在一個善於處理男女關係的社會中，性犯罪率是可降低至最小的程度。從前的社會是採隔離政策，讓男女有別甚至有拉不近的距離，以免雙方因過於頻繁的交往而發生不道德的事情。如今，全面開放的態勢已使兩性有了許多或公開或秘密的接觸機會。於是強暴案層出不窮，而強暴的方式更是不斷推陳出新。

女人在性侵略或性騷擾的案例中，幾乎都是受害者。現在，警察先生採納犯罪者的一面之詞，對所有的受害者有所進言，其實，如此進言的力量實在十分微弱。請問：婦女們該如何穿著才不算過於暴露？這有沒有一定的標準尺寸？而歹徒在心生淫念的情況下，他的眼睛是否還能作眞實明確的判斷？他的本能難道不會誘引他的良知，而將犯罪的責任轉嫁到弱小可欺的受害者身上？

我們不認爲歹徒永不可赦，也不想將之趕盡殺絕。就人性詭秘的本質而言，誰都可能是歹徒。不過就犯罪的事實而論，對犯罪的責任須作淸楚的辨認。在犯罪動機十分明顯的強暴案中，難道我們能抱着無可如何的姑息心態，對事實的發生緣由作無情的剖析？主觀心理的因果和客觀事實的因果之間，原存在着不可胡亂牽扯的關係。歹徒的心理先出了問題，他才會主觀地認定可供其發洩獸慾的對象穿著過於暴露，而婦女的衣著打扮是一個自滿自足的客觀事實，它縱然是「好色」，也不必爲一個男人的「好色」擔一絲絲「有關係」的責任。

當然，婦女們仍須有所防範，在所有的男人仍多少具有攻擊性的人羣中。甚至在家裏，也仍得提防那些自認比女人強的理性動物運作其非理性。從根本看來，疏導重於圍堵，如何疏導男人的性本能，將之轉化並予以提升，這應是社教工作的重點之一，而極力推動文化活動，並倡導精神層面的各項娛樂，讓精力愈來愈過剩的現代人不至於閒極無聊，不至於戴上假面具成了「新巨獸」，這其實是大可規劃的公共事業。

七十七・四・二十三

# 「三字經」文化

有人說：「罵人可以是一種藝術。」這話似乎自相矛盾。既爲罵，怎還有優雅的藝術情操？而若言語已然轉化爲美善的音聲符號，便不是罵了。

欲以言語傷人，其實傷不了人。言語能起作用能有效果，在於它有足以溝通交流的意義。罵人之辭已無什意義，縱有意義，也難以傳達。有人所以被罵或因被罵而遭受顏面名譽之損，並非詆毀或譏刺本身如刀似箭，而是那詆毀譏刺者破壞了原有的人際關係，使置身此一人際關係的對方一時之間有了受害受損的錯覺，其實，就人格而言，究竟是罵人者自殘抑或挨罵者被傷？是可以輕易判定的。

國罵「三字經」從何而來？可以不必追究，它不過是傳統社會的骯髒殘餘，大可反映男性中心的傲慢心態及自我欺騙的阿Q心理。如今，它已成爲口頭禪，並不專以某一特定對象爲攻擊目標，而只用來洩憤發怒，或對某一事件表示不滿。有時候，聽慣了，倒也不會有多難堪的感覺，因爲這支土製機關槍所進行的是盲目的掃射，而且只有音效，並無令人粉身碎骨的實彈。

但若剖析「三字經」的語言情境，其中確有若干可悲可憫的成份。「三字經」是對語言的糟蹋，它破壞了語言作爲思想橋樑的工具性，它揉碎了語言本具的意義結晶，如丟土塊入水，水不再清不再靜，三個荒唐可笑的字眼又能激起什麼波瀾？不過徒然造成一種尷尬的場面而已。當然，隱含在「三字經」背後的邪情惡意，是非澈底加以清除不可，這是十分艱難的自我教育。

今日「三字經」無時無處不在，國人的語言技巧已到了非再施以訓練不可的地步。人與人之間，眞正以惡意對峙的情況並不多見，若有，那「三字經」不過是爲虎作倀的小角色罷了。最可憂慮的是一大批受過高等教育的現代青年竟仍整天「娘」的「媽」的，造成大規模的語言污染，小規模的語言暴力，中文的優美那裏去了？中國人的斯文掃地了嗎？

善用語言，讓語言精準確實，不說假話空話髒話，應可從小加以培養。曾親耳聽見一個剛上小學的男孩滿嘴「三字經」，他始於模仿，却極可能終於無從自拔甚或自趨下流的境地。語言的使用攸關身心的陶冶，昔日貴族之講究遣詞用字，除了爲表示其高人一等的身分外，美麗的辭藻大可配合其美麗的粧扮，並使其在諸多公衆場合維持一定的體統，享受其精緻文化，這是「質勝文則野」的平民望塵莫及的。

辭藻不一定要美麗，美麗可能附帶著虛假與浮誇。但至少話要說得眞說得有意義，以達成情意的交流。「三字經」嚴重妨害情意交流，乃語言之蟊賊，主賓雙方應一起把它揪出，而不能再大言不慚，說是「對事不對人」（此時此處，人與事怎劃分？若是對事，說理便可，何需那些醜陋的字眼？）當然，也不必訴諸法律，因爲這是個人修養範疇內自我放縱的惡果，唯有自我的覺悟與修正才能消解或割除它。

「三字經」反文化，「三字經」是文化大河的一股小逆流。有理便說理，大可不必以「三字經」壯大聲勢，「三字經」只會削弱理氣，讓那人變成一頭憤怒的野獸。說「三字經」，猶如「仰天而唾」，還是把那些口水吞進自己嘴裏吧！

# 女強人的後遺症

不知從什麼時候開始流行「女强人」這個字眼，彷彿女人這一族類原都是弱者，原都在男人鐵蹄下呻吟哀號，而一朝蹦出幾個「女强人」替天行道，爲天下所有女人伸冤，和天下所有男人一決雌雄。如此看來，「女强人」確多少有點火藥味。

當然，也可以溫和地看待「女强人」這個時髦的名詞。如同鼓勵男人一般，女强人和男子漢大丈夫都是理想的典型人物，可懸爲人人追求的標的。原則上，我們樂見所有的女人都强起來，不再忍氣吞聲地接受性別的歧視。女强人仍是個女人，祇是她（當然，使用「他」字也無妨。）不再是弱者，更不再因爲身爲女人而顯得軟弱。

但我們不希望「女强人」成爲一頂新奇的帽子，只是偶爾拿來戴一戴。如果女强人不是强在人品個性之中，而只一味在外表、才能或社會地位等方面和男人爭勝，則最後極可能喪失上天賜予女人的種種優秀稟賦。如今，我們已經發現：有一些「女强人」竟無端放棄天賦的權利，她們輕易地離開家庭，更殘忍地把自己的骨肉擱置一旁。爲了工作，她們竟藐視家的溫馨；爲了身材，她們不願再領受自然生產的疼痛——如此疼痛之感乃是偉大母愛的酵素。

我們想問問：沒有健全的男女關係作基礎，則「女强人」的意義何在？「女强人」的威風又能在家庭之外作何種令人欽羨的展現？妻子和母親的角色絕對不會和女强人有所衝突，一個女强人必須同時是一個美麗的妻子和慈愛的母親。林語堂的幽默有極深刻的智慧，他如此欣賞女人：「一個女人最美麗的時候，實是在她立在搖籃的面前的時候；最懇切最莊嚴的時候，是在她懷抱嬰兒或攙著四、五歲小孩行走的時候；最快樂的時候，則如我所看見的一幅西洋畫像中一般，是在擁抱一個嬰兒睡在枕上逗弄的時候。」當然，不一定每一個女人都有當媽媽的機會，但是每一個女人必都能發放母愛的芬芳，縱然她小姑獨處。一個小男生心目中的大姊姊，就往往具有母親的樣子，是那麼溫文可親而有愛心。要女人當媽媽，絕非男人自私的陰謀，而是生命本原的召喚。

尊重男女兩性之別，應是男女平等的基點和起點。我們不願見「女强人」的口號使得天下女子不安於室，也使得世上男人磨刀霍霍，大撒其雄性之野。文明再怎麼現代，社會再怎麼開放，每一個人還是得活在安穩妥當的倫理網絡中，誰都無法在淒涼荒寒的漠漠人羣中度其一生。我曾聽過一個中國女子高聲大嘆：「我這個女强人，天天都忙死了。我什麼都行，偏偏我的婚姻就快要破裂了。」我也見過一個日本女子在生下第一個孩子之後，立卽辭掉教授日文的工作，專心在家裏照顧她的寶貝。在同樣沈浸於儒家文化的社會中，竟有如此的差異出現，實在値得我們深思。

我們希望所有自命爲「女强人」的現代女性，不要有鴕鳥心態，在設法拉近男女不平的社會地位之際，能够先去了解男女在生理、心理、才能及個性等方面的差異，然後再具體規劃可行之道，以處理活生生的種種事實。特別在生兒育女這樁大事上，分明是男女有別至於男女合作的一貫歷程，男人有男人的本分，女人有女人的天職。敎養子女，照顧丈夫（照顧絕不等於服侍），對一個强而有力的女人而言，其實如同反掌折枝般容易。有了家這個基地之後，一個女人將活得更有自信，也更有精神氣力去和其他人（包括男人和女人）爭個長短，比個高下，並進行種種的合作。

可能，女人之弱卽女人之强，女人之强是以「柔道」表現的。也許，所有的女人理應都是老子的信徒，她們善於以靜制動，以柔克剛，以內在的德能適應外在的環境，以無比的忍耐功夫制服種種生命之敵。若男人是飛天的巨龍，那麼女人便是馳騁大地的駿馬。女强人之爲女强人，當在於善能發揚女性的優點。一個仍爲女性缺點（諸如：過於感性、情緒化……）所困的女人往往隱忍著不爲人知的悲情，暗夜獨泣，强顏歡笑，以至於外强中乾，終造成個人甚至是一個家庭的悲劇。如此看來，女强人的後遺症最終必由女强人自己承擔。禍福自召，再濃再厚的臉粉也蓋不住虛假的情意，再美再嬌的身段也掩飾不了爲男人所擺佈的內幕。清明的自省及適度的內斂，乃女强人中道而行的門徑，一味的粧點和驕縱是女人的致命傷。

應該有這麼一天：無所謂强與弱、高或低，性別是莊嚴的象徵，也是人間情趣的泉源。到那個時候，就不用扳著臉孔厲聲疾呼「女强人」，女人就是女人，甚至「女」字也不必多提，彼此心照不宣，默然交通，如此我們離天堂就不遠了。

七十七・二・十

# 向未來交卷

民國七十六年過去了，這一隻令人又愛又氣的兎子總算走遠了。這一年，我們的政治有了劃時代的進步，經濟有了倏起倏落的風暴，社會流行著種種妖治的新疾——人心的變態迭起，金錢的把戲翻新，青年的花樣令人生畏。而我們的精神文化呢？是否正在世紀末的冷風中打哆嗦？

當然，勤奮的文人正搖著筆桿，用功的學者正讀著典籍，所有舞臺上的角色依然活躍。無垠的心靈天地並不空虛落寞，一支支彩筆正沾血爲墨，自由揮灑，尺幅千里，大開我們的眼界，在窄迫的時空裏，我們是仍有許多機會去突破障礙以昂首進入遼闊的世界，我們也仍有相當的本事來銜接刹那以還生命眞實的面貌，如此，所有吵鬧的聲音並不必然對耳朵有害，而瞬息萬變的形象竟可能是吾人瞳孔的良伴。

我們是不用悲觀，但我們有著深重的憂愁，彷彿濃濃秋色中一行吟的詩人，頭頂灰暗暗的天，腳踩黃澄澄的地，一步一落葉，一眼一飛鴻。走在城市中，我們竟都像個鄉下人，我們的心是被連根拔起的小草，正苦苦尋覓再一次的落土時刻，鳳凰只曾出現在我們的夢裏，而我們却一直高棲枝頭，偶爾劃空一嘯，竟連回音也沒有。是的，我們共同的生活情境，已經使得一個個活跳跳的生命脈搏轉慢，而把脈者在那裏？精神需要「密醫」，那一張張加框的證書又能保證什麼？還是讓我們的右手爲左手按下智慧的印記吧！

一、面對自己，我們仍有興趣去加以了解進而疼惜嗎？是有許多人逃避自我如避蛇蠍，連「愛己」的本能也受到嚴重的戕害，於是「愛人」成了一種莫名其妙的藉口。

二、面對別人，我們能否在形體之外，發現種種偉大的潛能？我們經常不自覺地限定別人，而被物質、生理或心理的構造所欺騙。也許，這是種美妙的嚐試：凝視對方，看看每一個圓顱之上有沒有一道道光圈？

三、面對時間，我們是否仍惶恐不安？是否仍在人爲的刻度上無端逗留？時間不是陽關道，也不是獨木橋，而是水草蔓生的涯涘，我們又怎能在意自己的腳印呢？

四、面對世界，我們能不能在雷達般的網絡中回身返照，看看自己這個小世界是否依然完好無恙？在計較心胸大小之際，誰能够心平氣和地將自己丢入世界這個大轉盤中，並仍保持重心不移而屹立不搖呢？

五、面對資訊，我們有沒有能力將之轉爲知識？這已是不爭的事實：資訊堆積成山，我們如摸哨的小兵逡巡於山脚下，無處可攀，無路可上，而智慧女神仍高踞於九天之上，哎！我們製造的隔音設備實在太好了。

六、面對醜陋，我們能不厭惡嗎？面對美色，我們能不激動嗎？面對所有的人事物，我們能不被牽連嗎？當一切的意外聯名向命運的魔窟請願時，我們能堅持中立的角色嗎？

以上的診斷報告並不只是爲了增加病歷室的資料而已，如果大家能够按捺性子，如孟老夫子「收放心」，那麼大街小巷便將不再有野馬或野狼奔逐，那些怒吼的機器就將不再擾人清夢。郎中隨便抓藥，我們則謹慎地爲自己把脈。在此歲寒時節，祇希望來年的病情能減輕，我們共同的心病能早日痊癒。底下六個願望，或許是癡人語，但熱切的情意是怎麼也凍結不了的。

一、願新的一年能不再聽見救護車及消防車震耳欲聾的尖叫。願大家都能寶愛自己的生命，更能多爲別人的血肉之軀著想。黛玉癡情葬花，而我們又怎可鹵莽地阻斷螞蟻生路？

二、願新的一年能不再看見武裝的軍警圍住散步的廣場，也沒有人再燒冥紙或口吐穢語。願我們每一個人都不是羣衆之一，而是一個個具備百分之一百人性的自由人。

三、願新的一年能不再碰到粗鄙的人撞我們的肩踩我們的脚而不道一聲歉。願現代人的野性能在古典的氣氛中逐漸馴服。致力於强身健骨之外，我們更需養自己的性柔自己的情。

四、願新的一年我們的學校能清靜又乾淨，沒有任何的騷擾及汚染。願新生代的覺醒不帶怒意及恨意，願圖書舘成爲他們鍾愛之處，而沒有人在心靈的籓籬上爬進爬出。

五、願新的一年我們加張後的報紙不會變成如假包換的廣告紙，願新聞有如歷史般的正義及尊貴，更願白紙黑字不只活上二十四小時，而能對人類的理性作恒久的交代。

六、願新的一年我們的表演場所能出現全屬於中國的創作，讓大家把掌聲獻給本土的藝術工作者。願人人能以藝術爲娛樂，而別把耳目之娛誤作心靈的風雅。

一個個願望是一粒粒種子，既撒了種，我們就得用步履作肥料，讓千萬毛細孔化爲千萬條蚯蚓，把一大片瘠地耘成沃土。當我們把目光投向身前咫尺之處時，理想的影子就是我們頭戴的草笠，給了我們腦細胞足够的庇護。原來我們的身份都是莊稼漢，原來我們都坐擁良田萬頃，如今怎能讓土地捐客口中的坪數抹去我們眼底的縱橫阡陌呢？

時間不會給我們答案，未來不會坐等蹣跚而來的我們。讓我們一起向未來交卷，以最眞實的生命敲響理想國的木鐸。大哲方東美云：「文化無理想，則民族乏生機。」往後數年甚至數十年，應該就是我們建立文化理想的大好時機。浮沉於浩瀚時間大海的所有中國人是不能不注意：不先爭精神文化的千秋，又如何能爭物質文明的一時？

七十七・三・二

# 滄海叢刊已刊行書目㈧

| 書名 | 作者 | 類別 |
|---|---|---|
| 文學欣賞的靈魂 | 劉述先 | 西洋文學 |
| 西洋兒童文學史 | 葉詠琍 | 西洋文學 |
| 現代藝術哲學 | 孫旗譯 | 藝術 |
| 音樂人生 | 黃友棣 | 音樂 |
| 音樂與我 | 趙琴 | 音樂 |
| 音樂伴我遊 | 趙琴 | 音樂 |
| 爐邊閒話 | 李抱忱 | 音樂 |
| 琴臺碎語 | 黃友棣 | 音樂 |
| 音樂隨筆 | 趙琴 | 音樂 |
| 樂林蓽露 | 黃友棣 | 音樂 |
| 樂谷鳴泉 | 黃友棣 | 音樂 |
| 樂韻飄香 | 黃友棣 | 音樂 |
| 樂圃長春 | 黃友棣 | 音樂 |
| 色彩基礎 | 何耀宗 | 美術 |
| 水彩技巧與創作 | 劉其偉 | 美術 |
| 繪畫隨筆 | 陳景容 | 美術 |
| 素描的技法 | 陳景容 | 美術 |
| 人體工學與安全 | 劉其偉 | 美術 |
| 立體造形基本設計 | 張長傑 | 美術 |
| 工藝材料 | 李鈞棫 | 美術 |
| 石膏工藝 | 李鈞棫 | 美術 |
| 裝飾工藝 | 張長傑 | 美術 |
| 都市計劃概論 | 王紀鯤 | 建築 |
| 建築設計方法 | 陳政雄 | 建築 |
| 建築基本畫 | 陳榮美<br>楊麗黛 | 建築 |
| 建築鋼屋架結構設計 | 王萬雄 | 建築 |
| 中國的建築藝術 | 張紹載 | 建築 |
| 室內環境設計 | 李琬琬 | 建築 |
| 現代工藝概論 | 張長傑 | 雕刻 |
| 藤竹工 | 張長傑 | 雕刻 |
| 戲劇藝術之發展及其原理 | 趙如琳譯 | 戲劇 |
| 戲劇編寫法 | 方寸 | 戲劇 |
| 時代的經驗 | 汪琪<br>彭家發 | 新聞 |
| 大眾傳播的挑戰 | 石永貴 | 新聞 |
| 書法與心理 | 高尚仁 | 心理 |

# 滄海叢刊已刊行書目(七)

| 書名 | 作者 | 類別 |
| --- | --- | --- |
| 印度文學歷代名著選(上)(下) | 糜文開編譯 | 文學 |
| 寒山子研究 | 陳慧劍 | 文學 |
| 魯迅這個人 | 劉心皇 | 文學 |
| 孟學的現代意義 | 王支洪 | 文學 |
| 比較詩學 | 葉維廉 | 比較文學 |
| 結構主義與中國文學 | 周英雄 | 比較文學 |
| 主題學研究論文集 | 陳鵬翔主編 | 比較文學 |
| 中國小説比較研究 | 侯健 | 比較文學 |
| 現象學與文學批評 | 鄭樹森編 | 比較文學 |
| 記號詩學 | 古添洪 | 比較文學 |
| 中美文學因緣 | 鄭樹森編 | 比較文學 |
| 文學因緣 | 鄭樹森 | 比較文學 |
| 比較文學理論與實踐 | 張漢良 | 比較文學 |
| 韓非子析論 | 謝雲飛 | 中國文學 |
| 陶淵明評論 | 李辰冬 | 中國文學 |
| 中國文學論叢 | 錢穆 | 中國文學 |
| 文學新論 | 李辰冬 | 中國文學 |
| 離騷九歌九章淺釋 | 繆天華 | 中國文學 |
| 苕華詞與人間詞話述評 | 王宗樂 | 中國文學 |
| 杜甫作品繫年 | 李辰冬 | 中國文學 |
| 元曲六大家 | 應裕康<br>王忠林 | 中國文學 |
| 詩經研讀指導 | 裴普賢 | 中國文學 |
| 迦陵談詩二集 | 葉嘉瑩 | 中國文學 |
| 莊子及其文學 | 黃錦鋐 | 中國文學 |
| 歐陽修詩本義研究 | 裴普賢 | 中國文學 |
| 清眞詞研究 | 王支洪 | 中國文學 |
| 宋儒風範 | 董金裕 | 中國文學 |
| 紅樓夢的文學價值 | 羅盤 | 中國文學 |
| 四説論叢 | 羅盤 | 中國文學 |
| 中國文學鑑賞舉隅 | 黃慶萱<br>許家鸞 | 中國文學 |
| 牛李黨爭與唐代文學 | 傅錫壬 | 中國文學 |
| 增訂江皋集 | 吳俊升 | 中國文學 |
| 浮士德研究 | 李辰冬譯 | 西洋文學 |
| 蘇忍尼辛選集 | 劉安雲譯 | 西洋文學 |

# 滄海叢刊已刊行書目(六)

| 書名 | 作者 | 類別 |
|---|---|---|
| 卡薩爾斯之琴 | 葉石濤 | 文學 |
| 青囊夜燈 | 許振江 | 文學 |
| 我永遠年輕 | 唐文標 | 文學 |
| 分析文學 | 陳啓佑 | 文學 |
| 思想起 | 陌上塵 | 文學 |
| 心酸記 | 李喬 | 文學 |
| 離訣 | 林蒼鬱 | 文學 |
| 孤獨園 | 林蒼鬱 | 文學 |
| 托塔少年 | 林文欽編 | 文學 |
| 北美情逅 | 卜貴美 | 文學 |
| 女兵自傳 | 謝冰瑩 | 文學 |
| 抗戰日記 | 謝冰瑩 | 文學 |
| 我在日本 | 謝冰瑩 | 文學 |
| 給青年朋友的信(上)(下) | 謝冰瑩 | 文學 |
| 冰瑩書柬 | 謝冰瑩 | 文學 |
| 孤寂中的廻響 | 洛夫 | 文學 |
| 火天使 | 趙衛民 | 文學 |
| 無塵的鏡子 | 張默 | 文學 |
| 大漢心聲 | 張起鈞 | 文學 |
| 回首叫雲飛起 | 羊令野 | 文學 |
| 康莊有待 | 向陽 | 文學 |
| 情愛與文學 | 周伯乃 | 文學 |
| 湍流偶拾 | 繆天華 | 文學 |
| 文學之旅 | 蕭傳文 | 文學 |
| 鼓瑟集 | 幼柏 | 文學 |
| 種子落地 | 葉海煙 | 文學 |
| 文學邊緣 | 周玉山 | 文學 |
| 大陸文藝新探 | 周玉山 | 文學 |
| 累廬聲氣集 | 姜超嶽 | 文學 |
| 實用文纂 | 姜超嶽 | 文學 |
| 林下生涯 | 姜超嶽 | 文學 |
| 材與不材之間 | 王邦雄 | 文學 |
| 人生小語(一)(二) | 何秀煌 | 文學 |
| 兒童文學 | 葉詠琍 | 文學 |

# 滄海叢刊已刊行書目(五)

| 書名 | 作者 | 類別 |
|---|---|---|
| 中西文學關係研究 | 王潤華 | 文學 |
| 文開隨筆 | 糜文開 | 文學 |
| 知識之劍 | 陳鼎環 | 文學 |
| 野草詞 | 章瀚章 | 文學 |
| 李韶歌詞集 | 李韶 | 文學 |
| 石頭的研究 | 戴天 | 文學 |
| 留不住的航渡 | 葉維廉 | 文學 |
| 三十年詩 | 葉維廉 | 文學 |
| 現代散文欣賞 | 鄭明娳 | 文學 |
| 現代文學評論 | 亞菁 | 文學 |
| 三十年代作家論 | 姜穆 | 文學 |
| 當代臺灣作家論 | 何欣 | 文學 |
| 藍天白雲集 | 梁容若 | 文學 |
| 見賢集 | 鄭彥棻 | 文學 |
| 思齊集 | 鄭彥棻 | 文學 |
| 寫作是藝術 | 張秀亞 | 文學 |
| 孟武自選文集 | 薩孟武 | 文學 |
| 小說創作論 | 羅盤 | 文學 |
| 細讀現代小說 | 張素貞 | 文學 |
| 往日旋律 | 幼柏 | 文學 |
| 城市筆記 | 巴斯 | 文學 |
| 歐羅巴的蘆笛 | 葉維廉 | 文學 |
| 一個中國的海 | 葉維廉 | 文學 |
| 山外有山 | 李英豪 | 文學 |
| 現實的探索 | 陳銘磻編 | 文學 |
| 金排附 | 鍾延豪 | 文學 |
| 放鷹 | 吳錦發 | 文學 |
| 黃巢殺人八百萬 | 宋澤萊 | 文學 |
| 燈下燈 | 蕭蕭 | 文學 |
| 陽關千唱 | 陳煌 | 文學 |
| 種籽 | 向陽 | 文學 |
| 泥土的香味 | 彭瑞金 | 文學 |
| 無緣廟 | 陳艷秋 | 文學 |
| 鄉事 | 林清玄 | 文學 |
| 余忠雄的春天 | 鍾鐵民 | 文學 |
| 吳煦斌小說集 | 吳煦斌 | 文學 |

# 滄海叢刊已刊行書目㈣

| 書名 | 作者 | 類別 |
|---|---|---|
| 歷史圈外 | 朱桂 | 歷史 |
| 中國人的故事 | 夏雨人 | 歷史 |
| 老臺灣 | 陳冠學 | 歷史 |
| 古史地理論叢 | 錢穆 | 歷史 |
| 秦漢史 | 錢穆 | 歷史 |
| 秦漢史論稿 | 刑義田 | 歷史 |
| 我這半生 | 毛振翔 | 歷史 |
| 三生有幸 | 吳相湘 | 傳記 |
| 弘一大師傳 | 陳慧劍 | 傳記 |
| 蘇曼殊大師新傳 | 劉心皇 | 傳記 |
| 當代佛門人物 | 陳慧劍 | 傳記 |
| 孤兒心影錄 | 張國柱 | 傳記 |
| 精忠岳飛傳 | 李安 | 傳記 |
| 八十憶雙親<br>師友雜憶 合刊 | 錢穆 | 傳記 |
| 困勉強狷八十年 | 陶百川 | 傳記 |
| 中國歷史精神 | 錢穆 | 史學 |
| 國史新論 | 錢穆 | 史學 |
| 與西方史家論中國史學 | 杜維運 | 史學 |
| 清代史學與史家 | 杜維運 | 史學 |
| 中國文字學 | 潘重規 | 語言 |
| 中國聲韻學 | 潘重規<br>陳紹棠 | 語言 |
| 文學與音律 | 謝雲飛 | 語言 |
| 還鄉夢的幻滅 | 賴景瑚 | 文學 |
| 葫蘆・再見 | 鄭明娳 | 文學 |
| 大地之歌 | 大地詩社 | 文學 |
| 青春 | 葉蟬貞 | 文學 |
| 比較文學的墾拓在臺灣 | 古添洪<br>陳慧樺 主編 | 文學 |
| 從比較神話到文學 | 古添洪<br>陳慧樺 | 文學 |
| 解構批評論集 | 廖炳惠 | 文學 |
| 牧場的情思 | 張媛媛 | 文學 |
| 萍踪憶語 | 賴景瑚 | 文學 |
| 讀書與生活 | 琦君 | 文學 |

# 滄海叢刊已刊行書目㈢

| 書名 | 作者 | 類別 |
|---|---|---|
| 不疑不懼 | 王洪鈞 | 教育 |
| 文化與教育 | 錢穆 | 教育 |
| 教育叢談 | 上官業佑 | 教育 |
| 印度文化十八篇 | 糜文開 | 社會 |
| 中華文化十二講 | 錢穆 | 社會 |
| 清代科舉 | 劉兆璸 | 社會 |
| 世界局勢與中國文化 | 錢穆 | 社會 |
| 國家論 | 薩孟武譯 | 社會 |
| 紅樓夢與中國舊家庭 | 薩孟武 | 社會 |
| 社會學與中國研究 | 蔡文輝 | 社會 |
| 我國社會的變遷與發展 | 朱岑樓主編 | 社會 |
| 開放的多元社會 | 楊國樞 | 社會 |
| 社會、文化和知識份子 | 葉啓政 | 社會 |
| 臺灣與美國社會問題 | 蔡文輝<br>蕭新煌 主編 | 社會 |
| 日本社會的結構 | 福武直 著<br>王世雄 譯 | 社會 |
| 三十年來我國人文及社會科學之回顧與展望 | | 社會 |
| 財經文存 | 王作榮 | 經濟 |
| 財經時論 | 楊道淮 | 經濟 |
| 中國歷代政治得失 | 錢穆 | 政治 |
| 周禮的政治思想 | 周世輔<br>周文湘 | 政治 |
| 儒家政論衍義 | 薩孟武 | 政治 |
| 先秦政治思想史 | 梁啓超原著<br>賈馥茗標點 | 政治 |
| 當代中國與民主 | 周陽山 | 政治 |
| 中國現代軍事史 | 劉馥 著<br>梅寅生 譯 | 軍事 |
| 憲法論集 | 林紀東 | 法律 |
| 憲法論叢 | 鄭彥棻 | 法律 |
| 師友風義 | 鄭彥棻 | 歷史 |
| 黃帝 | 錢穆 | 歷史 |
| 歷史與人物 | 吳相湘 | 歷史 |
| 歷史與文化論叢 | 錢穆 | 歷史 |

# 滄海叢刊已刊行書目(二)

| 書名 | 作者 | 類別 |
|---|---|---|
| 語言哲學 | 劉福增 | 哲學 |
| 邏輯與設基法 | 劉福增 | 哲學 |
| 知識•邏輯•科學哲學 | 林正弘 | 哲學 |
| 中國管理哲學 | 曾仕强 | 哲學 |
| 老子的哲學 | 王邦雄 | 中國哲學 |
| 孔學漫談 | 余家菊 | 中國哲學 |
| 中庸誠的哲學 | 吳怡 | 中國哲學 |
| 哲學演講錄 | 吳怡 | 中國哲學 |
| 墨家的哲學方法 | 鐘友聯 | 中國哲學 |
| 韓非子的哲學 | 王邦雄 | 中國哲學 |
| 墨家哲學 | 蔡仁厚 | 中國哲學 |
| 知識、理性與生命 | 孫寶琛 | 中國哲學 |
| 逍遥的莊子 | 吳怡 | 中國哲學 |
| 中國哲學的生命和方法 | 吳怡 | 中國哲學 |
| 儒家與現代中國 | 韋政通 | 中國哲學 |
| 希臘哲學趣談 | 鄔昆如 | 西洋哲學 |
| 中世哲學趣談 | 鄔昆如 | 西洋哲學 |
| 近代哲學趣談 | 鄔昆如 | 西洋哲學 |
| 現代哲學趣談 | 鄔昆如 | 西洋哲學 |
| 現代哲學述評(一) | 傅佩榮譯 | 西洋哲學 |
| 懷海德哲學 | 楊士毅 | 西洋哲學 |
| 思想的貧困 | 韋政通 | 思想 |
| 不以規矩不能成方圓 | 劉君燦 | 思想 |
| 佛學研究 | 周中一 | 佛學 |
| 佛學論著 | 周中一 | 佛學 |
| 現代佛學原理 | 鄭金德 | 佛學 |
| 禪話 | 周中一 | 佛學 |
| 天人之際 | 李杏邨 | 佛學 |
| 公案禪語 | 吳怡 | 佛學 |
| 佛教思想新論 | 楊惠南 | 佛學 |
| 禪學講話 | 芝峯法師譯 | 佛學 |
| 圓滿生命的實現(布施波羅蜜) | 陳柏達 | 佛學 |
| 絶對與圓融 | 霍韜晦 | 佛學 |
| 佛學研究指南 | 關世謙譯 | 佛學 |
| 當代學人談佛教 | 楊惠南編 | 佛學 |

# 滄海叢刊已刊行書目(一)

| 書名 | 作者 | 類別 |
|---|---|---|
| 國父道德言論類輯 | 陳立夫 | 國父遺教 |
| 中國學術思想史論叢(一)(二)(三)(四)(五)(六)(七)(八) | 錢穆 | 國學 |
| 現代中國學術論衡 | 錢穆 | 國學 |
| 兩漢經學今古文平議 | 錢穆 | 國學 |
| 朱子學提綱 | 錢穆 | 國學 |
| 先秦諸子繫年 | 錢穆 | 國學 |
| 先秦諸子論叢 | 唐端正 | 國學 |
| 先秦諸子論叢(續篇) | 唐端正 | 國學 |
| 儒學傳統與文化創新 | 黃俊傑 | 國學 |
| 宋代理學三書隨劄 | 錢穆 | 國學 |
| 莊子纂箋 | 錢穆 | 國學 |
| 湖上閒思錄 | 錢穆 | 哲學 |
| 人生十論 | 錢穆 | 哲學 |
| 晚學盲言 | 錢穆 | 哲學 |
| 中國百位哲學家 | 黎建球 | 哲學 |
| 西洋百位哲學家 | 鄔昆如 | 哲學 |
| 現代存在思想家 | 項退結 | 哲學 |
| 比較哲學與文化(一)(二) | 吳森 | 哲學 |
| 文化哲學講錄(一)(二)(三)(四) | 鄔昆如 | 哲學 |
| 哲學淺論 | 張康譯 | 哲學 |
| 哲學十大問題 | 鄔昆如 | 哲學 |
| 哲學智慧的尋求 | 何秀煌 | 哲學 |
| 哲學的智慧與歷史的聰明 | 何秀煌 | 哲學 |
| 內心悅樂之源泉 | 吳經熊 | 哲學 |
| 從西方哲學到禪佛教 —「哲學與宗教」一集— | 傅偉勳 | 哲學 |
| 批判的繼承與創造的發展 —「哲學與宗教」二集— | 傅偉勳 | 哲學 |
| 愛的哲學 | 蘇昌美 | 哲學 |
| 是與非 | 張身華譯 | 哲學 |